IL NEIGEAIT

PATRICK RAMBAUD

IL NEIGEAIT

roman

BERNARD GRASSET

PARIS

A Tieu Hong *for ever*,

Au Soldat Inconnu,

Au commandant Fasquelle et à son
équipage qui, j'en suis certain,
vous souhaitent la bienvenue à
bord de ce vol 1812 pour la
Bérésina.

— Moi, monsieur, le 20 mars 1811 j'étais à Paris.
C'était un mercredi. Je rasais les murs comme d'habitude...

— Vous aviez la police impériale à vos trousses ?

— Pas le moins du monde, mais les rues de Paris
étaient encore étroites et sales, les égouts y couraient, les gens vidaient leurs pots de chambre par
les fenêtres, les voitures manquaient à chaque instant de vous aplatir contre une borne. Soudain, à
dix heures du matin (j'avais consulté ma montre au
gousset), je me suis arrêté net.

— En pleine rue ? Malgré les dangers dont vous
me parlez ?

— Les voitures ne roulaient plus, les passants se
taisaient, nous tendions l'oreille.

— Pour entendre quoi ?

— Le canon.

— Nous entrions en guerre ?

— Oh non, le petit canon des Invalides tirait à
blanc.

— Je vois ! Une cérémonie.

— *Mieux que cela, beaucoup mieux. Nous comptions les coups, dix, onze, douze... Au vingt-deuxième coup, dans tous les quartiers de la capitale, les Parisiens criaient, chantaient, applaudissaient à s'en brûler les paumes. C'était un garçon. Le trône avait un héritier et l'Empereur un fils.*

— *Ah bon ? Cela justifiait tant de joie ?*

— *Oui, parce que cela signifiait la continuité : si l'Empereur venait à disparaître, une régence tiendrait le pouvoir, on éviterait de nouveaux désordres, et les désordres, monsieur, nous en avions trop vécu.*

— *Pourtant, on m'a expliqué que l'impératrice Joséphine ne pouvait plus avoir d'enfant...*

— *Mon pauvre ami ! Napoléon avait divorcé pour cette raison. Après avoir battu les Autrichiens à Wagram, il avait épousé la fille de leur monarque, une Habsbourg, la petite-nièce de Marie-Antoinette. Eh bien, cette princesse royale venait de lui donner un fils blond, rose et joufflu, nommé roi de Rome dès le berceau.*

— *Et si ç'avait été une fille ?*

— *Elle serait devenue reine de Venise, mais...*

— *Je comprends. Avec un garçon, la dynastie était assurée et les Français rassurés.*

— *Voilà. L'Empereur pouvait désormais quitter Paris avec l'esprit plus libre, achever d'unir l'Europe. Il gouvernait déjà les cent trente départements d'une France agrandie, il contrôlait l'Allemagne, la Prusse, la Hollande, l'Autriche de son beau-père, des royaumes et des duchés qu'il avait contraints à l'alliance.*

— *Par les armes, une fois de plus.*

— *Napoléon souhaitait la paix, enfin, il le disait, mais l'Angleterre s'opposait à la domination française sur le continent. L'Empereur n'avait pas réussi à envahir cette île, il y avait même perdu sa flotte à Trafalgar.*

— *Si je vous suis bien, il espérait neutraliser l'Angleterre, mais comment ?*

— *Par le blocus de ses produits. Si les Anglais ne pouvaient plus écouler de marchandises en Europe, leurs usines fermeraient, leurs marchands tomberaient en faillite, la disette et le chômage séviraient, bref, Londres devrait capituler.*

— *Je saisis le projet, mais dans la réalité ?*

— *Hélas ! le blocus continental a produit des effets pervers. S'il embarrassait l'Angleterre, il pénalisait les pays européens : les denrées se raréfiaient, des manufactures fermaient faute de ces matières premières qu'apportaient les navires, plus de coton, plus de sucre, plus de teintures pour les tissus, on était à la merci d'une mauvaise récolte...*

— *Et les Européens grondaient.*

— *Exactement. Surtout les Russes. Le Tsar avait juré amitié à l'Empereur, mais le rouble baissait, les commerçants se lamentaient. Vous vous en doutez, les Anglais en ont profité pour intriguer. Ils étaient à Saint-Pétersbourg, ils retournaient le Tsar en leur faveur : « Ouvrez les yeux ! lui disaient-ils. Napoléon règne de Naples à la mer du Nord, il touche maintenant l'Elbe et menace les frontières russes. Où s'arrêtera-t-il ? Et la Pologne ? Ne veut-il pas en faire un royaume aux dépens de la Russie ? »*

— *Nous avions encore la Grande Armée...*

— *A peine ! Les meilleures troupes s'épuisaient*

depuis des années au Portugal et en Espagne. Elles n'étaient plus invincibles.

— En résumé, nous courions à la guerre.

— Tout droit. Cela se savait à Paris, à Vienne, à Berlin, d'autant que le Tsar, en ouvrant ses ports à la contrebande britannique, avait brisé le blocus. La tension montait, chacun levait des armées.

— L'éternel engrenage, quoi.

— Au mois de juin 1812, avec plus de cinq cent mille hommes, Napoléon franchit le Niémen et entra en Russie. Il était confiant. Il pensait que l'affaire serait réglée en vingt jours.

— Là, il se trompait, mais comment la victoire rapide qu'il prévoyait s'est-elle transformée en tragédie ?

— Laissez-moi vous raconter...

CHAPITRE PREMIER

Moscou en 1812

Le capitaine d'Herbigny se sentait ridicule. Enveloppé dans un manteau clair dont le rabat flottait sur les épaules, on devinait un dragon de la Garde au casque enturbanné de veau marin, crinière noire sur cimier de cuivre, mais à califourchon sur un cheval nain qu'il avait acheté en Lituanie, ce grand gaillard devait régler les étriers trop courts pour que les semelles de ses bottes ne raclent pas le sol, alors ses genoux remontaient, il grognait : « A quoi j'ressemble, crédieu ! de quoi j'ai l'air ? » Le capitaine regrettait sa jument et sa main droite. La main avait été percée par la flèche envenimée d'un cavalier bachkir, pendant une escarmouche ; le chirurgien l'avait coupée, il avait arrêté le sang avec du coton de bouleau puisqu'on manquait de charpie, pansé avec du papier d'archives à défaut de linge. Sa jument, elle, avait gonflé à force de manger du seigle vert trempé de pluie ; la pauvre s'était mise à trembler, elle tenait à peine debout ; quand elle trébucha dans une ravine, d'Herbigny s'était résigné à

13

l'abattre d'une balle de pistolet dans l'oreille (il en avait pleuré).

Son domestique Paulin boitillait derrière en soupirant, l'habit noir rapiécé avec du cuir, le chapeau bas de forme, un sac de toile en bandoulière rempli de grains ramassés ; il traînait par une ficelle un baudet chargé du portemanteau. Nos deux bonshommes n'étaient pas seuls à râler contre une mauvaise fortune. La nouvelle route de Smolensk où ils avançaient au pas, bordée d'une double rangée d'arbres géants qui ressemblaient à des saules, traversait des plaines de sable. Elle était si large que dix calèches pouvaient y rouler de front, mais ce lundi de septembre, gris et froid, la brume se levait sur l'encombrement des équipages qui suivaient la Garde et l'armée de Davout. C'étaient des milliers de fourgons, une pagaille de voitures pour emmener les bagages, des carrioles d'ambulances, les roulottes des maçons, des cordonniers, des tailleurs ; ils avaient des moulins à bras, des forges, des outils ; au bout de leurs manches en bois, quelques lames de faux dépassaient d'un fardier. Les plus fourbus, travaillés par la fièvre, se laissaient porter, assis sur les caissons attelés de chevaux maigres. Plusieurs chiens à poil ras se coursaient et voulaient se mordre. Des soldats de toutes les armes escortaient cette cohue. On marchait vers Moscou. On marchait depuis trois mois.

Ah oui, se souvenait le capitaine, en juin ça avait de la gueule, quand on avait passé le Niémen pour violer le territoire des Russes. Le défilé des troupes sur les ponts flottants avait duré trois jours. Pensez donc, des canons par centaines, plus de cinq cent

14

mille guerriers alertes, Français pour un bon tiers, avec l'infanterie en capotes grises qui côtoyait les Illyriens, les Croates, des volontaires espagnols, les Italiens du prince Eugène. Tant de force, tant d'ordre, tant d'hommes, tant de couleurs : on repérait les Portugais aux plumets orange de leurs shakos, les carabiniers de Weimar à leurs plumets jaunes ; voici les manteaux verts des soldats du Wurtemberg, le rouge et l'or des hussards de Silésie, le blanc des chevau-légers autrichiens et des cuirassiers saxons, les vestes jonquille des chasseurs bavarois. Sur la rive ennemie, la musique de la Garde avait joué *Le Nouvel Air de Roland* : « Où vont ces preux chevaliers, l'honneur et l'espoir de la France... »

Le fleuve sitôt franchi, les malheurs commencèrent. Il fallut piétiner dans un désert sous de fortes chaleurs, s'enfoncer dans des forêts de sapins noirs, subir le froid soudain après un orage infernal ; une quantité de voitures s'enlisèrent dans la boue. En moins d'une semaine les régiments avaient distancé les convois de provisions, lourds chariots que tiraient lentement des bœufs. Le ravitaillement posait un problème grave. Quand l'avant-garde arrivait dans un village, elle n'y trouvait rien. Les récoltes ? brûlées. Les troupeaux ? emmenés. Les moulins ? détruits. Les magasins ? dévastés. Les maisons ? vides. Cinq ans plus tôt, lorsque Napoléon conduisait la guerre en Pologne, d'Herbigny avait déjà vu les paysans déserter leurs fermes pour se réfugier au cœur des forêts avec leurs animaux et leurs provisions ; les uns cachaient des pommes de terre sous le carrelage, les autres enfouissaient de la farine, du riz, du lard fumé sous les sapins, ils accrochaient des boîtes pleines de viande séchée aux plus hautes branches. Eh bien cela recommençait en pire.

Les chevaux rongeaient le bois des mangeoires, broutaient le chaume des paillasses, l'herbe mouillée : il en mourut dix mille avant même qu'on ait aperçu l'ombre d'un Russe. La famine régnait. Les soldats se remplissaient l'estomac d'une bouillie de seigle froide, ils avalaient des baies de genièvre ; ils se battaient pour boire l'eau des bourbiers, parce que les paysans avaient jeté au fond de leurs puits des charognes ou du fumier. Il y eut de très nombreux cas de dysenterie, la moitié des Bavarois mourut du typhus avant de combattre. Les cadavres d'hommes et de chevaux se putréfiaient sur les routes, l'air empuanti qu'on respirait donnait la nausée. D'Herbigny pestait mais il se savait favorisé : pour la Garde impériale, des officiers avaient réquisitionné les vivres destinés à d'autres corps d'armée ; il s'en était suivi des bagarres et pas mal de rancœur envers les privilégiés.

Tout en cheminant, le capitaine croquait une pomme verte chipée dans la poche d'un mort. La bouche pleine, il appela son domestique :

— Paulin !

— Monsieur ? dit l'autre d'une voix expirante.

— Saperlotte ! On n'avance plus ! Qu'est-ce qui se passe ?

— Ah ça, Monsieur, j'en sais rien.

— Tu ne sais jamais rien !

— Le temps d'accrocher notre âne à votre selle et je cours m'informer...

16

— Parce que, en plus, tu me vois tirer un bourri-cot ? Ane toi-même ! J'y vais.

Devant, ils entendaient jurer. Le capitaine lança son trognon de pomme que des bâtards efflanqués se disputèrent en jappant, puis, de la main gauche, avec un geste noble, il dirigea sa monture minuscule dans l'embouteillage.

La voiture bâchée d'une cantine, en travers sur la chaussée, perturbait le flux. Un poulet survivant, ficelé par les pattes au châssis, perdait ses plumes en se débattant ; une bande de conscrits sales le reluquait avec des yeux de rôtisseurs. La cantinière et son cocher se lamentaient. L'un des chevaux de trait s'était effondré d'un coup ; des voltigeurs aux uniformes déchirés avaient posé leurs armes par terre pour le détacher du brancard.

D'Herbigny s'approcha. La carcasse était mainte-nant dételée mais les soldats, malgré leur nombre et leurs efforts, n'arrivaient pas à la pousser sur le bas-côté.

— Faudrait deux percherons bien costauds, disait le cocher.

— Y'en a pas, disait un voltigeur.

— Il suffit d'une corde solide, avança d'Herbigny sur un ton d'évidence.

— Et après, mon capitaine ? S'ra toujours aussi pesant, l'animal.

— Foutre non ! Vous l'attachez par les paturons et vous vous y mettez à dix pour le haler.

— On n'est pas plus valides que les chevaux, répondit un jeune sergent à la mine pâle.

D'Herbigny se retroussa les moustaches, il se gratta l'aile du nez, qu'il avait long et fort. Il s'ap-

17

prêtait à diriger l'opération de déblaiement quand une immense clameur l'en empêcha. Cela venait de tout là-bas, vers l'horizon, au virage de la route. La clameur persistait, s'installait, formidable et soutenue. La horde ralentie par l'accident de la cantine se figea. Les visages se tournaient ensemble vers le vacarme. Ça ne ressemblait pas à un bruit de guerre, mais à un chant sorti de milliers de poitrines. Les cris enflaient en se rapprochant, colportés au long de la colonne, ils roulaient, se répétaient, se multipliaient, se précisaient.

— Que hurlent ces bougres ? demandait le capitaine à la cantonade.

— Je le sais, Monsieur, dit Paulin qui avait rejoint son maître dans la foule.

— Dis-le donc, abruti.

— Ils crient *Moscou ! Moscou !*

Au tournant de la route monotone, les premiers bataillons avaient débouché sur le mont du Salut d'où ils découvraient Moscou en contrebas. C'était une vision d'Orient à l'extrémité d'une plaine désolante. Chez les soldats, un silence ébahi succédait à la joie bruyante ; ils contemplaient cette ville sans mesure qu'arrosaient les boucles d'un fleuve gris. Après avoir rougi les remparts de brique, le soleil allumait les bulbes dorés d'une multitude de clochers en bouquets. Ils comptaient les coupoles bleues constellées d'or, les minarets, les tours pointues, les terrasses des palais ; l'amas de toits rouge cerise et verts les étonnait, les taches vives des orangeraies, le fouillis des terrains vagues, la géométrie

18

des potagers ou des jardins, les pièces d'eau bril-
lantes comme des plaques de métal. Contre les
enceintes crénelées, au-dehors, des faubourgs se
succédaient, villages fermés par un simple épaule-
ment de terre. Beaucoup se rêvaient en Asie. Des
grenadiers qui avaient supporté l'Egypte redoutaient un mirage, que ne resurgissent comme un
souvenir affreux les barbares d'Ibrahim Bey, en
cottes de mailles sous le burnous, avec des houppes
de soie noire à leurs lances de bambou. La plupart,
plus neufs, pressentaient une récompense, des Cau-
casiennes aux cheveux de paille, de quoi manger et
trop boire, dormir dans des draps.

— Quel spectacle, hein, Paulin ? dit le capitaine
d'Herbigny en arrivant à son tour au sommet de la
colline. C'est quand même plus grandiose que
Rouen depuis la côte Sainte-Catherine !

— Certainement, Monsieur, répondit le domestique qui préférait Rouen, son beffroi et la Seine.

Pour son malheur, il était d'une nature fidèle. Il
suivait son maître. Celui-ci lui versait des gages sur
les vols habituels que se permettent les soldats en
guerre, et comme les guerres se succédaient, Paulin
arrondissait son magot ; il avait l'espoir d'acheter
un atelier de tailleur, le métier de son père. Lorsque
le capitaine était blessé, il le plaignait en se frottant
les mains : près des ambulances on s'abritait mieux,
mais cela ne durait guère, d'Herbigny avait de la
santé ; même manchot ou avec une balle dans le
mollet il se rétablissait vite, gardait le moral puisque
sa dévotion à l'Empereur tournait à la religion.

— Quand même, ronchonnait le valet, pourquoi
s'aventurer si loin...

— C'est à cause des Anglais.

— Nous allons combattre les Anglais à Moscou ?

— Je te l'ai chanté cent mille fois !

Le capitaine reprenait sa leçon :

— Les Russes, ils négocient avec les Anglais depuis un siècle, et les Anglais veulent notre perte.

Le capitaine s'enflammait : les Russes espèrent l'argent de Londres pour améliorer leurs navires, dominer la Baltique et la mer Noire. Les Anglais en profitent, pardi ! Ils poussent le Tsar contre Napoléon. Ils veulent que cesse l'infernal blocus qui les empêche d'écouler leurs produits sur le continent et les ruine. Quant au Tsar, il voit d'un mauvais œil Napoléon étendre ses conquêtes. L'Empire colle à ses frontières, les Anglais lui en montrent le péril, il fléchit, cherche l'incident, nous provoque, et du coup nous voilà devant Moscou.

Tout cela s'arrêtera-t-il ? Paulin pensait à son éventuelle boutique, aux étoffes londoniennes qu'il aimerait tailler.

Un escadron de lanciers polonais débaula en rugissant des ordres qu'ils n'avaient pas besoin de traduire ; maniant leurs hampes garnies de flammes multicolores, ils repoussaient la masse des curieux pour ménager une sorte de terre-plein. Comme ils reconnaissaient leurs manteaux blancs et les shakos évasés en feutre noir de l'escorte impériale, les régiments étagés sur la colline levèrent leurs coiffes au bout des baïonnettes, saluant par une ovation folle l'arrivée de Sa Majesté ; d'Herbigny s'époumonait à l'unisson. Napoléon venait au grand trot, le bras gauche ballant dans le vide, un bicorne de castor enfoncé sur le front, suivi par son état-major en

20

tenue de parade, plumes, broderies, larges ceintures à franges, bottes sans poussière et alezans bien nourris.

Les vivats redoublèrent lorsque le groupe s'arrêta au bord de la colline pour étudier Moscou. Un bref instant, les yeux bleus de l'Empereur s'illuminèrent. Il résuma la situation en trois paroles :

— Il était temps.

— Oh oui, sire, murmurait le grand écuyer Caulaincourt, sautant de son cheval pour aider Napoléon à descendre du sien, Tauris, un persan à robe argentée qui remuait sa crinière blanche, cadeau du Tsar à l'époque où les deux souverains s'estimaient, le Russe avec curiosité, le Corse avec fierté. Au premier rang derrière la ligne des lanciers, d'Herbigny fixait du regard son héros ; les mains dans le dos, la physionomie terreuse, empâté, l'Empereur semblait aussi carré que haut, à cause des manches très larges aux entournures de sa redingote grise, qu'il pouvait ainsi enfiler sur son uniforme de colonel sans ôter les épaulettes. Napoléon éternua, renifla, s'essuya le nez et sortit d'une poche la lorgnette de théâtre qui ne le quittait plus, car sa vue commençait à lui manquer. Quelques généraux et les mamelouks avaient mis pied à terre et l'entouraient. Carte dépliée à la main, Caulaincourt détaillait Moscou ; il montrait la citadelle du Kremlin disposée en triangle sur une éminence, ses murailles byzantines flanquées de tourelles au bord du fleuve. Il montrait les cinq enceintes qui limitaient les quartiers, il donnait des noms aux églises, désignait les entrepôts.

L'armée entière s'impatientait.

Chacun s'empêchait de respirer pour ne pas troubler un silence devenu inquiétant. Rien, on n'entendait rien, à peine le vent, pas un oiseau, aucun aboiement, aucun écho de voix ni de pas, aucun claquement de sabots, les roues des charrois ne grinçaient pas sur le pavé de Moscou, on ne percevait rien du bourdonnement habituel d'une cité considérable. Le major général Berthier, l'œil dans sa lunette d'approche, scrutait les murailles, le débouché des rues désertes, les rives de la Moskova où des barges étaient à l'amarre.

— Sire, dit-il, on dirait qu'il n'y a personne...

— Vos bons amis se sont envolés ? gronda l'Empereur à Caulaincourt qu'il traitait avec méchanceté depuis son retour d'ambassade, à Pétersbourg, car cet aristocrate de vieille souche avait apprécié le Tsar.

— Les troupes de Koutouzov se sont portées au-delà, répondit le grand écuyer d'un ton morne, le chapeau sous le bras.

— Ce gros superstitieux de Koutouzov refuse la bataille ? Nous l'avons donc bien saigné près de Borodino !

Les officiers de l'état-major se regardèrent sans broncher. A Borodino ils avaient perdu trop d'hommes dans un épouvantable corps à corps, et quarante-huit généraux dont le frère de Caulaincourt. Ce dernier baissa le menton dans l'entortillement de sa cravate : il avait un visage lisse, le nez droit, des cheveux bruns coupés court et des favoris en côtelettes ; duc de Vicence, s'il possédait la prestance d'un maître d'hôtel il n'en avait pas la servilité ; au contraire de la plupart des ducs et maréchaux, il n'avait jamais caché qu'il désapprouvait cette invasion. Dès le début, dès le Niémen, il le répétait en vain à l'Empereur : jamais le tsar Alexandre ne céderait aux menaces. Les faits lui avaient donné raison. Les villes flambaient, on s'emparait de ruines. Les Russes se dérobaient en ravageant leur pays. Quelquefois un parti de cosaques lançait une attaque ; ils tourbillonnaient, frappaient un escadron en maraude, s'évanouissaient. Souvent, le soir, on distinguait des Russes au bivouac, on se préparait, on veillait, mais à l'aube ils avaient déguerpi. On connut des combats brefs et sanglants, mais pas d'Austerlitz, pas de Friedland, pas de Wagram. A Smolensk, l'ennemi avait résisté le temps de tuer vingt mille hommes et d'incendier la ville ; près de Borodino enfin, quelques jours plus tôt, on avait laissé quatre-vingt-dix mille morts et blessés des deux camps sur un terrain défoncé par les obus. Les Russes avaient pu se retirer vers Moscou, où, à première vue, ils n'étaient pas ou plus. Au bout d'une demi-heure d'immobilité, Napoléon se tourna vers Berthier :

— Donnez l'ordre.

Les artilleurs bleu ciel de la Vieille Garde guettaient le signal pour allumer la mèche ; ils tirèrent le coup de canon qui déclencha la ruée. Il s'agissait de rameuter les troupes éparses. Des cavaliers montaient en selle, des escadrons se reformaient, les fantassins se rangeaient en bataillons et les tambours battaient. Revigoré par son Empereur si proche, d'Herbigny n'entendait pas rester à la traîne avec les bagages. « J'y vais ! dit-il à son domestique. Tu

me retrouves ce soir au campement de la Garde. »
Paulin prit un air affolé mais le capitaine ajouta,
pour le rassurer, une phrase qui l'effraya davantage : « J'ai encore la main gauche pour embrocher
ces cochons mongols ! » Il fouetta son espèce de
poney et se perdit dans le mouvement des troupes.

A peine avait-il rejoint la brigade du général
Saint-Sulpice, à laquelle il appartenait, qu'un peu
partout, sur les flancs de la colline, des officiers
tournés à demi vers les hommes levèrent leurs
sabres nus. En criant, les cavaliers s'élancèrent alors
au galop sur la pente ; les canons, les caissons suivaient à fond de train en soulevant des nuages de
sable ; voltigeurs et grenadiers descendaient vers la
ville au pas de course. Tous braillaient à pleine
gorge, les essieux grinçaient. Ils étaient cent mille
qui dévalaient, ils n'y voyaient plus : la tempête de
poussière voilait le soleil. Cette foule aveuglée s'arrêta devant les barrières des faubourgs. Des jeunes
tombaient sur les genoux d'avoir tant couru, et ils
respiraient fort, poudrés de sable jaune de la tête
aux guêtres. Le capitaine d'Herbigny comme les
autres crachait de la terre ; son cheval secouait sa
crinière longue pour la dépoussiérer.

Exaltés par dix minutes de cavalcade, les soldats
redevenaient soucieux. Les Russes ne se montraient
toujours pas. Debout, carré dans ses bottes, le capitaine s'étira ; de sa main valide il ôta son manteau
pour le plier n'importe comment derrière sa selle.
D'un côté il voyait les régiments s'installer à perte
de vue dans la plaine, de l'autre il apercevait les
derniers uhlans de Murat franchir la porte de Moscou entre deux obélisques hauts de quarante pieds.

Dans le faubourg que les dragons avaient atteint, des chaumières basses aux murs de boue se tassaient contre les isbas de sapin. La rue qui menait au fleuve et au pont était aussi large que la route de Smolensk qu'elle prolongeait, une voie poudreuse que n'égayait pas le moindre brin de verdure, seulement, çà et là, des buissons gris. Le capitaine vérifia son pistolet, à tout hasard il le glissa dans le ceinturon comme un pirate. Il avait retrouvé les cavaliers du quatrième escadron qu'il connaissait par leurs noms et dont il jalousait les chevaux, squelettiques sans doute mais de belle taille. Comme il louchait avec envie sur la rossinante du dragon Guyonnet, celui-ci ouvrit de gros yeux :

— C'est quoi, ce carnaval ?

— Hein ?

— Après le pont, mon capitaine...

D'Herbigny fait volte-face. Là-bas, sur la rive droite de la Moskova, un énergumène agite un trident. C'est un vieillard ficelé dans une peau de mouton ; il a des cheveux longs et gras, sa barbe blanche mousse sur sa poitrine et tombe jusqu'à la ceinture. Suivi par Guyonnet, le capitaine approche. Le vieux moujik, d'un geste, menace de transpercer quiconque s'aviserait d'entrer en ville. D'Herbigny s'avance encore. Le vagabond tient sa fourche à deux mains et se précipite sur lui, qui se range. Entraîné par sa charge, le vieux pique dans le vide. Le capitaine en profite pour lui lancer un coup de botte et le bascule dans l'eau : le courant est fort, il l'emmène et le noie.

— Vous voyez, Guyonnet, dit le capitaine, qu'on

25

peut se battre avec une seule main et un judicieux pied au cul.

En se retournant vers le dragon, d'Herbigny aperçoit l'Empereur, lèvres pincées, voûté ; il n'a rien manqué de la scène ; un mamelouk à turban tient son persan par la bride.

Puisqu'il était déjà au seuil de la ville, d'Herbigny reçut mission de l'arpenter pour en ramener des Moscovites, ou du moins des informations. Il prit le commandement d'une trentaine de cavaliers de la Garde impériale qu'il choisit parmi ceux qui montaient des petits chevaux sauvages, pour ne pas se sentir lui-même en infériorité sur son modèle réduit. De nouveau important, le capitaine pénétra dans Moscou à la tête de sa colonne, par le pont de pierre qui enjambait la Moskova, un fleuve qu'il avait imaginé plus large, plus profond, moins impétueux. La patrouille se retrouva dans de véritables rues, étroites mais pavées avec les cailloux du fleuve, pierres de Lydie, madrépores et ammonites de diverses grosseurs où les animaux se prenaient les sabots. Ils dépassèrent des fontaines, des serres vitrées, des maisons de bois peintes en vert, jaune, rose, avec des vérandas et des façades ouvrées comme une dentelle. Puis la rue s'élargit et le décor changea. Ils longeaient des bâtiments en pierre blanche, des palais de brique, des jardins touffus où sinuaient des allées, envahis de fleurs sauvages, de rochers biscornus, de belvédères, de ruisselets. On n'entendait que le pas des chevaux dans cette ville riche et morte qui impressionnait les dragons. Ils étaient nerveux. Ils se demandaient d'où viendrait la mauvaise surprise, le coup de feu d'un tireur embusqué, des obusiers russes pointés à l'angle d'une avenue. Bien sûr, l'importante cavalerie de Murat était déjà passée, mais demeurait un doute, l'idée confuse d'un piège. Le capitaine crut apercevoir la silhouette d'un homme devant le perron d'un palais ; ce n'était qu'une statue en bronze qui tenait un candélabre de vingt bougies éteintes. Ils contournaient maintenant un lac bordé de grosses villas ; chacune possédait un débarcadère, des canots de couleurs vives arrimés à des poteaux. Plus loin, sur le parvis d'une église colossale coiffée d'un dôme en ardoise, ils levèrent les yeux, alertés par un cri et un froissement d'ailes : tout en haut, un rapace s'était jeté dans les chaînes dorées qui reliaient des clochetons ; plus il se débattait, plus il se ficelait.

— On croirait l'aigle de la brigade, osa un dragon.

— Pour le délivrer faut l'tuer, dit un autre en levant son fusil.

— Silence ! répliqua le capitaine d'une voix fâchée. Et toi, bougre de crétin, baisse ton arme !

— Ecoutez...

Ils tendaient l'oreille, distinguaient un vague piétinement ; des gens devaient marcher en bande ; tout résonnait dans ces rues sans vie. Le capitaine disposa ses cavaliers démontés à l'abri d'un jardin feuillu, prêts à épauler. Une procession déboucha au carrefour.

— Sont des péquins...

— Ils ont pas d'armes.

27

— Qui parle russe ? demanda le capitaine. Personne ? Allez, ouste, on y va !

Ils sortirent ensemble des taillis, fusils pointés sur les bourgeois, une vingtaine, d'apparence inoffensive, qui leur faisaient des signes et pressaient l'allure. L'un d'eux, grassouillet, chauve avec des pattes de cheveux grisonnants sur le côté des joues, les appela d'une voix fluette :

— Ne tirez pas ! Nous ne sommes pas des Russes ! Ne tirez pas !

Les deux troupes se rencontrèrent au milieu du parvis.

— Qu'est-ce que vous faites ici ?

— Ces messieurs sont français comme moi, dit le gros. Ceux-ci sont allemands, celui-là italien.

Il désignait ses compagnons en redingotes sombres, bas, souliers à cordons, avec des chaînes de montre comme des guirlandes aux gilets.

— Nous travaillons à Moscou, monsieur l'officier. Moi je suis Sautet, Monsieur Riss est mon associé.

L'associé ôta son chapeau de loutre pour saluer. Il avait le crâne aussi lisse que son collègue, dont il partageait l'embonpoint, la couperose et le costume. Sautet continuait, cérémonieux :

— Nous dirigeons la plus grande entreprise de librairie française de tout l'Empire, monsieur l'officier. Et voici Monsieur Mouton, un imprimeur, Monsieur Schnitzler, renommé dans le négoce des fourrures...

D'Herbigny interrompit les présentations pour interroger le phraseur. Où diable restaient les habitants ? Pouvait-il ramener des boyards à son Empereur ? Et l'armée de Koutouzov ? L'armée avait traversé Moscou sans s'arrêter ; on avait vu des officiers pleurer de rage. Ce matin, avant l'aube, le gouverneur Rostopchine avait organisé l'exode de la population, une jolie mêlée de civils, icônes en tête, qui chantaient des cantiques et se lamentaient en embrassant des croix. Il y eut des scènes affreuses que Sautet suggéra mais n'osait raconter :

— Monsieur Mouton va vous dire ce qu'il a enduré.

— Je suis vivant par miracle, reprit ce dernier qui tremblait. Sous prétexte que j'avais tenu des propos injurieux envers le Tsar, des policiers m'ont traîné devant le comte Rostopchine. Je n'étais pas seul. Il y avait aussi un jeune Moscovite dont je connaissais le père, un marchand, eh bien on l'accusait d'avoir traduit une proclamation de l'empereur Napoléon ; en fait, je le sais, il n'avait traduit que des extraits du *Correspondant de Hambourg*, et dedans, il y avait parmi d'autres choses la fameuse proclamation, moi-même je l'ai lue, je suis imprimeur, n'est-ce pas...

— Nous le savons...

— Donc, c'était le fils d'un notable, ce jeune, même s'il appartenait à une secte d'illuminés allemands dont j'ai oublié le nom...

— Au fait ! s'impatientait d'Herbigny.

— Le jeune, il a été livré à la foule, des forcenés, monsieur, j'en ai encore des frissons dans l'échine, tiens, et il a été déchiré, ah oui, écorché vif comme un lapin, des exaltés ont attaché son cadavre à une corde pour le promener en ville, on n'a retrouvé qu'une main avec trois doigts.

29

— Et vous ?

— J'étais terrorisé, tiens, j'ai cru qu'ils allaient m'écharper, ces furieux, mais non, pas du tout, j'ai simplement subi un sermon du comte Rostopchine. Il voulait que je vous raconte ce que je vous ai raconté, comment les patriotes, en Russie, arrangeaient les traîtres et les mécréants.

— Voilà qui est dit, conclut le capitaine que les récits d'atrocités ne troublaient plus depuis belle lurette.

Il préférait s'informer sur les ressources de la ville, sur son peuple :

— Où sont les dignitaires ?

— Partis.

— Le gouverneur Rostopchine ?

— Parti avec eux.

— L'armée de Koutouzov ?

— Déjà loin, on vous l'a dit.

— Combien d'étrangers sont restés ?

Ils ne savaient pas. La plupart avaient été évacués par bateaux vers Nijni-Novgorod, mais avant de s'en aller lui-même, Rostopchine avait ouvert les asiles de fous et les prisons, des forçats devaient courir la ville pour égorger les Français dès qu'ils y tiendraient garnison ; les derniers habitants se bouclaient dans leurs caves.

— Les entrepôts de grains ?

— Vidés ou épuisés.

— Comment ça ? Pas de réserves ?

— Avant l'hiver, Moscou se ravitaille par le fleuve, mais cette année, à cause de la guerre, le trafic a été interrompu. On peut trouver du gruau ou de l'avoine peut-être.

30

— De la farine ?

— Les Russes en ont fait du pain et des biscuits, dit Sautet. Depuis au moins deux semaines, des centaines de chariots les ont emmenés pour le ravitaillement de l'armée.

— Le grain des chalands a été renversé dans la Moskova, poursuivit l'associé, je l'ai vu de mes yeux, monsieur l'officier.

Entre les tourelles flûtées de l'église, le rapace étranglé par les chaînes se balançait à présent comme un pendu.

Quand il apprend l'évacuation de Moscou, que par cet abandon Rostopchine lui a volé son triomphe coutumier, Napoléon est accablé, il blêmit, ses gestes s'enfièvrent, bientôt incohérents, il change son mouchoir plusieurs fois de poche, enfile et retire ses gants en se tirant les doigts. Des tics nerveux le secouent ; il se gratte la joue, marche de long en large, donne un coup de botte dans un caillou. De la main il demande son cheval, un mamelouk l'aide à grimper en selle, lui passe les pieds dans les étriers, puis il traverse le pont et caracole sur la berge, seul devant la porte de Dorogomilov qu'il ne franchit pas. Il faut d'abord que les troupes investissent cette fichue Moscou et la quadrillent pour sa sécurité. L'Empereur retourne brusquement sur la rive gauche de la Moskova avec une énergie soudain revenue, que dicte sa rage :

— Berthier !

— Je suis en face de vous, sire, répond le major général d'une voix lente.

31

— Déployez les régiments autour de la ville. Le prince Eugène au nord, le prince Poniatowski dans les faubourgs du midi, Davout en arrière du vice-roi. Mortier gouvernera la province, Durosnel commandera la ville, Lefebvre fera la police au Kremlin.

Des estafettes partirent aussitôt porter ces consignes dans toutes les directions, au moment où le train des équipages touchait au faubourg et où le capitaine d'Herbigny y retrouvait son domestique :

— Ce soir, Paulin, nous dormons chez le Tsar !

— Bien, Monsieur.

La Vieille Garde s'apprêtait. Déjà, avec le maréchal Lefebvre, duc de Dantzig, la musique et les grenadiers en bonnets à poil marchaient vers les murailles. Les chasseurs à pied formaient les rangs. Le convoi de la maison de l'Empereur arriva à son tour par la nouvelle route de Smolensk, une longue cohorte de caissons attelés de huit chevaux, des calèches, des animaux de bât en troupeau, une file d'ânes du Piémont portant chacun deux barils de chambertin, des cantines roulantes que précédaient les maîtres d'hôtel et les cuisiniers à dos de mulet.

— Paulin ! dit le capitaine, on le connaît, celui-là, il est de Rouen.

— Qui, Monsieur ?

— Ce freluquet, gras comme un haricot, qui descend de la berline des secrétaires.

— On dirait le fils Roque...

— C'est lui, j'en suis presque sûr. Je le croyais clerc chez un avoué, rue du Gros-Horloge.

— Ça fait si longtemps qu'on n'a pas revu Rouen, dit le domestique, plaintif.

32

La cavalerie de la Vieille Garde pr.....
de Moscou, d'Herbigny n'eut pas le t.....
former son impression en certitu.....
Roque sortait en effet de la berline d.....
derrière les barons Méneval et Fain qui ....
plus leurs habits brodés de nouveaux ......res des
requêtes. Il avait vingt ans, des yeux mauves, un
chapeau noir à larges bords et cocarde, une ample
redingote également noire où se superposaient plusieurs collets. A Rouen, son père possédait une fila-
ture de coton, mais avec le blocus maritime anglais
les marchandises ne passaient plus ; comme les
autres industriels de la région, il avait dû réduire de
moitié sa production. Sans avenir immédiat chez
son père, Sébastien avait alors travaillé auprès de
Maître Molin, un avoué. Il se serait volontiers
contenté de cette vie paisible jusqu'à l'ennui, car il
n'avait guère d'ambition : jeune homme mal taillé à
la mesure de son siècle, sans engouement militaire,
il se savait peu doué pour la guerre ; il préférait une
vie civile sans couleurs, mais avec ses deux jambes,
ses deux bras, aucun éclat d'obus dans le ventre. Le
pays n'était peuplé que de veuves, d'estropiés et de
marmots ; les batailles dévoraient les hommes.
Sébastien considérait le monde comme un chaos
dont il fallait se garer.

Il avait eu de la persévérance pour éviter l'enrôlement. Grâce au soutien d'un cousin, concierge au
ministère de la Guerre, à Paris, il devint surnumé-
raire puis commis titulaire près du général Clarke,
peu aimé, qui dirigeait l'administration centrale loin
des hostilités. Sébastien appréciait ce général frisé,
la tête ronde posée sur un col en tuyau, qui le pré-

servait des combats. Pendant une année il vécut dans une routine irresponsable et douillette, jusqu'au jour du printemps précédent, un mercredi, il s'en souvenait, où sa belle écriture lui joua un tour. L'un des aides du baron Fain, secrétaire de l'Empereur, venait de tomber malade. Il était urgent de le remplacer. On réunit les commis du ministère, on leur dicta un texte, on ramassa les copies. Parce qu'il formait ses lettres avec élégance, Sébastien Roque fut choisi. Voilà pourquoi, en voulant l'éviter, il se retrouvait à la guerre... Il regardait briller les coupoles de Moscou quand une voix l'appela :

— Monsieur Roque ! L'heure n'est pas à rêvasser.

Le baron Fain le prit par le bras et le poussa dans une calèche découverte. Il se serra entre un maître d'hôtel lugubre et le cuisinier Masquelet. Sa Majesté prenait des dispositions, il passerait la nuit dans ce faubourg, mais il dépêchait des gens de sa maison pour préparer son installation au Kremlin. Le baron Fain envoyait donc son commis, avec la charge d'aménager un secrétariat le plus près possible des appartements de l'Empereur, à portée de sa voix. Plusieurs calèches se remplirent ainsi d'employés. Un détachement de la gendarmerie d'élite leur ouvrit la route.

L'hôtel Kalitzine imitait par sa colonnade un temple grec, comme le Club Anglais du boulevard Stratsnoï. A la porte noble, deux molosses aboyaient ; muscles tendus, colliers de fer à piquants, ils tiraient sur les chaînes qui les attachaient à des anneaux scellés, ils bavaient, lançaient des regards jaunes, mauvais, montraient leurs crocs. D'Herbigny, bras tendu, visait la gueule du premier de son pistolet lorsqu'un des battants s'ouvrit sur un majordome en perruque ; il portait une livrée et tenait un fouet :

— Non non ! Ne les tuez pas !

— Tu parles français ? s'étonnait le capitaine.

— Comme la bonne société.

— Laisse-nous entrer et tiens tes fauves !

— Je vous attendais.

— Tu plaisantes ?

— Les circonstances ne s'y prêtent pas.

Il fit claquer sa lanière de cuir. Les dogues prirent une pose de sphinx mais grognaient en sourdine. D'Herbigny, Paulin et un groupe de dragons entrèrent avec méfiance dans un vestibule dallé, derrière le majordome : son maître, le comte Kalitzine, était parti le matin avec sa famille et les domestiques, lui confiant le soin de remettre sa maison à un officier pour éviter le saccage. Il en était de même dans la plupart des grandes demeures abandonnées, que leurs propriétaires espéraient récupérer sans dommages dès que les deux empereurs s'accorderaient. Il semblait évident que les Français et leurs alliés ne pourraient s'éterniser dans la ville.

— Voilà pourquoi, monsieur le général, je tombe à votre service, disait le majordome.

Le capitaine enfla le torse comme une volaille son bréchet, sans corriger la flatterie, sans même songer à voir une trace d'ironie dans cette phrase alambiquée. D'un coup d'œil aux rectangles clairs et inégaux sur la tapisserie, il sut que les tableaux avaient été emportés, avec, sans doute, les principaux objets de valeur. Il n'y avait pas grand-chose à piller dans cette entrée, sinon un lustre encombrant et des tentures. Les cavaliers, dans la pénombre, attendaient la permission d'inspecter l'office et les caves parce qu'ils avaient le gosier bigrement sec, quand on entendit les hurlements des chiens et des éclats de rire. Le capitaine ressortit sous la colonnade, le majordome sur ses talons. Des chasseurs astico-taient les molosses à distance, avec un tesson fixé au bout d'une pique ; les bêtes s'étranglaient à leurs chaînes, cherchaient à mordre, ne trouvaient que le verre coupant, le brisaient à pleines mâchoires, le sang dégoulinait de leurs babines, elles devenaient folles, levaient les pattes.

— Empêchez ces idiots ! gueulait d'Herbigny à un maréchal des logis au visage grêlé.

— Ils sont ronds comme des uhlans, mon capitaine !

Et d'Herbigny criait en distribuant des coups du plat de son sabre aux chasseurs hilares, pour qu'ils décampent, mais ils étaient très saouls, et l'un d'eux, riant toujours, en tomba sur le derrière. Le majordome tentait de calmer les dogues avec son fouet, leurs blessures à la gueule et l'agitation les excitaient ; l'avenue se peuplait de troupes de la Garde en quête d'alcool, de viande fraîche, de butin, de filles introuvables. Un tambour-major en grande tenue dirigeait ses musiciens qui transportaient des canapés. L'eau-de-vie coulait en ruisseau d'un magasin défoncé ; des gendarmes en peloton, avec leurs bonnets à visière, sortaient des tonneaux qu'ils roulaient vers une charrette à bras. Un autre, dont on remarquait le baudrier jaune sous le poil d'ours d'une pelisse volée, tenait dans ses bras un jambon, un gros vase, deux chandeliers en argent et un pot de fruits confits ; mal tenu, le pot glisse, tombe, éclate sur le sol, le soldat dérape sur les fruits confits, il s'étale ; des grenadiers ramassent aussitôt le jambon et filent en courant sous les insultes. Le capitaine ne pouvait pas intervenir pour interrompre ce déménagement brouillon. Il avait même envie d'en avoir sa part. Comme il souriait à cette dernière idée, le majordome, très anxieux, lui demanda :

— Vous allez protéger notre hôtel, n'est-ce pas ?

— Tu veux dire *mon* cantonnement, j'espère ?

— C'est ça, votre maison et celle de vos cavaliers.

— Soit, mais d'abord on visite de fond en comble. *(Au maréchal des logis :)* Martinon ! Place des sentinelles à nos portes.

— Ça va pas être simple.

Il désignait les dragons déjà éparpillés dans le voisinage ; quelques-uns se passaient des tables, des fauteuils et des flacons par les fenêtres d'un chalet de sapin badigeonné en vert pâle.

— Quoi encore ? dit le capitaine, le sabre pendu par sa dragonne au poignet gauche.

Des spectres tout en cheveux et en barbes, les jambes enveloppées dans des chiffons, arrivaient sur l'avenue ; ils tenaient des fourches. D'Herbigny se tourna vers le majordome qui se tortillait les doigts :

— Et ceux-là, à votre avis ?

— Oui...

— Des forçats ? des fous ?

— Un peu les deux.

37

Dans les rues de Moscou, Sébastien Roque avait croisé de pareils attroupements, que les gendarmes dégageaient à coups de crosse, mais en passant par une rue plus rétrécie, un moujik au menton hérissé de poils noirs, les yeux furibonds entre des mèches longues, s'approcha de la calèche où il était assis et lui saisit avec force le bras. Masquelet et les passagers essayèrent de faire lâcher prise à la brute en lui tapant sur la tête, des gendarmes durent l'assommer, il bascula à la renverse, du sang aux cheveux, se redressa, bondit contre les chevaux que le cocher fouetta ; les chevaux le renversèrent à nouveau, il roula sous la calèche ; on l'entendit beugler, des os craquèrent, la voiture tressauta. Entassés sur le sol, des essaims de vagabonds considéraient ce spectacle sans qu'on pût voir dans leurs regards autre chose que de l'hébétude. Leur aspect farouche donnait des frissons, mais en découvrant l'air libre ils avaient aussi trouvé de sérieuses réserves d'eau-de-vie et en demeuraient amorphes. Ils ne bougèrent même pas quand leur congénère écrasé se tordit sur le pavé. Sébastien était blanc comme un pierrot, il avait froid et chaud, baissait les yeux, ses dents se choquaient et il se frottait le bras endolori.

— Un vrai cannibale, votre agresseur, plaisantait le cuisinier. Il vous aurait volontiers dévoré le bras !

— Ce sont des ours, pas des humains, considéra le maître d'hôtel d'un air savant, le doigt en l'air.

Ce qui semblait une banalité aux autres domestiques effrayait le jeune homme. Dès que le baron Fain lui confiait une mission, et qu'il devait s'éloigner de l'entourage impérial, il se méfiait de tout. Le danger rôdait autour des armées. Disparaître jeune ? Quelle était cette gloire dont on ne profitait pas ? L'Opéra, oui, c'était brillant, et s'il avait eu de la voix... Zut ! Sébastien avait envie de connaître l'une après l'autre les saisons de sa vie, il voyait dans la jeunesse un hiver, espérait le printemps, quand les énergies se déploient avec l'âge. L'héroïsme ne le fascinait guère, mais où étaient les héros ? Les officiers songeaient à leur avancement ; les hommes n'étaient pas venus en Russie de leur plein gré, beaucoup avaient accepté l'uniforme pour manger. En France, le blé se raréfiait, on distribuait aux indigents du riz jeté dans de l'eau bouillie, qui ne satisfaisait personne. Les vols se multipliaient. Des ouvriers sans emploi mouraient de faim. A Rouen, on ne trouvait plus que du pain à la farine de pois, et à Paris, l'Empereur dépensait des sommes extravagantes pour en maintenir le prix à seize sous les quatre livres afin d'éviter les révoltes ; des intrigants spéculaient sur les grains, ils accentuaient la famine pour s'enrichir. Les plus optimistes avaient cru à une guerre rapide, que la Grande Armée entrerait à Pétersbourg en juillet, mais non, et les hommes fatigués avaient même souhaité une défaite pour en finir ; ils se vengeaient sur Moscou.

Le cortège des employés franchit enfin la porte simili-gothique de la forteresse, parmi un flot de militaires qui trimbalaient des meubles pour s'établir. A l'intérieur des murailles rouges, le Kremlin présentait un assemblage de styles monumentaux, cathédrales à minarets et clochers sphériques, monastères, palais, casernes, un arsenal où l'on venait de dénicher quarante mille fusils anglais, autrichiens et russes, une centaine de canons, des lances, des sabres, des armures médiévales, des trophées arrachés naguère aux Turcs et aux Perses dont les soldats s'affublaient autour des bivouacs de la grande esplanade.

Le préfet Bausset, les poings aux hanches, un museau pâle comme s'il était poudré, avait précédé son personnel sur l'escalier de pierre qui occupait la façade du palais : « Ces messieurs du service particulier de Sa Majesté, suivez-moi. » Il grimpa cet escalier à la vénitienne jusqu'à une vaste terrasse qui dominait Moscou. Les appartements des tsars y ouvraient leurs portes-fenêtres sans volets ni rideaux. Sébastien Roque, le cuisinier Masquelet, valets, tapissiers, entrèrent dans le futur logis de l'Empereur comme à la visite, en ôtant leur chapeau. Ils passèrent un interminable salon que des colonnes et des trépieds coupaient en deux avant d'arriver à la chambre à coucher, un long rectangle avec des fenêtres à pic sur la Moskova, des moulures dédorées, un baldaquin, des tableaux italiens et français d'autres siècles. Il y avait des bûches dans les cheminées. Les pendules marchaient.

— Messieurs les valets s'installeront dans la pièce voisine, ici, à gauche. La cloison est très mince, Sa Majesté n'aura pas à lever la voix pour appeler.

— Les secrétaires ? demanda Sébastien.

— On pourrait aménager leur permanence dans le salon attenant, mais seuls les appartements du Tsar sont meublés, à chacun de se débrouiller.

40

Ils connaissaient le refrain, dormaient souvent par terre, à la belle étoile ou dans des escaliers, des antichambres, des granges, n'importe où et tout habillés, prêts à répondre sans délai.

— Les cuisines ?

— Au sous-sol, je crois.

— L'Empereur déteste souper froid, râlait le cuisinier, alors, si je dois monter trois étages et parcourir trois lieues de couloirs, la fricassée, il me la jette à la figure !

— Vous trouverez une solution, monsieur Masquelet, le tsar Alexandre non plus ne mange pas des plats froids.

Et chacun de s'activer. Sébastien s'enquérait d'une table, Masquelet d'un fourneau ; un malin ramenait des peaux de loup, achetées à un brigadier, pour s'improviser un lit sur le parquet ; un valet, aux ordres de Bausset, décrochait les portraits du Tsar et de sa famille qui indisposeraient l'Empereur. Un petit groupe silencieux, sur la terrasse, parcourait des yeux la ville et les statues en marbre blanc du palais Pascoff, contre les remparts.

— Il y a tout un empilement de meubles dans les caves, dit un valet à l'intendant, je le tiens d'un grenadier.

— Eh bien qu'attendez-vous ? dit Bausset.

— Vous venez ? proposa Masquelet à Sébastien. En bas, sûr que vous la dégoterez, votre table.

Au long des corridors qu'ils arpentaient d'un bon pas pour ne point perdre de temps, Roque, le cuisinier et des laquais constitués en expédition embarquèrent quelques grenadiers qui montaient la garde devant des pièces vidées, ou jouaient aux cartes sur un tambour. Le plus moustachu avait posé son bonnet à poil sur le crâne d'une déesse en plâtre descendue de son socle, et il tripotait la statue : « Ma solde à qui m'débusque une vraie Russe ! » La présence de ces grognards armés qui avaient cent fois connu l'enfer apaisait Sébastien, mais où donc s'ouvraient les caves ? Ils dévalèrent un escalier d'honneur, tournèrent et retournèrent dans des salons déserts, des couloirs, poussèrent des portes, interrogèrent d'autres soldats qui ne savaient rien, finirent par trouver un nouvel escalier en pierres usées, plus étroit, plus vulgaire, pour aboutir à des salles démesurées, voûtées comme des chapelles, si obscures qu'un des grenadiers remonta chercher des flambeaux. On l'attendit. Les murs et le sol avaient une odeur mouillée. Avec un premier flambeau ils en allumèrent plusieurs et poussèrent loin l'exploration. Des ouvertures se découpaient en noir dans les parois, ils s'y risquaient, quitte à perdre le chemin du retour. Les torches fumaient et piquaient les yeux, leurs silhouettes déformées s'allongeaient sur les piliers et les voûtes, léchaient les plafonds ; à cause de son manteau à collets, l'ombre de Sébastien ressemblait à celle d'un vampire (seul dans cette situation, il aurait eu peur de lui-même).

— Y'a quéqu'chose au fond, dit un grenadier.

— Des caisses...

— Eclairez-nous mais un peu à distance, commanda Masquelet. Si c'était des munitions, hein ? Vous ! Venez nous ouvrir ça avec votre baïonnette.

Le couvercle d'une caisse sauta dans un bruit de bois brisé, on l'ouvrit, le cuisinier plongea courageusement la main et en ressortit une poignée de poudre :

— Tenez haut votre torche, là, au-dessus de ma paume, qu'on voie à quoi ça ressemble..

— Pas la peine, répondit le grenadier, ça e sent.

— Je ne sens rien, moi.

— Vous avez pas d'nez, monsieur. C'est du tabac râpé.

— Tiens donc ! dit un laquais en approchant.

— Vous avez raison, convint le cuisinier, et il s'en fourra une prise dans les narines, ce qui le fit éternuer et vaciller la lumière de la torche.

Il y avait une montagne de caisses semblables ; pour continuer, Roque et Masquelet durent presser les grenadiers et les laquais parce qu'ils bourraient leurs poches de tabac. Ensuite ils virent un amoncellement de ballots et des rangs de tonneaux ; les premiers contenaient de la laine, les seconds de l'anis étoilé qui dégoûta le cuisinier :

— Je ne pourrais rien en faire, moi, de ces épices, c'est bon pour leurs plats de barbares ! Si je lui mijotais ses macaronis à l'anis, Sa Majesté serait furieuse !

— Ah bien, vos meubles sont par ici, intervint un grenadier, aventuré dans une salle mitoyenne.

Les flambeaux éclairaient une accumulation de commodes, fauteuils, montants de lits ; il n'y avait qu'à se servir dans l'amas. Sébastien avisa un petit bureau à cylindre qui serait bien pratique pour prendre à la volée le courrier de l'Empereur, mais il fallait repousser une armoire massive, dégager une voie entre des bahuts et des tabourets enchevêtrés.

43

— Moisis, ces coussins, constatait un valet navré.

— Aidez-moi plutôt, demanda Sébastien.

— Tenez ma torche, dit un grenadier, je m'en occupe de vot'bureau.

A l'instant où Sébastien prenait le flambeau et le dressait à bout de bras, un homme se leva derrière un buffet de bois aux reflets rouges ; l'apparition portait un casque de centurion romain et une toge rejetée sur l'épaule. Ils s'arrêtèrent au milieu de leurs fouilles. L'un des grognards sortit la baïonnette qu'il avait passée dans son ceinturon.

— Ah ! Messieurs ! J'entends que vous êtes français, dit l'apparition, et maintenant je distingue vos glorieux uniformes !

— Qui êtes-vous ? interrogea Sébastien.

— Comment ? Qui je suis ? Je vous le concède, votre éclairage est faible, mais tout de même !

La lumière agitée des flambeaux modifiait ses expressions en grimaces. Une main sur le cœur, le déguisé se mit à déclamer :

> Jusqu'à nos jours, Athènes et Rome
> Doutaient de voir paraître un homme
> Qui pût égaler leurs succès.
> Maintenant elles sont moins fières,
> En trouvant les preuves contraires
> Dans le monarque des Français...

Ils étaient interloqués par l'exhibition, mais un grenadier, plus illettré et peu sensible aux roucoulades, fronça les sourcils, menaçant :

— Réponds à Monsieur Roque ou j'te rosse !

Le soldat commençait à escalader les meubles pour saisir le cabotin, qui continuait :

— Vous avez devant vous le grrrand Vialatoux, il a porté aux confins de l'Empire nos auteurs, classiques ou moins classiques ! Comédien, tragédien, chanteur, le théâtre, quoi, tous les arts en un seul et unique !

D'autres formes se levèrent derrière lui ; une voix féminine, autoritaire et haut perchée, cria :

— Bon sang de bon Dieu ! Vive l'Empereur !

— Montrez un peu vos minois, ordonna le cuisinier qui détestait les contretemps et n'avait toujours pas son fourneau d'appoint. Ils étaient trois, cinq à se faufiler de meuble en meuble jusqu'à la terre battue de la grande cave, un garçon fluet qui pressait contre lui une armure du Moyen Age en fer-blanc, le Romain exagéré, une femme de quarante ans ou plus, assez bossue, Madame Aurore, la directrice de cette troupe ambulante :

— Heureusement, dit-elle, que vous n'avez pas tardé, nous n'en pouvions plus dans cette abominable cachette ! Regardez ce que nous avons pu sauver, l'armure de Jeanne d'Arc, le casque de Brutus et la toge de César, rien d'autre, rien !

— Pourquoi êtes-vous dans ce palais ? demanda Sébastien en ouvrant des yeux ronds.

— Nous répétions depuis une semaine la fantaisie historique composée par Madame Aurore pour le comte Rostopchine, dit Vialatoux. Il nous avait prêté une salle au Kremlin, et puis les événements nous ont empêchés au milieu du troisième acte.

— Comment cela ?

— Effrayant, reprit le garçon à l'armure. Une

débandade, la peur, nous devions nous mettre à l'abri, impossible de regagner la maison que nous louons à un commerçant italien après le bazar, du monde partout, la folie, des pleurs, des plaintes...

— Et ensuite ? demanda encore Sébastien.

— Nous avons dû nous terrer ici même, expliqua le grand Vialatoux en remontant la toge qui glissait de son épaule. Trop dangereux, dehors, pour des Français.

— Vous n'avez rien senti venir ?

— Rien que notre texte, dit Madame Aurore, offusquée par l'incongruité de la question.

— Comment est-ce possible ? s'étonna Sébastien.

— L'art nous suffit, jeune homme, jeta Vialatoux.

— Nous n'avons vu que nos rôles, murmura une jeune fille en retrait. C'est très prenant, de jouer, vous savez.

— Je ne sais pas, dit Sébastien en essayant de la mieux voir dans l'ombre. Tout de même ! C'est la guerre.

— Nous étions concentrés sur la pièce.

Sébastien tenait toujours le flambeau. Il éclaira mieux cette ingénue dont la voix le prenait. Il eut le souffle court en détaillant de la tête aux pieds la comédienne. Mademoiselle Ornella était une brune à cheveux bouclés, aux yeux oblongs, très noirs, de longs cils. Sébastien la compara à cette actrice qui l'avait enthousiasmé à l'Opéra, dans *Le Triomphe de Trajan*, l'inaccessible Mademoiselle Bigottini qu'un mécène hongrois couvrait de ducats. Celle-ci portait une casaque à manches courtes sur une jupe de percale à l'antique, des brodequins de peau lacés

46

lui montaient au-dessus de la cheville. Parce que la torche tremblait dans la main de Sébastien, et qu'il risquait d'enflammer le bois d'un coffre, le grenadier la lui reprit :

— Vous l'voulez, vot'bureau, monsieur l'secrétaire ?

— Oui oui...

L'Empereur était irritable. Son esprit oscillait entre la fureur et la fatigue. A six heures du soir il avait rongé sans appétit des côtelettes, assis dehors dans son fauteuil de maroquin rouge, les pieds sur un tambour. Il ne disait rien, il regardait les laquais qui sortaient son lit de fer et ses meubles pliants des fourreaux de cuir que portaient les mulets. Sur le seuil de la seule auberge acceptable, où il allait passer la nuit, il voyait Roustan, son premier mamelouk, nettoyer les pistolets aux pommeaux en têtes de méduses avec lesquels il ne tirait que les corbeaux. La nuit tombait, les bivouacs s'allumaient sous les remparts et dans la plaine. Après avoir bu son verre de chambertin coupé d'eau glacée, Napoléon fut pris d'une toux sèche qui le secoua sur son fauteuil. Le médecin Yvan n'était jamais loin ; dès que la quinte se calma, il conseilla le repos immédiat et des bains chauds quand on serait au Kremlin. La santé de l'Empereur se dégradait. La veille de la bataille, près du village de Borodino, son aide de camp Lauriston lui avait placé sur le ventre des cataplasmes émollients ; une extinction de voix persistant depuis l'étape de Mojaïsk, Sa Majesté avait griffonné ses ordres sur des carrés de papier qu'on

47

avait eu du mal à déchiffrer. Il épaississait. Il marchait moins à cause des œdèmes de ses jambes. De plus en plus souvent il glissait une main sous le gilet pour comprimer des spasmes qui le tordaient entre l'estomac et la vessie ; il souffrait en pissant goutte à goutte une urine bourbeuse. Son délabrement physique le rendait agressif. Comme Robespierre. Comme Marat. Comme Rousseau. Comme Saint-Just le tuberculeux. Comme Esope, Richard III et Scarron, les bossus.

— Allons donc, monsieur Constant, dit-il à son valet de chambre, il faut obéir à ce foutu charlatan...

Le docteur Yvan ainsi désigné l'aida à se lever ; ils suivirent Constant dans l'auberge, montèrent un escalier rudimentaire, sans rampe. Là-haut, l'Empereur retrouva son mobilier de campagne, deux tabourets, une table à écrire avec une lampe de plusieurs bougies, le lit au rideau de soie verte. Constant le débarrassa de sa redingote ; on apporta le fauteuil, il s'y jeta en lançant par terre son chapeau. Il avait un visage rond, lisse comme un ivoire, les traits fins et butés d'un Romain selon la statuaire, des cheveux clairsemés dont une mèche tournait en virgule sur le front. D'une main lasse il congédia son monde. Il n'aimait pas les hommes mais le pouvoir, en artiste, à la façon d'un musicien son violon ; c'était un exercice d'absolue solitude et de méfiance. Qui pouvait le comprendre ? Le Tsar, peut-être. Alexandre aussi s'entourait de flatteurs, de débauchés, de scélérats, de mercenaires qui l'abreuvaient de conseils dangereux ; des Anglais et des émigrés se mêlaient à ces imprécateurs : « L'Europe de Napoléon se fissure », disaient-ils. Ils avaient raison. Marmont venait de se laisser écraser près de Salamanque. La Suède de Bernadotte, vieux rival, négociait par jalousie avec les Russes. Sur qui compter ? Les alliés ? Ah, ils étaient beaux, les alliés ! Les Prussiens détestaient Napoléon. On avait dû fusiller pour indiscipline la moitié du bataillon espagnol. Les trente mille soldats autrichiens, donnés contre des provinces, s'écartaient volontiers des combats ; d'ailleurs, la Russie et l'Autriche s'entendaient en secret. Les alliés ! D'anciens ennemis qui attendaient l'occasion de trahir. Et les maréchaux eux-mêmes ronchonnaient, ils expliquaient qu'à étendre ses territoires la France allait se diluer, que cette Europe contrainte était ingouvernable. L'Empereur ne croyait plus qu'au destin. Tout était écrit. Il se savait invulnérable mais l'image de Charles XII le hantait.

Il se reportait chaque soir aux textes de Voltaire qui brossaient la désastreuse équipée de ce jeune roi des Suédois ; un siècle plus tôt, il avait perdu son armée et son trône sur la route de Moscou. Il connut les mêmes batailles indécises ; son artillerie et ses chariots s'étaient abîmés dans les mêmes marais, les dragons de son avant-garde s'étaient pareillement affaiblis dans des coups de main avec l'arrière-garde moscovite. On le disait invincible, lui aussi, mais il avait fini par s'enfuir à Constantinople sur un brancard. Cela se reproduisait-il ? Ce n'était pas pensable. Des coïncidences troublaient cependant Napoléon. Tout à l'heure, quand il avait vu l'un de ses capitaines lancer dans la Moskova un moujik armé d'un trident, il s'était souvenu d'une

49

anecdote notée par Voltaire à la fin de la première partie de son *Histoire de Russie* : un vieillard tout habillé de blanc, avec deux carabines, avait menacé de la même façon Charles XII. Des Suédois l'avaient abattu ; les paysans étaient entrés en rébellion dans les marécages de Mazovie ; ils avaient été capturés, on les avait obligés à se pendre les uns les autres, mais ensuite le roi s'était enfoncé dans des déserts à la poursuite des armées de Pierre le Grand, qui reculaient, qui l'attiraient, qui laissaient après elles de la terre brûlée... L'Empereur remua sur son fauteuil avec la nausée :

— Constant !

Le valet, étendu devant la porte entrebâillée, une oreille aux aguets, se leva en rectifiant sa tenue :

— Sire ?

— Constant, mon fils, quelle affreuse odeur de renfermé !

— Je vais brûler du vinaigre, sire.

— C'est intenable ! Le manteau.

Constant lui posa sur les épaules un manteau bleu ciel au collet brodé d'or, un peu élimé, qu'il portait autrefois en Italie et depuis au bivouac. Il descendit au rez-de-chaussée, une marche après l'autre, d'un pas pesant, en dérangeant les secrétaires, les officiers et les laquais ; ils occupaient l'escalier pour une nuit qu'ils prévoyaient courte et inconfortable. Sitôt dehors, l'Empereur trouva Berthier et des généraux ; ils causaient avec animation :

— Le feu, sire, dit le major général en montrant une lueur dans la ville.

— Où ?

— Sur un bras de la rivière, des barges ont pris

50

feu, puis les quais de bois, et un dépôt d'eau-de-vie, expliquait un aide de camp qui revenait à l'instant de Moscou.

— Nos soldats ne savent pas allumer les poêles russes, se navrait Berthier.

— Dépatouillez-vous ! Que ces *coglioni* ne flanquent pas le feu à la capitale de mon frère Alexandre !

CHAPITRE II

Le feu

Ses grosses mains appuyées sur un créneau byzantin du chemin de ronde, au Kremlin, le vieux maréchal Lefebvre regardait les flammes bleues qui montaient au loin de l'entrepôt d'alcool. Il rageait : « Qu'est-ce qu'ils ont à landerner, ces sapeurs te mes teux ! Ferser l'eau du fleuve sur une baraque, c'est bas combliqué ! » Il respira à fond et dit aux officiers de son entourage : « Ch'en ai fu, moi, tes incendies, et tes diablement imbortants ! » Lefebvre commençait à radoter en racontant mille fois ses anciens exploits. Ce brave homme allait se lancer dans un récit archiconnu de ses proches, quand, plissant son nez en forme de pomme de terre, il avisa Sébastien Roque :

— Fous êtes engore là ?

— Pour obtenir votre permission, monsieur le duc...

— Engore fos gomédiens ? Vous ne foyez pas que che suis occubé à surfeiller ces punaises en univorme qui n'arrivent même pas à noyer trois vlammes tans la Moskova ?

53

— Si, monsieur le duc, mais...

— Mon betit, mêlez-fous de recopier à la plume les notes te Monsieur le paron Fain et dournez-nous choliment les phrases te Sa Machesté ; à jacun son emploi. A part ceux qui serfent l'Embereur, il est bas question que che loge tes civils. Gombris ?

— Oui, monsieur le duc, mais...

— Tenace, le cribouille, bougonna le maréchal en croisant les bras.

— Puis-je au moins emprunter une calèche pour les reconduire dans leur quartier ?

— Faites comme pon fous chante, monsieur le segrétaire, mais che ne feux pas foir traîner tans mes parages votre droupe de costumés ! Fous foulez que mon invanterie leur passe tessus, fos cheunes bremières ?

— Merci, monsieur le duc.

Comme Sébastien s'en allait, le maréchal haussa les épaules et soupira :

— Dous bareils, ces bourcheois, ça s'rend bas compte. Et les autres, là-pas, infoutus d'édouffer un feu te rien ! Ils fiennent d'où ? Bas d'ma campagne, en dout gas, ah non, un paysan ça sait édeindre une granche afec un verre d'eau !

Fils d'un meunier de Rouffach dont il avait l'accent, mari d'une blanchisseuse dont les vrais nobles de la Cour se moquaient, le premier toutefois que Napoléon avait doté d'un duché imaginaire, Lefebvre rappelait avec orgueil et à chaque occasion ses origines humbles, mais aujourd'hui, pensaient ses officiers, même avec un seau, son paysan idéal n'obtiendrait aucun résultat : ça flambait fort, à l'autre bout de la ville.

A dix heures du soir, une calèche militaire découverte, munie de fanaux qui éclairaient surtout les
croupes des chevaux, sortit du Kremlin pour s'enga-
ger vers le nord-est de la ville. La troupe complète
de Madame Aurore s'y tassait ; le grand Vialatoux
avait consenti à retirer son casque de centurion et
une jambière de Jeanne d'Arc dépassait à la portière. Sébastien avait pris place à côté du postillon,
l'intendant Bausset l'avait autorisé à escorter ses
protégés, et il se retournait sans cesse sur son siège
pour essayer de distinguer dans l'obscurité la silhouette de Mademoiselle Ornella. Cette contempla-
tion furtive était rendue pénible par l'omniprésence
de Madame Aurore, qui connaissait par cœur le
chemin et guidait à la voix ; debout au milieu de la
calèche, malgré les cahots, elle indiquait les raccourcis pour parvenir au chalet loué à un négociant
italien :
— A droite, par là, on va longer le bazar...
La voiture s'engagea comme l'indiquait la directrice.
— Ce serait plus court par le bazar, continuait la
bavarde, mais les entrées des caves s'ouvrent au
milieu de la rue, et en plus, regardez un peu cette
bousculade...
La voiture doublait des rues étroites, aux maisons
de brique sans étage que bordaient des portiques.
Libres enfin de leurs officiers, les soldats se servaient, se chamaillaient pour un tonneau de miel ou
une écharpe en fils d'argent. C'était la ville chinoise.
Les marchands de Lan Tcheou y acheminaient les

produits de toute l'Asie. Ils venaient d'au-delà du fleuve Amour, quand on ne sait plus où finit la Russie et où commence la Chine. Ils quittaient au nord de la Caspienne la route de la soie, leurs caravanes remontaient la Volga et le Don pour vendre à Moscou la soie blanche de Boukhara, des plats en cuivre ciselé, des sacs d'épices, des bâtons de savon, des blocs de sel aux veines roses. De nombreux écheveaux se balançaient aux devantures, que révélaient les falots des pillards de la Garde. Leurs uniformes disparaissaient sous des velours de soie aux teintes crues, ils troquaient leurs shakos contre des bonnets tartares à oreillettes, chipaient des objets travaillés dans l'ivoire des morses ; les tissus de Hissar rayés de violet ou de jaune leur servaient de capes. Ils ressortaient par bandes du quartier, méconnaissables, et la calèche se frayait un passage difficile ; on devait avancer au pas. Le parcours semblait interminable mais Sébastien en était ravi, car cela prolongeait d'autant la présence de Mademoiselle Ornella qui lui paraissait avoir toutes les vertus du ciel et de la terre, lorsqu'une explosion le fit sursauter. A leur gauche, une boutique du bazar s'embrasait. Des hommes indistincts couraient dans toutes les directions en criant. Le postillon fouetta ses chevaux, ils allongèrent le trot dans le désordre, heurtant parfois un grenadier ou un voltigeur qui se précipitaient hors du quartier chinois ; l'un d'eux s'accrocha à la calèche, grimpa sur le marchepied :

— Ça a explosé quand on a défoncé la porte d'une échoppe !

Il avait tordu une pièce de soie autour de son col, endossé une veste en peau de loup, et il accusait :

— Vous allez voir qu'on va griller dans cette saleté de ville !

— Taisez-vous, dit Sébastien avec une autorité qu'il ne se connaissait pas. Vous effrayez ces dames.

— Y'a pas qu'les dames de trouillardes, et si je pouvais jouer à l'oiseau, je m'envolerais d'ici et vite !

— Ça brûle aussi de l'autre côté, dit Madame Aurore, après l'hôpital des Enfants-Trouvés. Ça doit être à la Solenka.

— La quoi ? demanda Sébastien.

— La rue des vendeurs de poisson salé, monsieur Sébastien.

Mademoiselle Ornella venait de lui parler. Il ne retenait que la douceur chantante de sa voix, oubliait ces multiples incendies qui n'avaient plus rien d'accidentel.

Le capitaine d'Herbigny s'était réservé l'appartement du comte Kalitzine, au mobilier sommaire mais bienvenu, et à la lumière des bougeoirs il profitait d'un tableau de nymphes au bain épargné par le chambardement. Il aurait préféré de vraies femmes à ces images potelées, peu au goût du jour, mais incapable de dormir, avec un brin d'imagination et le rappel de ses souvenirs, il animait le tableau, y plaçait des jeunes donzelles russes. Paulin avait découvert de la vaisselle armoriée, mais pas grand-chose pour garnir les assiettes, des fruits secs, une confiture brune trop sucrée. Le capitaine tendit son verre, le domestique lui versa du vin de bouleau qu'il but d'une longue gorgée :

— Ça ne ressemble vraiment pas à notre champagne, dit-il en se lissant les bacchantes. Il avait troqué son habit de dragon, son gilet, sa chemise contre une pelisse de satin vermillon doublée de renard, et il chipotait en avalant sa confiture avec une cuiller. Pendant ce temps Paulin arrangeait le lit, des nappes en guise de draps. Devant l'hôtel, les molosses enchaînés recommençaient à aboyer.

— J'aurais dû leur casser la tête, à ces braillards ! Paulin, va voir.

Le domestique ouvrit la croisée, se pencha ; il annonça à son maître que d'étranges civils palabraient avec les sentinelles.

— Descends te renseigner et au galop !

Le capitaine s'emplit un verre à ras bord et se contempla dans la glace accrochée en face de la table. Il aimait son allure, cette nuit, ainsi accoutré à la moscovite, sans casque, le verre à la main. « A ma santé ! » dit-il en se saluant. Ce décor, ces vastes pièces dépouillées lui évoquaient son enfance près de Rouen, au château d'Herbigny, une grosse ferme, en fait, au milieu d'un domaine que son père exploitait. Les vers grouillaient sur les couvertures, les hôtes qui s'incrustaient mangeaient les provisions, parce qu'il y avait toujours des voisins, un curé de la famille, d'autres nobliaux désargentés. En hiver, on se serrait devant l'unique cheminée en état de marche. D'Herbigny s'était enrôlé très tôt dans la Garde nationale, il avait ensuite appris sur le terrain le métier des armes ; désormais il n'était bon qu'à tuer, charger à la trompette et récolter des médailles. Il avait si fréquemment croisé la mort que tout lui semblait dû. Un jour, il avait passé son sabre dans le ventre d'un gringalet qui l'avait regardé d'un œil insolent. Un autre jour, à la barrière de l'octroi, il avait rossé un douanier qui entendait percevoir une taxe pour entrer dans Paris. Et cette bagarre, à Vaugirard, entre les dragons et les chasseurs qui se cognaient au milieu des guinguettes ; il s'en amusait quand Paulin arriva :

— Monsieur, Monsieur...

— Au rapport, animal !

— Des comédiens ambulants, ils nous demandent asile.

— Pas d'place pour des bohémiens dans mon palais.

— Ils sont français, Monsieur, ils habitaient le chalet vert, en face, que nos cavaliers ont dévasté.

— Eh bien qu'ils dorment par terre, c'est excellent pour le dos. Il faut les dresser, ces gens-là.

— J'ai pensé...

— Qui te paie pour penser, ganache ?

— Il y a des jeunes femmes...

— Jolies ?

— Deux ou trois.

— Amène-les-moi, que je choisisse. *(Il rebiqua sa moustache.)* A moins que j'prenne le lot.

Le capitaine s'aspergeait d'une eau de Cologne dégotée dans la chambre de la comtesse lorsque le lot, selon son expression, entra dans la grande pièce mené par Madame Aurore, tonitruante, qui poussait un dragon en lui bourrant les reins de tapes. Elle brandissait de l'autre main un châle et apostrophait le capitaine :

— C'est vous, l'officier de ces vauriens ?

D'Herbigny ouvrait la bouche mais n'eut pas le

59

temps de répliquer à l'actrice, elle poursuivait sur le même registre :

— Vous m'expliquez pourquoi je retrouve mon châle roulé en ceinture autour de son ventre ? *(Elle frappa plus fort l'estomac du dragon penaud.)* Moi je sais ! Ce sont vos militaires qui ont saccagé la maison où nous étions depuis deux mois ! J'exige...

— Rien du tout, dit le capitaine en quittant son fauteuil, vous n'avez rien à exiger ! La ville entière nous appartient ! Holà, toi ! Qu'est-ce que tu fabriques ?

Le grand Vialatoux avait posé son casque de centurion sur une console et il essayait celui du capitaine, trop large pour son crâne.

— Touche pas à mes affaires ! cria d'Herbigny.

— Et vous, avec les nôtres, vous vous êtes gêné ? dit Madame Aurore que ce genre de flambard n'impressionnait guère.

— Nous avons nos entrées près de l'Empereur, ajouta Vialatoux, par l'un de ses secrétaires particuliers. Il nous a conduits jusqu'ici en personne.

— Un garçon plus aimable que vous, dit une rouquine habituée aux rôles de soubrette, dont elle accentuait le ton railleur.

Le capitaine se radoucit en appuyant son regard sur cette jeune fille qu'il prévoyait facile :

— Bon... Faut comprendre les soldats, d'abord, et puis on peut s'arranger, pas vrai, entre compatriotes. Ici, il y a de la place. Paulin ! Loge nos nouveaux amis. Vous, mesdemoiselles, je vous offre ma chambre, où dormait un comte.

— Avec vous dedans ? ironisa Mademoiselle Ornella qui se savait choisie.

— Eh bien nous verrons...

D'Herbigny récupéra son casque et Paulin pré-céda le reste de la troupe dans les escaliers, avec une lumière ; les deux élues s'assirent au bord du grand lit en se chuchotant des mots qui les faisaient rire. Le capitaine restait planté au milieu de la pièce ; pour interrompre ce concert de moqueries, il les interrogea sur leurs prénoms :

— Jeanne, dit Mademoiselle Ornella qui s'appe-lait Jeanne Meaudre en dehors de la scène. Elle, c'est Catherine.

— Catherine ? Ça rime avec coquine ! J'me trompe ?

Les deux filles se remirent à pouffer :

— Et Jeanne, ça rime avec quoi ?

— Voyons, voyons...

Embêté par la question, le capitaine plissa le front pour signaler qu'il réfléchissait, incapable de don-ner illico une rime qui ne soit pas *âne* ni *banane*.

— Oh ! dit la rousse Catherine, votre main droite.

— Ma main droite ?

Il leva son moignon saucissonné par des lanières dans un pan de chemise.

— Ma main droite est restée quelque part en Russie, mes jolies, mais j'ai souvent l'impression d'en sentir remuer les doigts.

Parce que ses deux invitées s'arrêtaient de glous-ser et l'écoutaient avec un nouvel intérêt, le capi-taine commenta son amputation ; pour afficher son courage et les captiver en les effrayant un peu, il expliqua comment le docteur Larrey, chirurgien exclusif de la Garde, avait appliqué des larves de

mouches sur la plaie encore vive, car il avait découvert que les asticots, proliférant en colonies, empêchaient la gangrène. Il chanta ensuite ses blessures,
associées à des actions valeureuses qu'il citait dans
le désordre en s'échauffant :

— A Wagram, j'ai été brûlé quand l'artillerie a
incendié la moisson. A Pratzen j'ai eu un cheval
éventré sous moi par un obus. J'ai failli être englouti
dans une tourbière en Pologne. Poursuivi par les
Anglais, j'ai manqué me noyer près de Benavente en
nageant dans un torrent ; à Saragosse j'ai eu le crâne
défoncé par la crosse d'un fusil, et le lendemain j'ai
pris sur la tête une maison minée ! J'ai souvent cru
que j'étais mort, j'ai vu le sang couler par la bouche
des gargouilles, au couvent de San Francisco, et là,
regardez, un coup de feu à la hanche... Hé !

Les filles s'étaient endormies pendant l'énuméra-
tion, blotties l'une contre l'autre.

— Ah, mes cocottes, c'est trop simple ! gromme-
lait le capitaine, dépoitraillé pour montrer ses cica-
trices glorieuses et rosâtres, et il s'approcha des
filles, entendit leur double respiration régulière. Il
défit au couteau les lacets des brodequins de Mademoiselle Ornella, qui ne se réveilla pas, continuait
à faire sauter les boutons, cordonnets et rubans des
péronnelles lorsqu'un tapage le dérangea. Il courut
vers la porte, rageur, l'ouvrit d'un geste et se heurta
à Paulin, rouge, que suivaient des dragons tenant
des lanternes.

— Paulin ! Je veux la paix ! Quoi ? Nos saltimbanques te tracassent ? Qu'ils aillent en enfer !

— Eux, ça va, Monsieur...

— Alors ?

— Faudrait qu'vous veniez voir, mon capitaine, dit l'un des dragons.

— C'est grave, dit encore Paulin pour décider son maître, lequel jeta un coup d'œil aux endormies, qui ronflaient légèrement, avant de repousser la porte et de se laisser guider par les intrus jusqu'à un autre escalier, à l'arrière de l'hôtel Kalitzine ; en bas, Paulin montra de l'huile sur les marches.

— Ça sent le camphre, enfin, ça sentait le camphre, votre eau de Cologne couvre cette odeur...

— Le camphre ?

— De l'huile d'aspic, Monsieur, voyez...

La traînée luisante continuait et baignait plus loin une mèche ; la mèche sortait dans la rue voisine par une fenêtre basse dont quelqu'un avait troué le double vitrage avec, jurait le capitaine, une balle de pistolet.

— On avait l'intention d'allumer cette mèche, Monsieur, et de nous rôtir.

— *On* ? Le majordome, oui ! Ce Russe, où est ce Russe ? Fouillez partout et amenez-le-moi que je lui éclate la cervelle !

Une main brusque lui triturait l'épaule ; Sébastien ouvrit les yeux sur une manche à ramages, et il entendait le baron Fain : « C'est très beau de rire aux anges, monsieur Roque, mais debout, Sa Majesté ne va plus tarder. » Sébastien réalisa qu'il avait dormi au Kremlin ; un instant plus tôt il souriait en rêvant, car il était à Rouen avec Mademoiselle Ornella ; par une fenêtre de la maison paternelle, rue Saint-Romain, il lui montrait la flèche gothique de Saint-Maclou, puis il attelait le char à banc pour l'emmener en promenade jusqu'à la Forêt-Verte... Il se leva du canapé, boutonna machinalement ses gilets, récupéra sur le bureau sa redingote noire et son chapeau à cocarde qu'il garda à la main, puis, les yeux ensablés, il rejoignit le baron accoudé à une fenêtre. Un jour blanc, troublé par la teinte cuivrée des incendies qu'on n'avait su maîtriser, éclairait les campements de la Garde. Les ombres des soldats bougeaient dans les cours, autour des bivouacs fumant, la plupart étendus, roulés dans des couvertures ; quelques-uns, accroupis, allumaient leurs longues pipes avec des tisons triés dans la cendre ; on en distinguait qui titubaient à la recherche de leur fusil ou d'un tapis de selle, et partout, sur le sol, des bouteilles vides expliquaient leur état.

Le baron Fain se détourna en attrapant Sébastien :

— Montrez-moi notre installation.

— Par ici, monsieur le baron, c'est la chambre de Sa Majesté, nos bureaux pourraient se disposer dans ce salon...

En une nuit, les appartements et leurs dépendances avaient été remeublés. Au lit de Napoléon, les valets avaient mis des housses de couleur lilas ; le portrait du roi de Rome, son fils, peint par Gérard et reçu de Paris une semaine plus tôt, remplaçait celui du Tsar. Le baron Fain s'arrêta devant la toile. Dans son berceau, l'héritier de la dynastie Bonaparte jouait avec un sceptre comme avec un hochet. A la veille de Borodino, que l'Empereur préférait nommer Moskova dans ses bulletins, pour souligner qu'on s'était battu devant la ville sainte, la peinture avait été exposée sur une chaise, devant la tente impériale ; l'armée lui avait rendu hommage avant la bataille.

— Quand il régnera, monsieur Roque, nous ne serons plus là.

— S'il règne, monsieur le baron.

— Vous en doutez ?

— Nous sommes tellement habitués à l'invraisemblable qu'on ne peut prévoir à huit jours...

— Gardez vos sentiments, mon garçon.

— Nous sommes dévoués à l'Empire mais l'Empire doit nous protéger, Jean-Jacques disait...

— Lâchez un peu votre Rousseau ! Ses idées ne sont plus celles de l'Empereur, et sous Robespierre vous étiez un marmot ! Quant à vos auteurs de l'Antiquité, dont vous trimbalez des volumes dans votre sac, ils traversaient une époque moins folle. Si vous voulez vivre vieux et vous enrichir, taisez-vous, monsieur Roque.

L'agitation redoublait autour d'eux, annonçant l'Empereur ; des informations couraient sur son humeur : il avait mal dormi, trop peu, Constant avait brûlé du bois d'aloès et du vinaigre toute la nuit pour assainir sa chambre, devenue irrespirable ; au matin, son habit qu'il n'avait pas quitté était infesté de vermine... En papotant, les commis apportaient des bureaux disparates et des sièges, du papier, des crayons taillés, des plumes de corbeau, des encriers qu'ils rangeaient selon un cérémonial chaque jour identique, quand des sonneries se répondirent d'une cour à l'autre : Napoléon longeait sans un regard les colonnes de grenadiers comateux. Il gravit lentement l'escalier monumental, entre le major général et Caulaincourt, suivi de ses aides de camp. A l'inverse des prévisions pessimistes de son entourage, il se réjouissait en découvrant ses appartements moscovites ; que pour y parvenir il n'ait rencontré personne, à part son armée, ne l'affectait pas. Il était volubile en contemplant le long cylindre de la tour d'Ivan, coiffé d'une coupole que surmontait une croix géante : « Notez qu'il faudra redorer le dôme des Invalides », dit-il à Berthier, puis aux autres : « Nous y sommes enfin ! Ici je signerai la paix. » Il pensait : « Charles XII aussi voulait signer la paix à Moscou avec Pierre le Grand. » Il se tourna vers l'église où les tsars avaient leurs tombeaux, satisfait, et ne broncha guère lorsqu'il sut que les trésors de l'arsenal avaient été enlevés, les couronnes du royaume de Kazan, de Sibérie ou d'Astrakhan qu'il se serait amusé à porter, les diamants, les émeraudes, les haches d'argent des écuyers qu'il aurait volontiers serrés dans ses bagages.

Dans un coin du salon encombré d'officiers et d'administrateurs en uniforme, les mains dans le dos, il écoutait maintenant les rapports. Il apprit que le gouverneur Rostopchine avait fait atteler les pompes à incendie, une centaine, pour les éloigner deux nuits auparavant. Le vent propageait le feu et on manquait d'eau.

— Trouvez des puits, détournez le fleuve, puisez dans les lacs ! ordonnait l'Empereur. J'arrive de l'hôpital des Enfants-Trouvés, que j'ai visité avec le docteur Larrey, et qu'y avait-il dans la cour principale ? Une fontaine à réservoir qui distribue l'eau de la rivière dans tout le bâtiment ! Quoi encore ?

— Par des marchands étrangers, sire, nous savons qu'un chimiste hollandais, ou anglais...

— Anglais, si c'est pour me nuire !

— Un Anglais, donc, Smidt ou Schmitt, préparait un ballon incendiaire...

— Foutaise !

— A bord, un équipage d'une cinquantaine de personnes devait lancer des projectiles sur la tente de Votre Majesté...

— Refoutaise !

— Un Italien, dentiste à Moscou, nous a indiqué le repaire de Smidt à six verstes de la ville.

— Eh bien allez voir ! Quoi d'autre ?

— Il paraît que les seigneurs russes voudraient arrêter la guerre, dit un colonel polonais. Quant à Rostopchine et Koutouzov, ils se détestent.

— A la bonne heure !

— Des prisonniers russes l'affirment, sire, mais nous n'avons aucune certitude.

— Berthier ! Rabat-joie ! Moi je vous dis qu'Alexandre signera la paix !

— Sinon ?

— Nos quartiers sont assurés. Quand les incendies seront éteints, nous hivernerons dans cette capitale, entourés d'ennemis, comme un vaisseau pris par les glaces, et nous attendrons la belle saison pour reprendre la guerre. Derrière, en Pologne, en Lituanie, nous avons laissé en garnison plus de deux cent cinquante mille hommes, ils nous ravitailleront, ils garantiront la liaison avec Paris, nous lèverons cet hiver de nouveaux contingents pour nous renforcer, alors nous marcherons sur Pétersbourg.

Napoléon ferma les yeux et ajouta :

— Ou bien vers l'Inde.

Les témoins se raidirent, on en vit qui ouvraient la bouche d'étonnement mais personne n'osa soupirer.

Ce n'était pas une rue qui bordait les arrières de l'hôtel Kalitzine, comme d'Herbigny l'avait cru, mais une cour fermée de hauts murs, avec des écuries sans paille ni chevaux, des remises où l'on rangeait les voitures. Le capitaine s'y postait depuis la découverte de cette mèche, qui pendait par un trou d'une fenêtre basse ; il comptait prendre l'incendiaire sur le fait, qu'il parle, qu'on le tue. Ses cavaliers avaient visité en vain l'hôtel pièce par pièce, disaient-ils, mais le majordome s'était évanoui. Il devait y avoir des recoins, des cachettes, des secrets dans les murs du bâtiment, comme à Paris, à l'époque du Tribunal de Fouquier-Tinville, ces cloisons doublées derrière lesquelles les aristos et leurs espions échappaient à la Terreur. Dès que le jour s'était levé, d'Herbigny, abrité à l'ombre des écuries, continuait sa discrète surveillance. Ereinté par une nuit tourmentée et vigilante, il s'assit sur une borne contre le portail. Il n'avait pas quitté sa pelisse rouge doublée de renard. Tout à coup il vit sortir de l'hôtel, très calmes, un curé en soutane, le visage sous une mantille de femme, et un autre, plus grand, qu'il crut reconnaître pour le fameux majordome à sa perruque poudrée et à sa livrée. Il empoigna l'un des pistolets passés au ceinturon. Les escogriffes se promenaient, mine de rien, se prêtaient un flacon dont ils buvaient au goulot à tour de rôle. L'un d'eux allait prendre son briquet, allumer la mèche qui serpentait au sol. Non. Ils passaient devant la mèche sans y prêter attention, sans même baisser le nez, faisaient les cent pas, revenaient, toujours causant et toujours buvant leurs rasades. Le capitaine était sans doute manchot mais il avait une vue excellente ; sous la soutane il remarqua des bottes à éperons. Alors quoi ? Un officier du Tsar camouflé en prêtre ? Il leva son pistolet, s'avança dans la cour et, pour ne pas abattre son ennemi dans le dos, lança d'une voix ferme :

— Montre-toi !

Le majordome se retourna. C'était le maréchal des logis Martinon ; il avait des yeux stupides. Le capitaine frappa le pavé du pied :

— Graine de cornichon ! J'aurais pu te tuer !

— Moi aussi ? dit le faux curé en écartant sa mantille.

— Toi aussi, Bonet !

— Mon capitaine, comme vous voyez, on a mis la main sur les habits de notre Russe...

— Et sur une garde-robe complète, ajouta le dragon Bonet en remuant la robe de sa soutane.

— Le majordome ?

— Rien à craindre, dit Martinon, il a dormi dans le salon du second avec la troupe des comédiens, voilà pourquoi on l'trouvait pas.

— Enlevez ces oripeaux et suivez-moi, incapables ! Vous vous croyez à un bal masqué ?

Le capitaine rangea son pistolet pour s'emparer

du flacon d'eau-de-vie, qu'il termina d'une seule et longue gorgée. Puis les trois cavaliers, en courant presque, grimpèrent l'escalier d'honneur, mais au beau milieu du premier palier le capitaine ralentit le mouvement d'un geste ; sur un divan traîné en haut des marches, un cuirassier russe dormait en balbutiant des phrases inaudibles.

— Nul danger, mon capitaine, il est pas plus russe que nous et il est ivre.

— Maillard ! rugit le capitaine en soulevant le dormeur comme un sac de grain.

Maillard ne se réveilla pas quand d'Herbigny lui arracha sa tunique blanche à revers noirs, ni quand il le laissa retomber sur le carrelage. Furieux, le capitaine emmena ses dragons toujours costumés en curé et en domestique ; à l'étage supérieur il poussa la double porte du salon d'un coup de botte ; il découvrit le dortoir des comédiens. Chacun s'était arrangé un lit avec les meubles d'autres pièces. Madame Aurore, la directrice, avait eu droit au canapé le plus moelleux, les autres avaient combiné des sièges et des rideaux décrochés. Ils se réveillèrent ensemble en piaillant ; parmi eux, un long personnage au crâne rasé, en tunique de toile sans col, qui se tenait sur un coude, reçut en pleine figure la perruque et la tenue de cuirassier :

— Lève-toi ! cria le capitaine. Et avoue !

— Avouer quoi, monsieur l'officier ?

— Que t'es pas plus majordome que moi !

— Je suis au service du comte Kalitzine depuis quinze ans.

— Faux ! Tu as le poil ras des soldats du Tsar !

— Pour mieux supporter ma perruque.

70

— Menteur ! Et cet uniforme ?

— Il appartient au fils aîné de Monsieur le comte.

— Ce brave homme ne nous a pas quittés, intervint Madame Aurore qui espérait calmer d'Herbigny dont le teint virait au coquelicot.

— Alibi ! Il guette le moment de nous griller !

— Par tous les saints du Paradis, non, disait le Russe en se signant.

— Lève-toi !

— Un peu de calme conviendrait au matin, jeta le grand Vialatoux, émergeant d'une couverture.

— Silence ! Je connais la guerre et j'ai du nez !

— Il est long, votre nez, mais on ne condamne pas au flair, dit le jeune premier qui avait passé la nuit sur des tapis d'Orient, à côté de son armure en fer-blanc.

Le Russe accepta enfin de se lever. Il ne regardait pas son accusateur mais la porte ; il entrouvrit les lèvres, sans doute pour parler ; le capitaine en profita pour lui enfoncer le canon de son arme dans le gosier. Il tira. A l'instant où le majordome s'effondrait, en vomissant un afflux de sang, ils entendirent crier au feu : du palier venait une fumée grise, épaisse, rampante.

— Emportez ce que vous pouvez et dehors !

— On aurait dû couper la mèche, mon capitaine...

— Vous auriez pu y penser, Martinon !

— J'avais pas d'ordre.

Madame Aurore et ses comédiens, avec les dragons déguisés, dont l'un avait relevé sa soutane en la tournant dans son ceinturon, se précipitèrent en

71

panique dans l'escalier ; ils ne voyaient plus les marches.

— Vous aussi ! dit le capitaine au jeune premier à quatre pattes dans le salon, le nez dans la fumée dense au ras du sol.

— L'homme que vous avez assassiné...

— Exécuté !

— En tombant dessus, il a aplati notre armure de Jeanne d'Arc.

— Si vous voulez flamber comme Jeanne d'Arc, c'est votre affaire !

— Non non, je viens.

Ils rejoignirent les autres à mi-palier ; la fumée leur montait maintenant à la taille et le grand Vialatoux faillit perdre l'équilibre.

— Cramponnez-vous à la rampe !

— J'ai buté sur une chose molle.

D'Herbigny se pencha, tâtonna dans la fumée, rencontra du bout des doigts un corps, le releva, c'était Maillard, aussi asphyxié qu'ivre, lourd, qu'il agrippa par le col et tira jusqu'en bas. Ils descendaient en suffoquant dans un nuage qui piquait les yeux ; ils se protégeaient la bouche et le nez avec leurs vêtements, un mouchoir, une écharpe. Paulin était sorti de la chambre du comte, embarrassé du portemanteau, et il poussait devant lui Catherine et Ornella, drapées dans des nappes ; elles se frottaient les yeux, s'étranglaient à force de tousser. « Vite ! » disait d'Herbigny à sa troupe qui dévalait l'escalier en étouffant, sans même songer à avoir peur ; au rez-de-chaussée, il apercevait des flammes sous une porte qui craquait en brûlant. « Vite ! vite ! » répétait-il, et ils se ruaient vers le portail du vestibule

72

mais, sur le perron, les molosses enchaînés menaçaient de mordre. Surgi d'un coup par l'arrière de
l'hôtel, le feu gagnait déjà les grands rideaux. Le
capitaine posa le dragon Maillard sur les dalles, tua
l'un des chiens avec son second pistolet ; il n'avait
hélas pas le temps de recharger, et avec quoi ?
Quant à Martinon et Bonet, ces imbéciles, ils
avaient égaré leurs armes lorsqu'ils s'étaient traves-
tis. Paulin, agenouillé près de Maillard, constatait :

— Celui-là, Monsieur, il est mort.

— Il ne fera plus crier la poule, ce bougre
d'idiot !

Alors le capitaine reprit le cadavre par le bras, il
le présenta à l'autre molosse qui y planta ses crocs
comme dans un quartier de viande.

— Profitez-en pour filer ! commanda d'Herbigny
aux fugitifs qui coururent jusqu'à l'avenue où les
cavaliers du peloton avaient du mal à tenir les chevaux, terrifiés par les incendies qui se multipliaient.

Sébastien restait le crayon en l'air. Les secrétaires
ne savaient jamais si l'Empereur voulait dicter une
seule lettre ou plusieurs à la fois, aussi étaient-ils
prêts à prendre des notes, au crayon car le débit
rapide et bousculé de Sa Majesté ne permettait pas
de composer à la plume, sur le moment, des phrases
entières et correctement moulées. Le baron Fain,
après son collègue Méneval, avait imaginé une sorte
de code : il s'agissait de choper au vol les mots clés
puis de reconstruire un texte cohérent grâce à ces
aide-mémoire ; ensuite on recopiait à l'encre en soi-
gnant les formules et en rajoutant les politesses

usuelles. Au début, Sébastien avait redouté l'exercice, et de trahir la pensée de Napoléon, mais Fain l'avait rassuré : « Sa Majesté ne relit jamais ce qu'Elle signe. » Ce jour-là, les secrétaires attendaient donc, le nez contre le mur, devant leurs pupitres, ce qui compliquait la dictée car il était impossible, dans cette position, de déchiffrer les mots mal compris sur les lèvres du monarque. Lui, mains dans le dos, allait marcher de long en large, bredouiller, invectiver ou grogner. Napoléon voulait expédier un message au Tsar pour lui proposer la paix ; les secrétaires en étaient informés pour faciliter leurs improvisations finales ; il faudrait trousser un mot à la fois majestueux, amical et conciliant, voilà pour le ton. Mais le fond ? Ils attendaient quand le major général entra dans le salon sans s'annoncer, avec des grenadiers de la Vieille Garde aux longs manteaux gris ; ils conduisaient un moustachu couvert d'une peau d'ours.

— Berthier, vous m'ennuyez ! dit l'Empereur.

— Sire, je vous en supplie.

— J'écoute, dit encore l'Empereur en retombant dans un fauteuil dont il abîma l'accoudoir à coups de canif.

— Regardez plutôt ce que nous avons saisi sur ce brigand.

— Un manchon ? un bourrelet ?

— Un saucisson de poudre, sire. Cette brute voulait incendier les combles du palais.

Méditatif, l'Empereur tripota l'espèce d'objet en toile, bien cousu ; il l'ouvrit avec son canif comme on éventre un poisson pour le vider, la poudre noire se répandit sur le sol. Le prisonnier riait sans bruit.

— Etes-vous convaincu, sire ?

— Que ce Russe voulait foutre le feu ? Ah oui, Berthier, mais pourquoi il rit, le démon ?

— Parce que *sir*, dans sa langue, signifie « fromage », expliqua Caulaincourt qui avait rejoint le groupe en compagnie du maréchal Lefebvre.

— Très amusant ! *(A Lefebvre :)* Vous l'avez interrogé, monsieur le duc ?

— Pien sûr.

— Alors ?

— Il ne tit rien.

— Mais sous sa peau d'ours, dit le major général, voyez, il porte la veste bleue des officiers cosaques.

— C'est un attentat isolé.

— Non, sire, un crime prémédité.

— Un piège, ajouta Caulaincourt.

— Fos ortres ? demanda Lefebvre.

— Mes ordres ? Devinez ! *è davvero cretino !*

Lefebvre fit un geste aux grenadiers :

— Vusillez-moi l'incentiaire !

— Il n'est forcément pas seul, reprit le major général.

— Envoyez des patrouilles, qu'on fusille, qu'on pende, qu'on extermine les suspects, vous entendez ?

L'Empereur se leva, mit son front à la vitre d'une porte-fenêtre. Le quartier chinois recommençait à brûler mais à d'autres endroits. Des incendies s'allumaient dans des faubourgs lointains, vers l'est, et le vent se levait, portant ces flammes contre les remparts.

Du Kremlin, l'Empereur ne voyait pas les foyers qui s'allumaient au-delà du bazar et que masquaient de grosses églises, mais les vitres de l'hôtel Kalitzine avaient éclaté, des flammes violentes sortaient des fenêtres et noircissaient la façade ; les rideaux, les voilages, les tentures se détachaient et voletaient. Des poutres de la soupente se brisèrent, le toit s'effondra dans un fracas, comme aspiré par l'intérieur de la maison. Le dogue survivant, tenu par sa chaîne, avait délaissé le cadavre de Maillard à peine entamé pour aboyer à la mort ; quand le feu roulera sur le perron, il brûlera.

D'Herbigny marchait en tête, près de Madame Aurore, au milieu de l'avenue heureusement large ; les dragons tiraient par la bride leurs chevaux aux yeux bandés, pour qu'ils évitent cette lumière crue, nerveux quand même à cause d'une chaleur de four, des odeurs mélangées de bois calciné, de goudron, de fumée noire. Suivaient les comédiens, que rien ne distinguait de soldats bizarrement accoutrés. Mademoiselle Ornella boitillait, pieds nus sur les pavés chauds ; elle tenait à la main ses brodequins aux lacets tranchés et prenait le bras de son amie Catherine Hugonnet, toutes deux à peine vêtues, le torse enveloppé dans des nappes fines et brodées : elles maudissaient ce cochon d'officier qui avait profité de leur premier sommeil pour déchirer, découdre, esquinter leurs vêtements ; elles le regardaient, là-bas devant ; il faisait le coq mais ses cavaliers portaient des fourrures et des colifichets comme pour chanter un opéra. Enfin, se disaient-elles, nous sommes vivantes, démunies mais vivantes. Elles avaient vu avec désolation flamber leur chalet vert, mais par ici les maisons de bois étaient intactes, et, au bout de l'avenue, une sorte de cathédrale à dômes bleus s'élevait sur une place épargnée. Elles allaient y parvenir quand les chevaux des dragons refusèrent d'avancer davantage. Au bas d'un bosquet, une meute de gros chiens silencieux regardait la frondaison ; ils avaient le poitrail costaud, un pelage gris. On s'arrêta et la voix du capitaine retentit :

— Elles avaient peur du feu, ces rosses, et des chiens les épouvantent ?

Au bruit de cette voix, les chiens en question abandonnèrent leur bosquet et jetèrent des regards au groupe figé. Ils avaient les yeux obliques et verts, des têtes plates.

— Ce sont pas des chiens, mon capitaine, dit le dragon Bonet, ce sont des loups.

— Parce que t'en as vu, toi, des loups ?

— Ah j'en ai vu de près, dans le Jura, et y en a un qui a mangé une femme de mon village, et il a blessé plein de gens. C'est dangereux, ça aime la guerre, plus y'a d'morts et de charognes et de serpents, et plus y'a de loups.

Personne n'avait coupé la parole au cavalier. Ils ne bougeaient plus. Ils observaient les fauves. Allaient-ils attaquer ? Les hommes qui portaient encore leurs sabres les dégaînèrent. Ce fut inutile. Devant le porche de la grande église passaient des hussards rouges à cheval ; ils menaient deux moujiks ficelés. Trop d'hommes, trop de risques, les loups s'enfuirent. Les hussards amenèrent leurs prisonniers jusqu'au bosquet. D'Herbigny les appela ; un lieutenant s'avança au petit trot et demanda :

— Vous comprenez le français ?

— Capitaine d'Herbigny, des dragons de la Garde !

— Pardonnez, mon capitaine, mais je ne m'en serais pas douté...

— Je sais !

— Les uniformes de Monsieur sont dans ce portemanteau, dit Paulin en montrant le bagage que portait son âne.

— Nous venons d'échapper à un incendie de justesse, dit Madame Aurore.

— Ne restez pas à découvert, abritez-vous dans l'église, elle est en pierres solides, isolée des bâtisses en bois, pas de danger qu'elle flambe.

— Vous croyez, lieutenant, que je vais me croiser les bras ?

— Dans ce coin, mon capitaine, c'est infesté de bagnards saouls qui poussent le feu avec des choses dans ce genre...

Il jeta à d'Herbigny une lance que le capitaine considéra de près.

— Ils attisent avec ces lances goudronnées, dit encore le hussard, puis il rejoignit ses compagnons ; ils étaient en train de brancher les deux prétendus incendiaires. Lorsqu'ils doublèrent le bosquet, avant de se réfugier dans l'église, d'Herbigny et sa troupe aperçurent une dizaine de corps pendus ; le déjeuner des loups. Ornella baissa les yeux, elle ne les releva qu'à l'intérieur avec l'impression de pénétrer dans un autre monde : sur les bas-côtés, entre les piliers, devant le chœur, brillaient des centaines de cierges sur des luminaires volumineux. Quelles mains les avaient allumés ? Elle ne se le demandait

78

pas. Elle se serra contre son amie. Elle aurait voulu dormir et se réveiller à mille lieues de Moscou, dans les coulisses d'un théâtre parisien. Elles se connaissaient depuis longtemps, avec Catherine, elles avaient joué mille fois sur les mêmes tréteaux, débuté par des rôles infimes, une apparition, une réplique mais dans *Monsieur Vautour* aux côtés du célébrissime Brunet ; Madame Aurore les avait remarquées, la brune pour son allure, la rouquine pour sa fraîcheur. Elles avaient été engagées et n'avaient plus cessé de monter sur la scène des Délassements, faubourg du Temple, jusqu'au jour où Napoléon avait décidé de fermer la plupart des théâtres pour supprimer la concurrence avec les huit salles qu'il subventionnait. Il avait fallu quitter la France pour travailler, tourner à l'étranger, jouer devant des expatriés ou des Européens cultivés qui comprenaient notre langue. La troupe nomade d'Aurore Barsay avait été applaudie à Vienne, à Pétersbourg, à Moscou depuis deux mois, Moscou menacée par l'incendie et par les soldats, sans public, sans un rouble, sans bagages, sans costumes.

— Oh, Catherine, disait Ornella, j'en ai assez...

— Moi aussi.

— Je vais au ravitaillement ! annonça d'Herbigny. Installez-vous dans cette chapelle latérale. Martinon, et toi, toi, suivez-moi. Vous autres, attachez les chevaux aux balustres des autels.

— Aux quoi ?

— Ici, ignare ! A ces choses en bois doré !

Le capitaine gardait au fond de lui sa lassitude et ses doutes. Manchot désormais, couturé de partout, il rentrait ses vraies envies en serrant la poignée de son sabre. Parfois montait en lui le désir paradoxal d'une vie paisible, campagnarde ; ou bien il s'imaginait aubergiste puisqu'il aimait le monde et le vin, et les poulardes à la broche, dorées, tendres, juteuses. Il écarta cette image inconvenante de volaille, cet après-midi de septembre, dans Moscou livrée aux loups, aux bagnards et au feu. Il rôdait avec ses cavaliers dépenaillés, l'estomac vide, après avoir endossé l'un de ses habits verts et boutonné à la couture une surculotte de toile grise ; son casque était resté dans les ruines de l'hôtel Kalitzine, écrabouillé, fondu.

Le quartier se composait pour l'essentiel, entre quelques églises, de maisonnettes à toits pentus comme des chalets suisses, avec un étage et un jardinet sur le devant, clos par des palissades basses : ce serait bien le diable s'ils ne trouvaient rien à se mettre sous la dent. Ils s'apprêtaient à piller méthodiquement ces maisons. L'un des dragons allait briser la serrure d'une porte, il avait levé sa crosse quand des lanciers s'amenèrent dans la rue au galop. L'un d'eux ralentit pour crier à d'Herbigny :

— Méfiez-vous des portes ! Ils ont piégé leurs bicoques !

Le dragon restait fusil en l'air et bouche ouverte.

— Tu as entendu, bourrique ? Par la fenêtre.

Ils arrachèrent un volet, cassèrent un carreau ; le capitaine enjamba la fenêtre, inspecta la pièce : un banc, un tabouret... Il fit quelques pas. Sa botte écrasa des brindilles. Il baissa les yeux. Les anciens occupants avaient entassé des fagots et des copeaux devant la porte ; il aperçut une batterie de fusil reliée à la serrure : s'ils avaient défoncé cette porte, la poussée aurait fléchi la détente, le coup serait parti pour flanquer le feu à ce tas de bois sec. Le maréchal de logis Martinon passa le nez à la fenêtre :

— Mon capitaine, en sondant le jardin au sabre on a heurté un coffre.

Les cavaliers avaient déterré le coffre qui s'ouvrit sans effort. Il contenait de la vaisselle. Ils continuèrent leurs fouilles dans les autres habitations. Avec des gestes d'une extrême prudence, ils enfonçaient leurs sabres dans la terre, retournaient le sol, visitaient les caves, trouvèrent un obus dans un poêle et plusieurs portes piégées. Ils mirent la journée entière à ramener un baril d'eau-de-vie, des racines et un esturgeon fumé.

Un vigoureux vent d'est soufflait en bourrasques et poussait le feu vers le Kremlin. Une pluie de charbon tombait dans les cours. Des tourbillons de fumée enveloppaient le haut des clochers. Ce spectacle rendait Sébastien fébrile ; sur le canapé du grand salon où il ne dormait pas, il s'efforçait de chasser d'atroces visions, Ornella environnée de flammes, sa chevelure comme une torche, et elle courait, mais non, Madame Aurore connaissait Moscou, ses détours, ses raccourcis, ses pièges, jamais elle ne se serait laissé encercler par le feu. Il se persuadait. C'était la nuit mais on y voyait sans lampe à cause de l'incendie. Il se leva, se brûla la main en touchant la porte-fenêtre aux vitres surchauffées, sortit sur la terrasse. La moitié de la ville se consumait. Il respirait des cendres, du bitume, du soufre, entendit exploser les toits de fer battu des magasins du bazar, retourna dans le salon en sueur, reprit son souffle. Sa Majesté dormait. La lettre au Tsar avait été ajournée. Napoléon s'était couché tôt, il voulait réparer sa nuit éprouvante dans l'auberge sale de Dorogomilov, et personne ne prenait la responsabilité de l'alerter. Comment lui demander de quitter la ville ? Berthier, Lefebvre, Caulaincourt, d'autres chamarrés entretenaient à ce sujet un conciliabule à l'autre bout du salon. Le maréchal du palais, Duroc, se dévoua enfin ; il se faisait moins insulter que ses compagnons. Il y eut tout de même des éclats de voix derrière la porte, dans la chambre impériale. Comment persuader le monarque d'abandonner le Kremlin menacé, d'évacuer les troupes de Moscou dans la campagne voisine, puisqu'on ne réussissait pas à enrayer le feu ? Comment allait-il réagir ? Mal, ils s'en doutaient. Berthier, à son habitude, se rongeait les ongles, Caulaincourt regardait la porte, Lefebvre le plancher, puis l'émissaire revint annoncer que ses valets habillaient l'Empereur.

Le voici, maussade et agacé ; Constant l'aide à enfiler sa redingote en marchant. Il approche des fenêtres, grimace devant le brasier :

— Les sauvages ! Sauvages comme leurs ancêtres ! Des Scythes !

— Sire, il faut quitter Moscou sans tarder.

— Berthier, allez au diable !

— Nous y sommes.

Napoléon hausse les épaules avec dédain, puis il

se colle les yeux à sa lorgnette de théâtre. En bas, dans une vive lumière orange, des canonniers essaient d'étouffer les flammèches qui tombent; déjà les étoupes de certains caissons d'artillerie, bêtement rangés dans une cour, prennent feu; des hommes les piétinent; quatre cents coffres de munitions risquent d'exploser. Au-dessus, debout sur les toits de fer du Kremlin, des soldats de la Garde balaient les cendres chaudes apportées par le vent. On en voit d'autres aux fenêtres du Sénat, ils jettent les archives afin de ne pas nourrir le feu à l'intérieur du bâtiment, et les papiers voltigent, s'enflamment parfois, se consument en l'air. De nouveaux incendies s'allument maintenant à l'ouest de la ville, puis tout près, aux écuries du palais et sur l'une des tours de l'Arsenal. On entend le tocsin. Des vitres dégringolent, le vent d'est redouble.

— Allons voir, dit l'Empereur en prenant le bras de Caulaincourt.

Avec des chiffons, pour ne pas y laisser la peau de ses doigts, le mamelouk Roustan ouvre une porte-fenêtre. L'air brûle la gorge. Dans une nuée de cendres, le cortège quitte les appartements impériaux par le grand escalier de la façade. Les uns se nouent un mouchoir sur la nuque pour se protéger le nez et la bouche, d'autres remontent leur manteau sur la tête. Des grenadiers en capotes grises, baïonnette au canon, encadrent Napoléon et sa suite. Sébastien s'enfonce sur le front son chapeau à large bord, relève ses collets et leur emboîte le pas. Ils se hâtent, s'époussettent parce que des escarbilles ardentes tombent sur leurs vêtements qu'elles trouent. Le poil d'un bonnet commence à griller, le grenadier l'ôte et le tape contre les marches. Sur l'esplanade, palefreniers et piqueurs attellent les nombreuses calèches de l'intendance ; à peine sortis des écuries dont la couverture risque de s'effondrer, les chevaux indociles hennissent ou se cabrent, refusent le harnais, battent le pavé de leurs sabots. Le départ se précise, chacun s'y prépare dans la confusion. On crie, on s'affole, on s'agite ; des commissaires en habits noirs chargent dans leurs voitures des colis de vin ou de tabac, des statuettes, des violons. Un colonel essoufflé arrive au pas de course devant l'Empereur :

— Un mur a croulé au nord !

— Sire, il faut traverser la Moskova au plus tôt !

— Par le portail principal, dit Berthier.

Les battants poussés, une barrière de feu borne la place monumentale. Les rues étroites qui mènent au fleuve, sur la droite, sont couvertes d'une voûte de flammes. Des pans de maisons s'éboulent et compliquent le passage.

— Là, sire, où l'incendie est le plus faible, il n'y a qu'une barrière de feu à traverser.

— Sire, on va vous rouler dans nos manteaux et vous porter.

— Rentrons, dit l'Empereur, effrayant de calme.

Sa redingote est roussie à plusieurs endroits.

En s'ajoutant au cortège, Sébastien était sûr de sortir parmi les premiers de Moscou, avant que l'incendie ne gagne l'ensemble du Kremlin, et il retraversait l'esplanade en sens inverse, le visage noirci de fumée. Il s'arrêta au pied de l'interminable escalier que l'Empereur montait jusqu'à sa terrasse. Le jeune homme avait la jambe molle, plus de réac-

84

tions. Autour, les civils de l'administration, les commissaires, les personnels du palais continuaient à entasser dans leurs voitures, même sur les toits, des monceaux de marchandises soustraites aux caves, surtout des bouteilles. Chassant de sa redingote les poussières incandescentes qui tombaient sans relâche, Sébastien longea la file des calèches et des berlines surchargées. Le baron Fain tenait un tissu en tampon contre son nez, mais Sébastien le reconnut à son uniforme :

— Monsieur le baron !

La portière était fermée, l'autre n'entendait pas, somnolent entre une déesse de marbre blanc, des tapis et des sacs. Sébastien cogna à la vitre, la portière s'ouvrit et Fain le disputa :

— Que fabriquez-vous ici, monsieur Roque ?

— J'étais avec Sa Majesté...

— Mais vous n'y êtes plus ! Vous assuriez la veille, cette nuit ?

— Oui...

— Déserteur ! A qui Sa Majesté va dicter son courrier, si l'envie lui en prend ? Allez ! Non, un moment. Qu'est-ce que l'Empereur a décidé ?

— Il est remonté vers ses appartements avec le major général, je ne sais rien de plus.

— Filez ! dit le baron Fain en refermant sa portière d'un geste brusque et inhabituel.

Comme beaucoup de soldats qui se plaisent à obéir pour ne pas penser, d'Herbigny était un homme simple avec des plaisirs animaux et des goûts communs : l'inaction le minait. Pas question de se reposer ; ressasser des sempiternels souvenirs l'aurait aigri, il avait besoin de mouvement. Ajoutons qu'il ne supportait plus Madame Aurore et ses saltimbanques, ces mijorées, ces cabots ; l'agacement s'était aggravé quand l'actrice avait jugé trop chiche son ravitaillement, le traitant d'incapable sans dire le mot ; il lui avait abandonné en maugréant sa part d'esturgeon, une bouchée, pour qu'elle se taise. Ensuite il était parti se percher au sommet d'un clocheton de l'église où ils s'abritaient. Il y étudia la situation. Le jour se levait mais on ne s'en rendait pas compte. Sans cesse alimentée par des feux infernaux, la fumée s'amoncelait en un nuage opaque et noir qui recouvrait la ville. Des colonnes de flammes montaient comme des tornades. Le capitaine distinguait à peine les remparts du Kremlin, sur son éminence, en surplomb des quartiers ravagés. L'incendie n'avait pas atteint à cette heure les extrémités nord ; par là, songeait d'Herbigny, ils pourraient rallier la citadelle en suivant les berges du fleuve, ils y retrouveraient le reste de la brigade. Il réunit sa dizaine de cavaliers peu présentables, engueula une fois de plus le maréchal des logis Martinon en livrée de valet. Ils sortirent leurs chevaux de l'église ; les sabots qui sonnaient sur le dallage n'éveillèrent même pas les comédiens, écroulés de fatigue dans leur chapelle.

Les cavaliers progressaient à l'estime vers le nord, agressés par les vapeurs brûlantes, à la lisière d'incendies qui ne demandaient qu'à s'étaler. Après une arche de pierre surmontée d'un auvent en ardoise verte, ils passèrent dans une rue de maisons en rondins, débouchèrent sur un terrain vague. Des chiens affamés, dont on voyait saillir les côtes, fouillaient dans un tas de cadavres, des moujiks ligotés, bandeaux sur les yeux, fusillés contre un muret et laissés pêle-mêle sur le sol de terre. Dérangées par l'irruption des cavaliers, les bêtes aboyaient, le pelage de l'échine dressé, museaux sanglants, des lambeaux de chair humaine à la gueule ; l'une d'elles bondit contre le cheval du capitaine et, de sa main valide, celui-ci distribua des coups de sabre, mais l'assaillant ne s'écartait pas, voulait mordre. D'Herbigny craignant pour sa monture, il descendit étriper le chien, mais les autres arrivaient en meute, reçus par une décharge de fusils. Les premiers chiens, hachés, occupèrent les suivants qui lapaient leur sang avec gourmandise. Les dragons en profitèrent pour les égorger au sabre ou les écraser de leurs crosses, puis ils continuèrent sans un égard pour les cadavres russes mutilés par les crocs. Plus loin, ils croisèrent d'autres incendiaires suspendus à des poteaux ; l'un d'eux portait l'uniforme des cosaques réguliers et une moustache taillée ; il était criblé de balles, aucune main n'avait clos ses yeux blancs.

— Monsieueueueur !

D'Herbigny stoppa son cheval en rouspétant. Derrière, Paulin cinglait avec une badine la croupe de son bourricot immobile. Le capitaine inspira, feignit la lassitude et rebroussa chemin. L'âne refusait d'avancer une patte devant l'autre et se raidissait sous les coups.

— Ne m'abandonnez pas dans ces rues hostiles, Monsieur !

— Ce sont mes uniformes que je ne veux pas

abandonner ! Tu serais capable de te laisser détrousser.

— Nous n'avons rencontré que des morts...

— Ils gigotent, tes morts, dit le capitaine.

Dans une ruelle d'isbas construites de guingois, il venait de voir deux ou trois ombres furtives avec des paquets sur le dos. Il oublia son domestique pour s'enfoncer dans cette voie informe. Plus personne. Si, dans une courette, les ombres se faufilaient. Il y poussa son cheval, bloqua trois Moscovites sous un escalier extérieur. L'homme avait des pantalons bouffants, sous un long manteau serré à la taille ; deux femmes en tabliers, fichus noués sous le menton, laissèrent tomber leurs ballots. De la pointe du sabre le capitaine éventra l'un des paquets et des marchandises roulèrent, un sac de farine, un chou, un jambon qui le fit saliver. Des dragons venaient à la rescousse, les yeux écarquillés sur le jambon.

— Partagez-moi ça en deux, et rendez-en la moitié à ces gens, ils n'ont pas des mines de forçats et ils crèvent de peur. *(Au Moscovite :)* La rivière ? de ce côté ?

— Vier ?

— Le Kremlin, tu comprends ?

— Kreml ! Kreml ! répétait l'homme en montrant une direction.

— Au secours !

D'Herbigny vit son domestique emporté par le baudet dans la direction qu'indiquait le Moscovite. Paulin tenait son chapeau et glapissait ; les autres dragons le suivaient au grand trot, ils riaient.

— Qu'est-ce qui lui prend, à cet âne ?

— J'lui ai caressé le poil avec le briquet, mon capitaine, dit le cavalier Bonet.

— En selle, vous deux ! commanda d'Herbigny aux dragons qui avaient découpé le jambon et en rangeaient les morceaux dans leurs sacoches. Paulin imposait une marche rapide ; le capitaine dut le dépasser pour diriger la bourrique. En peu de temps le groupe tomba sur une avenue. A leur gauche ils entendaient le ronflement de l'incendie. Le vent tournait au sud-ouest, il soufflait par les carreaux cassés d'une grosse maison en brique, créa un appel d'air, aviva les flammes qui surgirent des soupiraux puis de toutes les ouvertures. Ils manœuvraient désormais au nord de la ville chinoise. L'âne de Paulin s'arrêta net.

— J'en ai assez de ton âne, criait le capitaine, on ne peut rien en faire !

— Du saucisson ? suggéra Martinon.

— Toi, je t'écouterai quand tu auras une tenue décente !

Mais des bagnards circulaient à l'orée du bazar, menés par un policier de Rostopchine qui ne cachait pas son uniforme et levait une torche. D'Herbigny s'élança sur lui tandis que ses cavaliers tiraient les moujiks comme des étourneaux, au jugé et dans le tas. Le capitaine et le policier se faisaient face. Habile au sabre, même de la main gauche, le capitaine se rua de côté et trancha le poignet de l'incendiaire au ras de la manchette rouge de sa veste. Sans se soucier du sang qui jaillissait à gros bouillons, le Russe ramassait la torche avec son autre main quand le sabre lui perça la gorge.

Des rafales de vent promenaient dans les airs des

solives de sapin enflammées, des brandons s'écrasaient comme des projectiles. Le feu approchait au bout de cette rue chinoise, il mangeait tout, chassait de boutique en boutique des soldats en robes turques ou persanes, les bras chargés d'une prise hétéroclite, bottes fourrées, peaux, sacs de thé ou de sucre, toute une quincaillerie, et des Moscovites sortis de leurs sous-sols, des brigands, des moujiks avinés en faisaient autant. Ces bandes silencieuses jetaient au milieu de la chaussée des meubles, des pièces de soie ou de mousseline d'Orient. On en voyait qui hésitaient, lâchaient du café pour s'emparer d'un miroir au cadre en bois sculpté. De plus chanceux avaient mis la main sur une charrette ; c'étaient les uhlans d'un régiment de la Vistule qui accablaient de leurs cravaches les Russes qu'ils avaient attelés comme un bétail : « A Varsovie ils ont massacré ma famille ! » braillait un lieutenant.

Les dragons avaient laissé leurs chevaux sur l'avenue à la garde de Paulin, décomposé, qui protestait, et avec d'Herbigny ils enfilaient l'une des venelles à portiques du bazar. « Attention ! » cria le capitaine en sautant derrière un étal. Des toits écroulés, le plomb fondu coulait en ruisseaux bouillants. « Par ici ! par ici ! » Ils changèrent de route, enjambèrent une barricade de meubles laqués. La tôle vernissée d'un toit tomba à quelques mètres dans un craquement, ils s'abritèrent sous les portiques où les pillards enfonçaient des portes de magasins, et tant pis si des poutres chutaient en crépitant ; trop occupés à amasser leurs trésors, ils ne sentaient même pas les semelles brûlantes de leurs bottes, brisaient des caisses, soulevaient les trappes des caves.

Un garçon avec des cadenettes blondes de hussard qui dépassaient d'un tricorne, boudiné dans une espèce de robe de chambre groseille comme en portent les Kalmouks, prenait les flacons que des mains lui passaient d'une cave ; il les empilait dans une caisse à roulettes. Les dragons l'entourèrent :

— On va t'aider à transporter tout ça, dit le capitaine en posant une main lourde sur la caisse.

— Si t'en veux, dit le hussard, t'as le choix, les caves elles sont inondées de vin.

— C'est tes bouteilles qui nous plaisent.

A dix pas, des flammes surgissaient d'un grillage. Il n'y avait pas que de l'alcool dans ces caves, mais de la résine, de l'huile, du vitriol ; d'Herbigny n'avait aucune intention de s'attarder. Le hussard résistait, appelait à l'aide ses compères. Une trogne dépassa de la trappe, dans la fumée, coiffée d'un ruban de cachemire. Martinon lui lança un coup de talon en pleine figure, l'envoya au bas de son escalier ; le maréchal des logis débarqua dans le sous-sol, on entendit des bruits de verre cassé, des voix gueulardes. Martinon remonta presque aussitôt avec des gestes lents et saccadés d'automate. Il avait une épée au travers du corps, la pointe ressortait par l'estomac, il dégoulinait de vin et de sang ; il eut un sourire niais avant de tomber.

L'ouragan de flammes se rapprochait.

Entouré par des officiers, l'Empereur quitta le Kremlin dans l'après-midi. Berthier avait inventé le bon argument : « Si la cavalerie de Koutouzov profite de l'incendie, elle va attaquer le corps d'armée campé dans la plaine ; comment, d'ici, pourrez-vous intervenir ? » Napoléon sortit par une poterne qui s'ouvrait sur la rive de la Moskova ; il traversa un pont que des sapeurs aspergeaient avec des seaux depuis la veille : en face, le faubourg brûlait et des bois rougeoyants, portés au-delà du fleuve, tombaient sans cesse sur le tablier de planches. Caulaincourt avait prévu les chevaux. L'ordre d'évacuer avait été donné aux personnels, seul un bataillon garderait la citadelle en s'efforçant de limiter le feu avec des moyens rudimentaires. Sébastien errait d'une cour à l'autre, son sac à l'épaule. Des colonnes de voitures attendaient sur un boulevard à l'arrière du Kremlin. Personne n'écoutait plus les ordres contradictoires, mais chacun se demandait par où fuir. La plupart des cochers étaient ivres et continuaient à boire, les chevaux piétinaient. Sébastien cherchait à se placer dans l'une des berlines remplies de bagages, d'objets pillés et d'administrateurs suants aux traits défaits ; on ne voulait pas de lui :

— Passez votre chemin !

— Il n'y a même pas une place pour une épingle !

Un postillon refusa que le jeune homme vienne s'asseoir sur son banc. Enervé, Sébastien demanda à un palefrenier :

- Qu'est-ce que vous attendez encore ?

- Que le vent tourne du bon côté.

— Et après ?

— On roulera sur les cendres, pardi ! C'est pas mieux ?

— Cette avenue, par là, elle est dégagée.

— Elle nous éloigne.

— Elle nous éloigne d'où, grands dieux ?

92

Sébastien n'insista pas, déprimé par ces raisonnements d'ivrognes. Il maudissait sa belle écriture qui l'avait conduit à Moscou, il regrettait le ministère parisien, si tranquille, où l'on faisait la guerre avec des plumes. Il n'imaginait pas d'issue et haïssait le monde entier. « Je suis né au pire moment, se disait-il, quelle peste ! Pourquoi ? Mais pourquoi suis-je ici ? Je m'en fiche bien, des Russes ! Comme je suis faible et minuscule ! Une marionnette ! Combien de crétins envient mon emploi près du baron Fain ? Eh bien je le leur laisse ! Pourquoi accepter et comment refuser ? Je manque de courage ? Oh oui, je manque de courage, je rêve trop, je me réfugie dans ma tête, je n'existe qu'à peine ! Ah, si j'étais anglais, je marcherais à cette heure sans soucis dans les rues de Londres, je partirais sur des navires acheter du coton en Amérique ! Sale époque ! Et Mademoiselle Ornella, son image qui me trouble et me paralyse ? Au diable ! Sot que je suis ! M'a-t-elle prêté attention ? Elle s'en moque, les actrices ne s'attachent pas, c'est bien connu, et moi je m'inquiète, je me ronge sans rien espérer d'elle, pour le plaisir d'ajouter ce malheur à mon malheur ? Si je pensais à ma peau ? Idiot ! »

Il avait prononcé ce dernier mot à voix haute, un cocher l'avait entendu :

— Et pourquoi je suis idiot, mon p'tit monsieur ?

Sébastien ne répondit pas et remonta la file des voitures, il s'emportait, tremblait de rage mais il était bien le seul ; autour, tout un peuple de civils à cocardes se résignait, comme si les flammes, sur un ordre de l'Empereur, allaient refluer d'elles-mêmes avant de leur lécher les souliers. Un fourgon osa emprunter une rue qui ne brûlait que d'un côté ; à peine était-il engagé qu'on le vit s'embraser. Les rues voisines étaient bouchées par des meubles.

— Y veulent pas d'toi ?

Des gendarmes avaient établi un bivouac contre les remparts. Ils enflammaient du punch dans un vase d'argent :

— C'est du rhum de la Jamaïque et du sucre, disait un gendarme à Sébastien. Avant d'cramer par-dehors, t'as pas envie d'cramer par-dedans ? Ça aide à subir.

Sébastien posa son sac, il s'accroupit, accepta la louche de vermeil que lui tendait le gendarme rigolard, la plongea dans le rhum et but à petites gorgées. Cela picotait la langue, le gosier, creusait l'intérieur du corps. A la deuxième louche il oublia la fumée noire et la poussière de charbon qui tombait sur son chapeau et ses épaules. A la troisième il apprécia en esthète la beauté de l'incendie. A la quatrième il eut du mal à se relever, remercia les gendarmes affalés près du punch ; ils sourirent d'un air béat, plissant leurs yeux rougis. Il traîna son bagage sur le pavé comme on tire un animal en laisse, marchait à grandes enjambées mais pas en ligne droite, oscillait, gardait toutefois son équilibre. Les calèches de l'intendance bouchaient l'avenue entière. Un gros homme s'épongeait le front avec son mouchoir ; il se chamaillait avec son compagnon installé dans une voiture chargée de farine, de vin et de violons. C'était Monsieur Beyle, l'un des commissaires au ravitaillement ; ils se connaissaient vaguement pour s'être un soir disputés à propos de Rousseau, qu'ils interprétaient avec des différences notables. Sébastien s'arrêta, mal assuré sur ses jambes, la vue brouillée.

— Ah, dit Monsieur Beyle en le voyant. Un homme qui sait lire ! La Providence vous envoie, monsieur le secrétaire. J'ai failli voyager avec ces chimpanzés en costume ! *(Il prit le bras de Sébastien.)* Voyez un peu ce que j'ai pillé dans la bibliothèque de cette jolie maison blanche, *you see* ? un volume de Chesterfield et les *Facéties* de Voltaire. Oui, je vous l'accorde, j'ai dépareillé des Œuvres complètes, mais enfin, ces livres sont mieux dans ma poche que dans les flammes. Vous avez une voiture ?

— Non...

— Moi non plus. Mes domestiques l'ont bourrée de bagages et j'ai été obligé d'y inviter cet ennuyeux de Bonnaire. Vous voyez qui c'est ?

— Non...

— Auditeur au Conseil d'Etat, et raseur avec ça !

— Je ne suis pas trop en état de bavarder...

— Je vous comprends, je vous comprends. Nous sommes dans un troupeau de rustres. C'est un grand et beau spectacle, cet incendie, mais il faudrait être seul pour le goûter. Quel dommage de le partager avec des gens qui rapetisseraient le Colisée et la baie de Naples ! Et en plus...

— Oui, monsieur Beyle ?

— J'ai une épouvantable rage de dents.

Il se tenait la joue. Sébastien s'éloigna sans un mot, pour aller nulle part mais plus loin, embrumé par le punch. Des administrateurs essayaient de se tasser dans des berlines bondées, il y avait maintenant des disputes, des empoignades, des insultes ;

95

les collègues d'un même bureau se crachaient des vérités au visage. La peur aiguisait les nerfs. On tardait trop. A la lueur des flammes qui dévoraient Moscou, des cavaliers côtoyaient la colonne des voitures, d'autres partaient en reconnaissance pour frayer un chemin au convoi. Assis sur son sac, le menton dans les poings, Sébastien Roque baissa les paupières ; le punch n'avait pas altéré sa mémoire, des paroles de son cher Sénèque lui revenaient : *Il faut toujours prendre les choses à la légère et les supporter avec bonne humeur ; il est plus humain de rire de la vie que d'en pleurer.* « Comme je suis humain ! » se dit-il dans un hoquet. Le hoquet se transforma en rire, le rire en fou rire, et les passagers des berlines regardaient ce jeune homme hilare. « Le pauvre garçon est devenu fou », soupira un cocher. « Il y a de quoi », répondit en écho un passager accoudé à sa portière.

Un picotement fit sauter Sébastien. Sa manche prenait feu. Il se dressa en se tapotant le bras. Combien de temps avait-il dormi, une joue sur son sac ? Les voitures étaient parties, personne ne s'était soucié de lui, il était seul sur le boulevard ; il avait des douleurs lancinantes dans le crâne, la nuque raide. Il entendit des marteaux, mais non, des sabots et des roues de bois retentissaient sur le pavé. Il vit des cavaliers se profiler dans la fumée. La lumière de l'incendie accusait leurs coiffes extravagantes. Celui qui chevauchait en tête, un grand lascar, portait une énorme toque de fourrure, les autres des bonnets tatars, des casquettes de cosaques réguliers, des casques en cuivre jaune. Ils approchaient et leurs accoutrements se dessinaient mieux. Des Russes, à cause de certaines bottes à bouts retroussés ? Un détachement venu parfaire le désastre ? Le premier avait un long nez, des moustaches claires à la gauloise, un habit vert de la Garde ; un abbé en soutane relevée le suivait, et des hommes en longues vestes brodées, cimeterres à la ceinture. Ils traînaient une caisse à roulettes. Leurs petits chevaux à crinières longues étaient chargés de butin. Cette troupe composite s'arrêta devant Sébastien, qui se leva, pensait qu'on allait le tuer. « Dire que je m'en moque ! Ça doit être le punch, ou bien la fatigue... » Deux cavaliers se chuchotaient des mots à l'oreille, et leur chef dit en français :

— Restez pas là, monsieur Roque, vous allez rissoler comme une pièce de bœuf.

— Vous savez mon nom ?

— Rouen, les filatures...

— Vous êtes de Normandie ?

— Herbigny, ça vous évoque rien ? Herbigny, vers Canteleu, un peu avant Croisset.

— Je vois le château, oui, les tilleuls, la prairie descend jusqu'à la Seine en pente douce...

— C'est mon nom, c'est ma maison depuis la mort de mon père qui a connu le vôtre.

— Vous êtes d'Herbigny, ça alors !

— Paulin ! Mets le sac de Monsieur Roque avec mon portemanteau, et toi, Bonet, cède-lui ton bidet, tu marcheras, ça t'apprendra à jouer les curés !

— Je peux aller à pied, dit Sébastien.

— Lui aussi. On s'exécute, Bonet ? *(A Sébas-*

97

tien :) J'ai besoin de punir ce vaurien, sa soutane me fait honte.

— Y'a l'cheval de Martinon, disait le dragon Bonet.

— Tu crois qu'il est pas assez chargé avec nos tissus et nos provisions ? Et puis c'est un ordre, nom de Dieu !

Ils repartirent au pas dans des rues dégagées, allongèrent leur chemin pour tourner l'incendie et rejoindre la campagne. Au bruit du feu, à l'effondrement des toitures s'ajoutaient les hurlements des dogues, attachés selon la coutume moscovite aux portes de cinquante palais ; oubliés, ils brûlaient. Sébastien en aperçut sous un péristyle. Exaspérées par la chaleur, les bêtes tiraient sur leurs chaînes brûlantes, mais le fer ne cédait pas, le feu les entourait, les tenait prisonnières, elles remuaient en tous sens pour ne pas se griller le dessous des pattes ; des poutres en s'écrasant les couvraient d'étincelles, les pelages s'enflammaient, elles s'égosillaient une dernière fois avant de rôtir vives.

Les cavaliers suivaient désormais les berges de la Moskova, dépassaient des ponts calcinés ; les piles se détachaient, fumaient dans l'eau en grésillant. Ils empruntèrent un pont de pierre dont les arches avaient résisté à l'incendie du faubourg. Le fleuve charriait des bois noirs. La route était illuminée par la fournaise. Dans la plaine, des feux plus domestiques marquaient les bivouacs du corps d'armée de Davout.

Ils tournaient le dos à la ville torride et avançaient en direction de Petrovsky où s'était replié l'Empereur. Comme la route était étroite (en largeur, elle devait mesurer moins de trois mètres), ils furent empêchés de passer par une berline qui stationnait en son milieu et l'occupait toute. Le capitaine mit pied à terre, bougon, avec l'intention de secouer un postillon que le vin avait assoupi. Il contourna la berline. Une calèche découverte avait versé dans le bas-côté ; les occupants des deux véhicules essayaient de reposer celle-ci sur ses roues avec des « ho ! » et des « ahan ! ».

— Vous tombez à point, s'écria l'un des passagers, rouge brique, coulant de sueur, gilet déboutonné et manches retroussées ; il s'épongeait le front avec un jupon de dentelles.

— Des blessés ? demanda le capitaine.

— Rien que des bosses et de la farine gâchée.

Il montrait des sacs craqués dans le fossé :

— Je sais bien que cette fichue route est difficile, mais le cocher, s'il avait bu moins... On ne peut pas se plaindre de l'éclairage !

Et ses joues tremblaient en regardant Moscou. Une musique grinçante, surgie d'on ne savait où, leur agaçait les dents ; l'homme se désolait :

— C'est Bonnaire ! Il croit savoir le violon.

— Monsieur Beyle ? dit Sébastien.

— Ah c'est vous, monsieur le secrétaire ? Bonnaire, oui, Bonnaire, l'enfant gâté le plus bête et le plus foireux que je connaisse ! Hé ! vous autres, empêchez-le d'estropier Cimarosa ! Parce qu'il prétend jouer Cimarosa, monsieur le secrétaire, sur un violon mal accordé qu'il a volé tout à l'heure !

A un signe du capitaine, le dragon Bonet marcha droit sur le violoniste qui assassinait le *Matrimonio segreto* de Cimarosa. Il lui arracha son instrument :

99

— Confisqué !

— Laissez-moi ! criait Bonnaire. De quel droit ?

— Du droit d'nos oreilles ! Ces messieurs aiment pas vot'bruit.

— Du bruit ? Béotiens ! protestait Bonnaire en frappant le dragon avec son archet. Bonet parait les coups avec le violon tenu comme une raquette, une corde sauta en claquant, cingla la joue de Bonnaire qui se mit à glapir, puis à renifler, les larmes aux yeux, et il courut s'enfermer dans la berline pour mieux bouder. Bonet lança le violon dans la plaine ; il revint à ses compagnons et les aida à remonter la calèche. Même avec du renfort, on mit longtemps avant de rétablir cette voiture sur ses roues. Puis, fourbus, ils cheminèrent ensemble sans un mot. Il était onze heures du soir. En s'éloignant de la ville, ils voyaient la lune briller au-dessus du couvercle de fumée. Les bivouacs proliféraient dans la plaine ; ils approchaient de Petrovsky. Les troupes se densifiaient. Amassées au milieu des champs, elles formaient bientôt un vaste camp autour d'une colonne de canapés et de pianos rescapés des palais, comme un obélisque dérisoire. Impossible de continuer parmi cette masse de soldats au repos. D'Herbigny et les autres durent abandonner les voitures devant les cantonnements italiens du prince Eugène, qui entouraient le château. Les dragons s'en allèrent, disaient-ils, retrouver leur brigade, mais en réalité ils cherchaient un bon endroit pour manger leur jambon et cuver leur vin. Sébastien avait récupéré son sac et rendu son cheval à Bonet ; quand il en descendit, sa botte s'enfonça dans une fange épaisse, voilà pourquoi les soldats avaient répandu de la paille sur le sol humide et froid, posé des planches sur la paille, couvert ces planches de fourrures et d'étoffes. Ils alimentaient les feux avec des châssis de fenêtres, des portes aux poignées dorées, des billes d'acajou ; ils se pavanaient dans des fauteuils tapissés, tenaient des plats d'argent sur leurs genoux, mais remuaient avec les doigts une pâte noire cuite sous la cendre, la roulaient en boulettes qu'ils avalaient, plantaient les dents dans des morceaux de chevaux sanguinolents et mal grillés. Sébastien eut un haut-le-cœur.

— Vous n'avez plus faim, monsieur le secrétaire ? plaisantait Henri Beyle.

— Ces gens me coupent l'appétit.

— J'ai des figues, du poisson cru, un mauvais vin blanc prélevé dans les caves du Club Anglais. Pour un préposé au ravitaillement, je sais, cela semble assez piteux, mais partageons si cela vous chante, et laissons dormir Bonnaire, par pitié !

Sébastien accepta l'invitation. Ils sortirent une caisse de la berline pour s'y asseoir, une panière des provisions annoncées, et ils commencèrent à grignoter, pensifs, face à la ville. Sébastien mastiquait la chair gluante et fade d'un poisson d'eau douce, songeait sans le vouloir à Ornella. Cette pensée l'empoisonnait mais comment s'en défaire ? Il la revoyait dans la cave du Kremlin, dans la calèche, il l'entendait : « C'est la rue des marchands de poisson salé, monsieur Sébastien »... Il soupirait, la bouche pleine. Il aurait aimé parler de ses inquiétudes, mais avec qui ? Cet Henri Beyle ? Il cracha par terre des arêtes.

— A quoi pensez-vous, monsieur le secrétaire ?

— A l'incendie de Rome, mentit le jeune homme.

— Espérons que celui de Moscou ne durera pas neuf jours ! Quand je songe qu'on a reproché à Néron de l'avoir provoqué !

— Rostopchine a bien organisé l'incendie de Moscou, monsieur Beyle.

— Ce Rostopchine, ce sera un scélérat ou un héros. Nous verrons comment son affaire prendra.

— Les historiens russes accuseront Napoléon, comme les historiens latins ont accusé Néron.

— Suétone ? Tacite ? Cette aristocratie qui haïssait un empereur trop populaire ? Ajoutez-y les calomnies des chrétiens vainqueurs, vous avez une détestable réputation pour des siècles.

Les deux fonctionnaires impériaux buvaient leur vin blanc tiède dans des tasses en porcelaine chinoise, et ils s'entretenaient de la destruction de Rome en contemplant celle de Moscou. Ils avaient besoin, cette nuit-là, de s'échapper dans le temps pour sentir qu'ils appartenaient à l'Histoire.

— Néron n'y serait vraiment pour rien ? demandait Sébastien.

— Ecoutez... Le feu a pris au pied du Palatin dans des hangars où l'on entreposait de l'huile. Le vent soufflait du midi. L'incendie, comme aujourd'hui, s'est vite propagé dans une ville composée de petites maisons à charpentes de bois, tassées les unes contre les autres. Néron arrive d'Antium, où il se reposait, il voit sa capitale anéantie, les trésors ramenés du monde entier flambent, sa bibliothèque, l'ancien temple de la Lune, le sanctuaire qu'on attribue à Romulus, le grand amphithéâtre de Statilius Taurus. Que fait l'empereur ? Il se réjouit ? Pas du tout ! Il organise les secours, s'occupe des réfugiés, élève des asiles provisoires, distribue des vivres aux démunis, baisse pour les autres le prix du blé, poste des gardes près des maisons détruites afin d'éviter le pillage. A un moment, exténué, amer, il prend sa lyre et entonne un chant funèbre. Aussitôt ses ennemis en profitent : Néron a mis le feu pour composer une chanson.

— Il en a tout de même accusé les chrétiens...

— Oubliez Suétone et les mauvaises langues. Il a ordonné une enquête, l'empereur, et ce sont les Romains du peuple qui ont désigné les chrétiens. Pendant cette catastrophe, les meneurs de la secte riaient des malheurs de Rome ! Les chrétiens n'ont pas été persécutés pour leur religion mais pour leur refus de se plier aux lois, pour leur mauvais esprit permanent. Les représailles ont été rudes mais brèves. On a tué moins de chrétiens sous Néron que sous le doux Marc-Aurèle...

— Et nous ? Que va-t-on dire de nous, monsieur Beyle ?

— Des horreurs, sans doute, monsieur le secrétaire. Voulez-vous une autre figue ?

Le lendemain matin Moscou brûlait toujours. Sébastien Roque avait retrouvé son poste au palais Petrovsky, la baroque résidence d'été des tsars, un château de brique et de tuile avec des tours grecques et des murailles tartares. Dans une immense salle ronde, au centre, sous un dôme qui l'éclairait, Napoléon avait fait déployer sa grande carte de la Russie tachée de cire et d'encre. Joufflu, échevelé, le

IL NEIGEAIT

baron Bacler d'Albe, chef des ingénieurs géographes, s'était mis à quatre pattes pour piquer des épingles de couleur qui indiquaient les positions des deux camps. L'Empereur réfléchissait aux mouvements supposés des armées adverses :

— Nous ne sommes qu'à quinze marches de Pétersbourg, dit-il enfin. Nos éclaireurs nous assurent que la voie est libre.

— L'hiver va venir, dit Berthier, et nous allons le chercher plus au nord ?

Le major général, les officiers étaient soucieux. L'Empereur poursuivait :

— Le Tsar redoute cette offensive. Il a fait évacuer sur Londres ses archives et ses trésors.

— Nous tenons l'information des cosaques, mais comment le savent-ils ? Ne veulent-ils pas nous berner ?

— Taisez-vous ! Les rapports de Murat devraient nous raffermir, tas de lâches ! L'armée russe est découragée, le roi de Naples voit leurs soldats déserter, les cosaques sont prêts à passer sous ses ordres !

— Les cosaques admirent le courage du roi de Naples, sire, mais vous le connaissez...

— Dites !

— Murat se laisse convaincre parce qu'ils le flattent.

— Et puis, reprenait Duroc, le roi de Naples ne se heurte qu'à l'arrière-garde. Où est passée l'armée de Koutouzov ?

— De ce côté, sûrement, plus avant vers l'est.

— Nous n'en sommes pas certains, sire.

— Je sais comment il raisonne, ce borgne !

104

— S'il était redescendu par le sud, une région fer-
tile, pour y réparer ses forces ?

— Où ça ?

— Vers Kalouga, peut-être.

— Montrez-moi ce Caligula !

— Kalouga, sire, sous votre pied gauche...

— Suppositions !

L'Empereur se mit à quatre pattes comme son
géographe ; il déplaçait des épingles, commentait :

— Les divisions du vice-roi d'Italie foncent sur la
route de Pétersbourg, ici, les autres corps feront
mine de le suivre mais ils se contenteront de le soutenir. Vous comprenez ? L'arrière-garde tiendra les
environs de Moscou. Dans les plaines, nos colonnes
effectueront un mouvement circulaire, comme ceci,
pour rallier les Bavarois de Gouvion-Saint-Cyr et
prendre les Russes dans le dos...

— Bravo, sire ! s'écria le prince Eugène de Beau-
harnais, vice-roi d'Italie, moustache courte et cheveux rares.

— Oh non, sire, s'il s'avère que Koutouzov descend vers Kalouga, il veut nous couper la route du
retour.

— Berthier ! Qui parle de retour ? *Je ne peux pas
reculer !* Vous voulez que je perde la face ? J'irai
chercher la paix à Pétersbourg !

— S'il voulait négocier, le Tsar n'aurait pas
détruit Moscou.

— Alexandre m'estime, et il n'a pas donné
l'ordre de brûler sa capitale !

— Sire, intervint le comte Daru qui gouvernait
l'intendance, nous devrions pourtant nous retirer
avant l'hiver. Les hommes sont à bout.

— Ce ne sont pas des hommes mais des soldats !
— Même les soldats doivent se nourrir...
— Dès que cette saleté d'incendie sera éteint, nous visiterons les caves, on y trouvera des cuirs, des peaux pour l'hiver.
— Les vivres ?
— Il y en a ! Au besoin nous en ferons venir de Dantzig !

A croupetons, les mains à plat et le nez sur sa carte, l'Empereur s'échauffait ; il créait une Russie à sa convenance, traçait des routes dans des maré- cages, levait des moissons imaginaires, lançait des charges de cavalerie, empochait des victoires. En avançant de la sorte vers Pétersbourg il se cogna la tête à celle de son géographe, poussa un cri, l'insulta en patois corse. Personne n'avait le cœur à sourire. Le sort de cent mille hommes dépendait d'un mot ; pour une fois, chacun savait que la réalité ne plierait pas devant le caprice.

Le feu assiégeait l'église de pierre où les comé- diens s'étaient réfugiés. Les pavés de la grande place isolaient l'édifice des maisons qui brûlaient ; n'ayant rien à consumer, le feu s'arrêtait bien avant le parvis, mais la chaleur suffoquait dès que vous sortiez de la nef. Enroulées dans leurs nappes, Ornella et son amie Catherine avaient tenté quelques pas sur les marches chaudes, dehors, avant de rentrer vite, mouillées de sueur. Si elles avaient faim, comme leurs compagnons, elles avaient d'abord besoin d'eau, la langue et le gosier secs, sans même de salive. En les quittant, le capitaine d'Herbigny avait laissé le tonnelet d'eau-de-vie, mais l'alcool trompe la soif sans l'apaiser, et pas moyen de fuir vers le fleuve ou vers ce lac que Madame Aurore connaissait, à l'ouest, d'où venait le vent. Au milieu de cet incendie, s'ils ne mouraient pas dans les flammes, les comédiens allaient mourir de soif. On avait surpris le grand Vialatoux la tête dans un bénitier, il avait lapé l'eau saumâtre et se tordait sur les dalles avec un fort mal de ventre. Madame Aurore avait dû empêcher son jeune premier de croquer les cierges, pour ne pas accroître sa soif. Ils espéraient un miracle, la pluie, que l'incendie se modère faute de combustible. Tiendraient-ils sans boire ? Ils guettaient un orage, ils l'appelaient, mais ce n'était autour d'eux que fracas de maisons éboulées, grésillement de poutres, crépitement de flammes, hurlements d'hommes et de bêtes capturées par le feu. Un vitrail dont la résille de plomb avait fondu s'écrasa au pied d'un pilier ; Ornella eut l'épaule griffée par un éclat de verre bleu.

Madame Aurore rationna l'alcool de grain en gobelets, en demi-gobelets, en quart de gobelets : il fallait s'humecter les lèvres, ces vapeurs permettaient au moins d'oublier la tragédie ou de la déformer. Faisait-il jour ? faisait-il nuit ? Un ciel de charbon interdisait les rayons du soleil comme la lueur de la lune ; seule la lumière du feu, orange et remuante, allumait la rosace, déplaçait les ombres sur les parois et les icônes d'argent travaillé. Les cierges s'étaient éteints. Les comédiens survivaient dans une pénombre jaunâtre, sans force et sur le sol. Recroquevillée, les genoux dans ses bras croisés, Ornella fixait du regard le portrait en relief d'un saint très barbu ; le visage se détachait sur un fond incrusté de pierreries ; il avait des yeux en amande, la mine sévère. Elle avait l'impression de voir remuer ses lèvres, qu'il allait lui dire un mot, une prière, sortir de son cadre, l'emmener. Les hallucinations commencèrent. Elle se croyait en enfer. Les nervures de la voûte se balançaient comme des branches, les piliers se découpaient en faisceaux de troncs. Elle vit même un géant à peau noire, coiffé d'un ourson de fourrure claire, avec un habit doré et des épaulettes qui outraient sa carrure. Le démon s'avançait, s'avançait, la souleva sans qu'elle réagisse pour l'emporter dans un bruit de pas décidé et sonore. Il s'appelait Othello, ce grand nègre que Murat avait ramené d'Egypte et qui lui servait de piqueur. Dans un paysage de braises et de cendres, le roi de Naples se tenait à cheval sur la place fumante, beau gosse, les cheveux longs et bouclés sous une toque polonaise à plumes, manteau vert frangé d'argent, une peau de tigre sous les fesses et des bottes jaunes. Les vélites de sa garde l'entouraient.

CHAPITRE III

Les décombres

« Dans la société, c'est la raison qui
plie la première. Les plus sages sont
souvent menés par le plus fou et le
plus bizarre : l'on étudie son faible,
son humeur, ses caprices, l'on s'y
accommode ; l'on évite de le heurter,
tout le monde lui cède ; la moindre
sérénité qui paraît sur son visage lui
attire des éloges : on lui tient compte
de n'être pas toujours insupportable.
Il est craint, ménagé, obéi, quelquefois aimé. »

LA BRUYÈRE, *Les Caractères*

Le troisième jour, une pluie abondante limita l'incendie sans le noyer ; des foyers renaissaient sous
les gravats. L'Empereur montait souvent sur la terrasse du palais Petrovsky, une main sous le gilet
pour comprimer son estomac douloureux. Il médi-
tait face au désastre. Il avait renoncé à jeter son
armée sur Pétersbourg, par trois cents lieues de

mauvaise route au milieu des marais, qu'une poignée de paysans pouvait rendre impraticable. Dès
qu'il le pouvait, Sébastien se collait à l'entourage
immédiat de l'Empereur. Il avait changé. L'incendie
avait fortifié son égoïsme ; dans les catastrophes
chacun s'occupe de soi, sa disparition n'aurait ému
personne, même le baron Fain qu'il avait imaginé
en protecteur l'aurait laissé cuire dans Moscou.
Il n'avait pas d'amis. Les autres commis ? Trop
nigauds, trop ignares. Monsieur Beyle ? Il le connaissait à peine, mais quelle jolie idée, celle d'évoquer
l'histoire antique au milieu de la dévastation
moderne. Dans cette époque où la mort semblait
ordinaire, les gens avaient les larmes faciles ; un discours académique, une plaidoirie faisaient sangloter
les plus endurcis ; Napoléon lui-même avouait pleurer en lisant *Les Epreuves du sentiment* de l'am-
poulé Baculard d'Arnaud. A l'envers de la mode,
Sébastien était résolu à garder les yeux secs. Il ne
tirerait plus jamais son mouchoir en feuilletant *La
Nouvelle Héloïse*, c'était juré ; il garderait de Rousseau le versant désabusé : « J'entre avec une secrète
horreur dans le vaste désert du monde... »

Sébastien cultiva dès lors un zèle fabriqué ; il voulait que Sa Majesté le remarque, lui, gratte-copie, le
valet assimilé aux meubles. « Je manque d'épaisseur ? se disait-il. Profitons-en. » Il s'appliquait froi-
dement au métier de courtisan dont il espérait un
poste plus élevé, une rente, voire un titre, des terres,
sa loge dans les principaux théâtres parisiens, c'est-
à-dire la sécurité et l'amour que provoquent chez
les jeunes filles l'or et la renommée.

Parfois il sortait du palais. Depuis l'averse les

110

campements de la plaine pataugeaient dans l'eau boueuse et il en revenait crotté, mais il avait revu d'Herbigny, son voisin de Normandie. Selon l'usage des armées on mettait aux enchères les effets des soldats disparus, pour leurs épouses, pour leurs enfants, pour leur régiment s'ils étaient célibataires. Les soldats n'ayant pas touché leur solde, ils se livraient au troc le plus anarchique. D'Herbigny proposait à la criée les affaires que le maréchal des logis Martinon avait ficelées sur son cheval, peu de chose, une blague à tabac en vessie de cochon, une hachette à découper le poulet, un sac à blé qui lui tenait lieu de capote au bivouac.

— Et une gamelle en fer-blanc ! proposait le capitaine en agitant l'objet. Qui en veut, de cette gamelle presque neuve ?

— D'accord, dit un bonhomme replet en habit bleu.

— Un tonneau de bière ?

— Ça vaut pas tant. Un sac de pois et pour l'ensemble.

Personne ne renchérit. Le marché parut assez honnête et l'acheteur partit chercher sa monnaie d'échange.

— Qui est-ce ? demanda Sébastien au capitaine.

— Vous connaissez pas Poissonnard ? Un rusé qui s'enrichit.

— Comment ça ?

— Il accumule, il revend, il est bien placé, le malin !

Poissonnard travaillait aux subsistances de l'administration générale ; il était l'un des six contrôleurs du service des vivres affectés aux viandes, et il

111

n'hésitait jamais à se servir. Des magasins près du Kremlin, qui brûlaient toujours, il avait retiré à temps des sacs de seigle, de noisettes, de pois, des tonneaux de bière et de malaga, du sucre, du café, des bougies. Là-dessus il avait prélevé sa dîme, qu'il refourguait sans se cacher. Sébastien lui céda l'un de ses gilets contre un long sabre russe qu'il ramènerait pour le souvenir et s'inventer des exploits. Il n'avait pas oublié la troupe de Madame Aurore mais chassait de son esprit l'image d'Ornella ; il se serait attendri ou inquiété, il aurait eu des langueurs et cela ne correspondait plus au nouveau personnage qu'il comptait jouer à la Cour ; même si Napoléon préférait ses militaires aux civils, il tournait dans sa tête les moyens de le séduire, sans trouver la moindre idée, évidente, claire, qui lui attribuerait des faveurs.

Avant la fin de la semaine, le vent d'équinoxe ne ranimant plus les braises, on put retourner à l'intérieur de la ville détruite. Tout était noir et gris, dans les décombres de Moscou. Noire, la fumée qui stagnait au-dessus, noirs les corbeaux criards qui planaient en nuages épais, noirs les arbres calcinés qui tendaient leurs branches comme des bras, noirs les péristyles brisés, les cheminées en brique plantées çà et là comme des tours sur les débris de quatorze mille maisons, grise la cendre couvrant le sol, les murs écroulés, des meubles informes, des reliefs de carrioles et d'objets semés dans les gravois ; gris, les loups venus en hardes dépecer les carcasses des hommes et des bêtes.

112

La Garde impériale, dans une tenace odeur de brûlé, eut le sinistre honneur de découvrir la première ce paysage inhumain, musique en tête, et les fifres, et les tambours, et les clochettes brandies sur leur manche par un long Africain triste, résonnaient, anachroniques ; leurs notes couvraient mal les hurlements des fauves et les cris des rapaces. Tous les dix mètres un grenadier se détachait de la troupe pour se poster sur la route que l'Empereur allait emprunter vers un Kremlin sauvé par ses murailles. Le général Saint-Sulpice chevauchait devant ses quatre escadrons aux uniformes fantaisistes et réduits par la dysenterie ; il baissait la tête, arrondissait le dos, accablé par la fatalité. D'Herbigny lorgnait le cheval noir de son général, une jument turque à la queue tressée de rubans que fixait une épingle à tête dorée. Les ruines ne l'impressionnaient plus, depuis la prise de Saragosse.

L'infanterie de la Garde allait caserner dans la citadelle, mais les autres ? Les officiers supérieurs de la cavalerie devaient rejoindre le maréchal Bessières qui les commandait dans une aile du Kremlin ; aux escadrons de se dépatouiller, et d'Herbigny dérivait parmi les ruines avec une bonne centaine de dragons. Ils doublaient des maisons sans toitures, sans portes, sans fenêtres ; le premier palais habitable avait déjà été investi par les chevau-légers moustachus du capitaine Coti. Il fallait s'enfoncer plus avant dans un décor livide ; on repérait de loin les édifices épargnés, aux murs seulement charbonneux, aux statues effondrées en blocs étranges, une tête, une main de marbre, le plissé d'un manteau effrité. Les Moscovites qui se terraient sortaient

113

maintenant des caves, jaillissaient des éboulis ; ils ramassaient des plaques de fer tordues pour se monter des cabanes, creusaient avec les ongles leurs anciens potagers pour grappiller des racines flétries. Ils étaient en loques, le teint plombé, le geste craintif. Des groupes à genoux priaient en marmonnant au pied des poteaux où se balançaient des incendiaires oubliés par le feu, ils embrassaient en dévots les chiffons sales autour de leurs jambes, psalmodiaient quelquefois des cantiques d'une insoutenable mélancolie, croyaient que les suppliciés allaient ressusciter le troisième jour. D'autres Russes plongeaient près des barges coulées avec leurs cargaisons de grain ; ils remontaient à quatre pattes sur la rive, dégoulinants, dérapant dans la gadoue, avec des sacs mouillés de blé fermenté. Eh oui, pensait le capitaine, il faut aussi que je nourrisse mes gredins.

A ce moment les cavaliers croisèrent une équipe du ravitaillement menée par le contrôleur Poissonnard. Sur les plates-formes des haquets, tirés par des canassons de labour aux garrots larges comme des troncs de chêne, se disloquaient des chevaux, des chats, des chiens jaunes, des cygnes aux plumes ébouriffées, des corneilles qui faisandaient.

— Où vas-tu enfouir ces charognes, vieux filou ? lança le capitaine.

— Charogne, ma viande ? reprit Poissonnard. Tu seras content de te la mijoter, forban de cavalier ! Sur un bon feu, les asticots se taisent.

— Et toi, tu te réserves les morceaux nobles ?

— Tout se négocie, capitaine, tout...

Le contrôleur installait sa boucherie dans l'église

Saint-Vladimir. Il indiqua, aux environs, le couvent de la Nativité que les flammes s'étaient contentées de caresser ; à quelques centaines de mètres on en distinguait les clochetons fissurés mais debout, le dôme vert-de-gris de la chapelle, l'enceinte sur laquelle un lierre s'était rabougri en feuilles anthracite. Les dragons y allèrent au petit trot. Le portail carbonisé était béant, une poussée et il se détacherait de ses chambranles. Dedans, un puits en grosses pierres, au fer rouillé, avait été creusé au centre d'une cour herbeuse qu'entouraient des galeries voûtées ; sous ce portique de colonnes rondes courait une volée de nonnes en robes marron.

— Bonet ! riait le capitaine, attrape-moi ces anges du ciel, puisque tu peux plus t'passer de ta soutane !

Courbant la nuque pour ne pas se râper le crâne à la voûte, Bonet poussa sa monture sous la galerie, saisit par la manche l'une des fuyardes. Ses compagnes s'égaillèrent dans les salles basses en pépiant pour reparaître, en grappes de visages, aux barreaux qui quadrillaient les fenêtres. La nonne que Bonet ramena à son capitaine avait les joues barbouillées de suie pour l'enlaidir, écarter les mâles, une trouvaille de la supérieure, vieille revêche dont le nez et le menton se rejoignaient ; d'autres dragons à pied la maintenaient dans la cour, celle-là ; elle crachait par terre avec mépris, vociférait des mots inconnus, maudissait les étrangers.

— Chantelouve ! Durtal ! commandait d'Herbigny, tirez l'eau de ce puits et lavez-moi ces jolies figures !

115

Cela devenait un jeu, sans méchanceté, que de capturer des religieuses jeunes, arracher leurs voiles et frotter les frimousses avec des linges ; certaines étaient émoustillées par cette aventure inédite, cela se sentait à la chaleur des joues. On entendit le plouf du seau qui tombait au fond du puits, mais les cavaliers Durtal et Chantelouve avaient de la peine à le remonter, la corde se tendait à craquer, ils tiraient, congestionnés, les talons des bottes calés dans la terre.

— Vous savez pas remonter ce fichu seau ? criait le capitaine.

— Ah ben on comprend, dit le dragon Durtal en se penchant sur la margelle.

D'Herbigny descendit de cheval et se pencha. En bas, le seau avait accroché un corps dont il voyait le dos ; un soldat français précipité dans le trou.

— A la couleur de sa veste, mon capitaine, dit Chantelouve en connaisseur, ça doit être un camarade de l'artillerie...

A la queue leu leu dans les couloirs du Kremlin, des domestiques en perruques à rouleaux, gants et bas blancs, portaient des seaux d'eau fumante qu'ils renversaient un peu en se dandinant sous le poids. Ils allaient de nouveau remplir la baignoire où l'Empereur étuvait depuis plus d'une heure, hurlant que l'eau n'était jamais assez brûlante, mais Constant suait en lui étrillant le dos avec une brosse dure, et la longue pièce se chargeait de vapeur, on n'y voyait plus à trois pas, les lambris ruisselaient de gouttelettes. Les docteurs Yvan et Mestivier, qui préconi-

116

saient à Sa Majesté des bains chauds pour soulager ses crises de la vessie, ne comprenaient pas comment il ne cuisait pas, et ils s'épongeaient le front avec des mouchoirs déjà humides qu'ils tordaient ensuite sur le parquet. Berthier choisit d'intervenir au plus mauvais moment ; il entra en suffoquant dans la pièce muée en hammam égyptien, essuya son visage luisant d'un revers de manche brodée, approcha de la baignoire et se fit d'emblée insulter :

— Quelle catastrophe vient nous annoncer cet empoisonneur de baignade !

Et l'Empereur aspergea le major général d'une giclée d'eau chaude qui trempa de haut en bas son uniforme impeccable.

— Nous tenons le messager, sire...

— Quel messager ?

— L'homme qui peut porter au Tsar en personne votre courrier.

— Qui ?

— Un officier russe. Il se nomme...

Berthier chaussa ses lunettes embuées, qu'il essuya du doigt, pour lire le nom gribouillé sur une feuille :

— Il se nomme Jakowleff. Nous l'avons tiré de l'hôpital militaire où il a eu la chance de ne pas rissoler comme tant de blessés.

— Il est où, votre Jacob ?

— Dans la salle des colonnes, sire, il attend.

— Qu'il attende.

— C'est le frère d'un ministre du Tsar à Cassel...

— Allez lui tenir compagnie, il adorera votre fine conversation. Cette eau chaude, elle vient ? Je vous

117

ai dit d'arrêter vos frictions, monsieur Constant ? Allez ! Plus fort ! comme pour un cheval !

L'Empereur rencontra dans la soirée l'émissaire choisi par Berthier ; il embaumait l'eau de Cologne, bougonnait, mains dans le dos sous les pans à retroussis de son habit de colonel. Jakowleff se leva, appuyé sur une canne ; sa moustache en balai lui cachait les lèvres ; avec son pantalon puce, son spencer blanc, il avait une allure mi-soldat mi-civil assez curieuse. Napoléon commença par des paroles conciliantes et navrées avant de s'emporter contre Rostopchine et contre les Anglais dont il dénonçait l'influence néfaste :

— Qu'Alexandre demande à traiter et je signerai la paix à Moscou comme autrefois à Vienne et à Berlin. Je ne suis pas venu ici pour y rester. Je ne devrais pas y être. Je n'y serais pas si on ne m'y avait pas forcé ! Les Anglais, c'est leur faute ! Les Anglais portent à la Russie un coup dont elle saignera longtemps. Du patriotisme, ces villes en flammes ? De la rage, oui ! Et Moscou ? La fièvre de ce Rostopchine vous coûte plus cher que dix batailles ! A quoi bon cet incendie ? Je suis toujours au Kremlin, non ? Si Alexandre avait dit un seul mot j'aurais déclaré Moscou ville neutre, ah ! je l'ai attendu, ce mot, je l'ai désiré ! Voyez où nous en sommes. Que de sang !

— Votre Majesté, répondit Jakowleff qui sentait le monologue achevé, ce serait peut-être à vous, le vainqueur, à parler de paix...

L'Empereur réfléchit, se promène dans la pièce, revient d'un bond vers le Russe :

— Avez-vous les moyens de parvenir jusqu'au Tsar ?

— Oui.

— Si je lui écris, porterez-vous ma lettre ?

— Oui.

— L'aura-t-il lui-même ?

— Oui.

— En êtes-vous certain ?

— J'en réponds.

Restait à réussir la lettre. En quels termes ? La colère, non, la supplication moins encore. Comment atteindre Alexandre ? Comment le faire céder ? Comment l'émouvoir ? Napoléon sortit seul sur la terrasse d'où il dominait la ville en morceaux. Avec sa lorgnette il voyait scintiller dans la nuit des lustres d'église accrochés dans les rares palais debout, qui servaient de casernes ; bivouacs dans les cours du palais, bivouacs dans la plaine, points de lumières, échos de chansons à boire. Il rentra se coucher, se releva au milieu de la nuit, convoqua les secrétaires ; tout en déambulant dans le grand salon, il marmotta sa missive au Tsar. Les secrétaires notaient les bribes qu'ils retenaient, étouffaient leurs bâillements.

— Mon frère, disait l'Empereur très bas, non, trop familier... Monsieur mon frère, voilà, Monsieur mon frère... je veux qu'il me prouve qu'il a au fond du cœur un reste d'attachement pour moi... A Tilsit, il m'avait dit : « Je serai votre second contre l'Angleterre »... Mensonge ! Ne mettez pas ce mot... A Erfurt je lui ai offert la Moldavie et la Valachie qui portaient ses limites au Danube... Monsieur mon frère... dire ensuite que le frère d'un de ses

119

ministres... un ministre de Votre Majesté... Ecrivez *Votre Majesté*... Je l'ai fait venir, je lui ai parlé, il m'a promis... non... je lui ai *recommandé* de faire connaître mes sentiments au Tsar... Insistez sur *sentiments*... Après, il faut déplorer l'incendie de Moscou, le condamner, en rejeter la faute sur ce porc de Rostopchine ! Les incendiaires ? Fusillés ! Ajoutez que je lui fais pas la guerre par plaisir... que j'attendais un mot de lui... Un mot ! Un mot ou une bataille. Un mot et je restais à Smolensk, j'y aurais réuni les armées, rassemblé les vivres de Dantzig, les troupeaux. Un mot et j'organisais la Lituanie. Je tenais déjà la Pologne...

Lorsque Sébastien reprit les notes du baron Fain à moitié rédigées, pour les compléter avec les siennes, puis établir un texte à la plume, il ajouta quelques détails chiffrés *(Quatre cents incendiaires ont été arrêtés sur le fait*, ou *Les trois quarts des maisons ont été brûlées)* ; il se permit de glisser une réflexion de l'Empereur entendue dans la journée, à propos de Rostopchine, qui lui semblait renforcer le message *(Cette conduite est atroce et sans but)*. Le baron relut la lettre sitôt copiée, il en parut satisfait, la soumit à la signature machinale de Napoléon. Sébastien était surtout fier de sa conclusion : *J'ai fait la guerre à Votre Majesté sans animosité : un billet d'Elle, avant ou après la dernière bataille, eût arrêté ma marche.* Il s'attendait à des félicitations mais n'en reçut aucune.

Dans la cellule de la supérieure, qu'il avait réquisitionnée pour son usage, d'Herbigny se leva avec des douleurs dans le dos. Torse nu, en caleçon de daim, il se frotta les reins ; ce lit de bois était bigrement dur, malgré la flopée de coussins achetés à une cantinière qui devait son commerce au pillage du bazar. « Je me rouille », dit-il en ouvrant la fenêtre. Il frissonna. L'air était humide et frais. En bas, dans la cour, des chevaux lapaient bruyamment l'eau de la Moskova qu'on apportait dans des barriques jusqu'au lavoir. Deux dragons chauffaient une soupe, leur chaudron pendu à des poutres au-dessus d'un brasero.

— C'est quoi ?

— Des choux, mon capitaine.

— Encore !

Râleur, il gagna l'oratoire mitoyen où Paulin avait posé sa paillasse. Assisté d'une jeune religieuse aux yeux baissés, il traitait l'uniforme du capitaine de ce qu'on nommait la moscovite, cette invasion des vêtements par les poux. En chemise de toile grossière, cheveux châtains taillés très court, longs cils et paupières mi-closes, des gestes lents, la sœur avait retourné le pantalon qu'elle écrasait avec un caillou ; Paulin, briquet allumé, flambait les coutures pour exterminer la vermine survivante.

— Nous y sommes presque, Monsieur.

— Elle est charmante, cette gamine. Je me demande si je ne vais pas te remplacer !

— Elle a surtout de la chance, Monsieur. Celles du lieutenant Berton sont autrement traitées.

Ils avaient enfermé la supérieure revêche et les plus flétries des nonnes dans leur chapelle ; les cavaliers s'étaient partagé les autres pour qu'elles lavent et reprisent leur linge. La veille, le lieutenant Berton

121

avait organisé un bal ; d'Herbigny avait entendu des rires et des chansons grasses une bonne partie de la nuit. Berton avait déguisé des nonnes en marquises, il les avait saoulées, obligées à danser, riant de leurs larmes discrètes, de leurs mines et de leurs maladresses. Bah ! se disait le capitaine, ça vaut mieux pour ces filles que si elles étaient tombées entre les pattes d'un régiment wurtembergeois ; ils les auraient rudement troussées, les brutes.

— C'est prêt, Monsieur, dit Paulin en inspectant une dernière fois l'uniforme épouillé.

— Alors file chez le voleur et ramène-nous un ragoût convenable.

Le voleur, ce sobriquet désignait le contrôleur Poissonnard qui lui réservait les meilleurs morceaux de sa boucherie en échange des icônes du couvent, dont il refondait l'argent en lingots.

— Je vous habille et j'y cours, Monsieur.

— Pas besoin de toi. La petite va m'aider : regarde ses mains, c'est pas des doigts de paysanne, ça, c'est la fille d'un artisto flanquée au couvent... Comment elle s'appelle ?

— Je ne cause pas le russe, Monsieur, dit Paulin d'un air vexé.

Le domestique poussa un soupir prolongé, il dégarnit l'armoire à icônes d'une pièce supplémentaire, descendit au rez-de-chaussée, entendit des gémissements féminins en passant devant la cellule du lieutenant Berton, traversa le réfectoire changé en écurie et partit vers Saint-Vladimir, tirant son baudet.

L'église était imprégnée d'une odeur fade, écœurante et lourde. Fixés par des crocs à des échafaudages, des tronçons de bêtes se décomposaient en l'air ; leur sang dégoulinait en flaques poisseuses, courait en rigoles, caillait sur les dalles. Paulin avait attaché son âne sous le porche, il marchait au milieu de la nef souillée dans un bourdonnement de mouches vertes, en se bouchant le nez, mais l'atmosphère fétide lui rentrait par la bouche, il se raclait la gorge, crachait. Comment Poissonnard pouvait-il vivre là-dedans ? Très bien. L'idée du profit le portait ; dans ce cloaque, il respirait mieux qu'à deux mille mètres d'altitude sans espoir de fortune. Joues violacées mais rasées avec soin, il avait installé son bureau dans un confessionnal ; la porte arrachée, posée sur des tonneaux, voilà sa table ; des dossiers s'empilaient sur les prie-Dieu des pénitents.

— Bonjour, mon cher Paulin, dit un Poissonnard onctueux.

— Monsieur le contrôleur, que me proposez-vous aujourd'hui contre cette œuvre d'art ?

Il tendait l'icône à fond d'argent.

— Voyons, voyons, dit le filou en ajustant ses lunettes sur un nez fleuri.

Il regarda l'icône en spécialiste, l'estima à trois cents grammes d'argent en grattant avec l'ongle, réfléchit puis entraîna Paulin, toujours incommodé, vers la sacristie où il s'était arrangé une réserve et un logis. Ils croisaient une centaine de chats écorchés qui s'empilaient dans une chapelle. Des bouchers emportaient leurs têtes coupées dans des bennes ; elles allaient rejoindre, au fond d'une crypte, un tas d'ossements, de museaux baveux, de

123

sabots ; jetés dehors, même enfouis, ces rebuts atti-
reraient les loups.

Paulin évita de regarder un groupe d'ouvriers de
l'intendance ; leurs doigts rouges écartaient des
côtes qui craquaient, jetaient des choses molles dans
des baquets débordant de tripaille. D'autres, sur des
échelles, accrochaient des ribambelles de corneilles
mortes à des ficelles tendues entre les piles. Cette
église retrouvera-t-elle sa fonction normale ? se
demandait le domestique. Les pierres ont de la
mémoire, répétait le vieux curé qui lui avait
enseigné l'alphabet. A Rouen, sur les piliers de
Saint-Ouen, on voyait encore des trous : sous la
Révolution, les Bleus y avaient fixé des forges pour
fondre des balles ; la grille de cuivre du chœur avait
fini en canon. Ce n'était pas la même chose. Le sang
allait teinter la pierre et les dalles de Saint-Vladimir.

— J'ai gardé le meilleur pour notre cher capitaine, disait le contrôleur Poissonnard en sortant
d'une caisse un foie de jument aux reflets olivâtres,
qu'il empaqueta dans un journal russe.

— C'est tout ?

— Eh oui, monsieur Paulin, c'est tout mais c'est
tendre.

— Encore un petit effort, monsieur Poissonnard.

— Un flacon de vin de Madère, allez ! Vous
croyez qu'on trouve du bœuf après huit jours de
pillage ? C'est qu'ils ont tout raflé, nos régiments !

Même les légumes secs s'épuisaient. Des escouades
partaient chaque jour marauder dans la région, il
fallait s'enfoncer de plus en plus loin dans la campagne, subir l'hostilité des paysans. La viande
fraîche se raréfiait et Poissonnard en tirait bénéfice.

— Que le capitaine d'Herbigny essaie de ramener un troupeau, plaisantait-il.

— Je lui dirai, répondit Paulin qui eut un mouvement de recul et des palpitations devant le maître-
autel. Les mécréants des subsistances y avaient
cloué un loup. Poissonnard souriait :

— Ces loups, ils ne font pas les délicats. Dame !
ils l'apprécient, ma viande, un peu trop, même. Au
fait, demandez aux gendarmes qui gardent les
abords de vous raccompagner. Ils pourraient bien
vous attaquer, les fauves, à cause de l'excellent morceau que vous emportez.

Le temps passait, le Tsar ne répondait pas, les
troupes de Koutouzov avaient disparu vers le sud
comme le pressentait Berthier. La Grande Armée se
posait pour l'hiver dans les ruines de Moscou.
L'Empereur multipliait les mesures dans ce sens ; il
écrivait à Maret, duc de Bassano, resté en Lituanie,
pour qu'il fournisse quatorze mille chevaux, il songeait à lever des nouveaux régiments, organisait des
parades, agaçait son libraire parisien pour recevoir
les romans en vogue ; le Kremlin se fortifiait,
comme les couvents. Caulaincourt avait renforcé la
poste ; le courrier arrivait chaque jour de Paris, avec
du vin et des colis. Les estafettes mettaient quinze
jours à relier les deux capitales, le service fonctionnait avec ponctualité par des relais. Une rumeur
courut : des renforts allaient arriver avec des vêtements d'hiver, on jetterait les Russes dans la Volga.
Et puis, très vite, il y eut des incidents. On décou-
vrait des corps de soldats assassinés. Les cosaques,

125

que Murat prétendait amadouer, devenaient agres-
sifs. Un jour ils surprennent des caissons d'artillerie
venus de Smolensk et les brûlent ; trois jours plus
tard, sur la même route, ils blessent ou tuent des
dragons de la Garde. Le lendemain encore tout un
escadron, et ils s'emparent de deux malles de poste
qui retournaient en France.

Sébastien regardait la première neige ; des gros
flocons lents fondaient en touchant les toits. Dans
la cour, les soldats s'étaient fabriqué des cahutes
avec les tableaux décrochés des murs du palais. Un
aide de camp de l'état-major entra dans le bureau
des secrétaires, ceinture de soie dorée, pantalon
rouge, très élégant dans son uniforme à la hon-
groise :

— Pour Sa Majesté, le texte du 22e bulletin.

— Monsieur Roque, dit le baron Fain, au lieu de
regarder tomber la neige, lisez et portez à l'Empereur.

Il se replongea dans la rédaction d'un ordre de
nomination, un nouveau général qu'on envoyait au
Portugal.

— Monsieur le baron...

— Portez, vous dis-je.

— Il y a un problème.

— Quoi ? dit le baron en levant le nez de sa
copie.

— Croyez-vous que des allusions aux incidents
de la route de Smolensk soient nécessaires ?

— Certainement pas !

— Je peux biffer ?

— Bien entendu.

— Et aussi...

126

— Quoi d'autre ?

— Ce texte manque de détails positifs.

— Si vous trouvez quelque chose de positif à écrire, rajoutez-le en fioriture.

— Il me faut votre accord.

Le baron prit la feuille et Sébastien, debout à ses côtés, émit quelques suggestions :

— Après *Les incendies ont entièrement cessé*, pourquoi ne pas ajouter *On découvre tous les jours des magasins de sucre, de pelleteries, de draps...*

— Mais pas de viande.

— Non, mais ce sera publié dans *Le Moniteur* ; mieux vaut être rassurant. Voyez, là aussi, après *La plus grande partie de l'armée est cantonnée à Moscou...*

— Que dois-je voir, monsieur Roque ?

— Dans le même esprit positif, j'ajouterais *où elle se remet de ses fatigues.*

— Ajoutez, ajoutez.

— Il a raison, ce jeune homme.

C'était l'Empereur. Il était entré sans bruit et les écoutait. Le secrétaire et son commis se levèrent.

— Méfiez-vous de ce garçon, Fain, il a des idées. Et Méneval, où est-il ?

— Au lit avec des fièvres, sire.

— Ce garçon, quel est son nom ?

— Sébastien Roque, sire. Je l'emploie comme premier commis, parce qu'il a une écriture bien tournée.

— On pourrait peut-être l'utiliser à Carnavalet. Qu'en pensez-vous, Fain ?

— Il a des lettres, en effet...

A l'hôtel Carnavalet, les services de la censure

127

modifiaient le texte des pièces qui avaient l'autorisation d'être jouées. Comme Pisistrate, à Athènes, faisait récrire les chants d'Homère, des fonctionnaires lettrés coupaient dans *Athalie* les allusions lointaines mais désobligeantes pour Sa Majesté ; ils édulcoraient les classiques pour la tranquillité de l'Empire, replaçaient des comédies trop modernes chez les Assyriens.

Sébastien rougissait de bonheur, il se tenait les mains l'une dans l'autre pour les empêcher de trembler. Napoléon l'interrogeait :

— Vous aimez le théâtre ?

— A Paris, sire, j'y allais autant que le permettait mon service au ministère de la Guerre.

— Vous seriez capable de réviser une tragédie ?

— Oui, sire.

— De traquer chez les classiques les situations et les mots à double sens, où le public verrait des allusions à l'Empire et à ma personne ?

— Oui, sire.

— Si on vous soumet une pièce sur Charles VI, comment réagissez-vous ?

— Mal, sire. Très mal.

— Expliquez.

— Dans ce cas, sire, il n'y a rien à remanier, c'est le sujet qui est nuisible.

— Continuez.

— On ne montre pas sur scène un roi fou.

— *Bravissimo !* Et vous sauriez rajouter de l'Antiquité dans des pièces trop récentes ?

— Je le crois, sire, je connais les auteurs grecs et latins.

— Fain, quand nous reviendrons à Paris, présentez votre commis au baron de Pommereul, il a grand besoin d'être secondé. Ne faites pas cette tête-là ! Vous trouverez un autre secrétaire capable de recopier vos notes.

Pour montrer sa satisfaction, l'Empereur vous tirait l'oreille à la décrocher, ou bien il vous appliquait une gifle de toutes ses forces. Sébastien eut la joie de recevoir les cinq doigts impériaux sur la joue, ce qui valait une décoration.

— Durtal ! en reconnaissance.

Le dragon commença la traversée d'une passerelle étroite et longue au-dessus d'un ravin, à pied, lentement, ne tenant la bride de son cheval qu'entre le pouce et l'index, selon la consigne, pour ne pas être entraîné si l'animal trébuchait et tombait. Les autres le regardaient. D'Herbigny avait embarqué une trentaine de ses hommes vers le sud, dans la campagne qui succédait au désert de sable jaune. La remarque du contrôleur Poissonnard l'avait piqué, il s'était juré de capturer un troupeau. Ils avaient laissé Moscou avant l'aube, sous la pluie, les bottes garnies de paille car il y avait eu des gelées pendant la nuit. Il ne pleuvait plus, après quatre heures de marche, mais le vent soufflait en rafales brusques, les manteaux humides flottaient sur les épaules, les crinières volaient. De l'autre côté, ils distinguaient des maisons de sapin et de mousse. Une fumée montait des toits de planches. Ces paysans faisaient du feu, ils n'avaient pas fui, ils avaient des provisions, du fourrage, peut-être des bêtes.

— Durtal !

La passerelle venait de céder comme le dragon était à mi-parcours : l'homme, sa monture, les rondins du tablier s'écrasèrent au bas du ravin pierreux. D'Herbigny détourna les yeux. Durtal ne hurlait plus. Restait à contourner le ravin qui semblait s'abaisser avant l'horizon, revenir jusqu'aux cabanes, à couvert dans la forêt si elle n'était pas trop dense. Ils avançaient en file contre le vent, ne se risquèrent pas sur une seconde passerelle qu'ils soupçonnaient fragile ou sabotée, trouvèrent un passage possible en fin de matinée. A l'instant où ils grimpaient sur l'autre versant, ils entendirent le cri de guerre des cosaques, *Hourrah !*, et virent une petite troupe en casquettes plates, lances et piques en avant pour les embrocher, qui chargeaient au galop. Le capitaine se revoyait en Egypte ; les cavaliers arabes procédaient de la même façon pour harceler, ils surgissaient, frappaient, s'éparpillaient, revenaient d'un autre côté.

— A terre ! en position !

Les dragons savaient la manœuvre. Ils s'abritèrent derrière leurs chevaux, épaulèrent. Les cosaques leur fonçaient dessus ; quand ils furent à dix mètres le capitaine commanda le feu. La fumée des tirs une fois dissipée, ils contemplèrent leur tableau de chasse : deux chevaux et trois hommes ; le troisième cheval broutait des herbes sèches au flanc du ravin. Le reste des cosaques avait fait volte-face et se perdait dans la forêt. Les dragons rechargeaient.

— Des blessés ?

— Pas un, mon capitaine.

— On a eu de la veine.

— Sauf Durtal.

— Oui, Bonet, sauf Durtal !

D'Herbigny avait eu l'intention de s'établir pour la nuit dans le hameau qu'il avait tout à l'heure aperçu, mais il n'était plus question d'entrer dans cette forêt dangereuse, ni de camper. Il donna à regret l'ordre du repli, et ils poussèrent au plus vite leurs chevaux fourbus. Bredouille, le capitaine avait la consolation d'avoir récupéré un animal résistant et des bottes en peau d'ours, poils en dedans. Elles étaient trop petites pour lui ; il les offrirait à Anissia, la nonne aux cheveux courts, sa protégée dont il avait appris le nom.

Sous une pluie battante, les maraudeurs rentrèrent avant la nuit au couvent de la Nativité. L'eau giclait des toits, dégoulinait des auvents sans gouttières ; d'Herbigny franchit en courant cette cataracte pour se mettre enfin à l'abri. A l'intérieur il ôta son manteau trempé, son gros bonnet gorgé d'eau qui lui aspergeait le visage. Au milieu de la pièce voûtée qui servait naguère de parloir, des dragons bougonnaient devant une montagne de sacs.

— Que se passe-t-il ?

— On a not' solde, mon capitaine.

— Et ça ne vous réjouit pas, tas de vauriens !

— Ben...

Le capitaine prit un sac, l'ouvrit, en tira une poignée de pièces jaunes.

— C'est du cuivre ?

— Ça vaut rien qu'leur poids.

— Vous préférez des faux assignats ?

Comme on avait trouvé des quantités de monnaie en cuivre dans les caves des tribunaux, les régiments avaient en effet touché leur solde. Première servie,

131

la Garde impériale avait eu droit à ces sacs de vingt-cinq roubles. Le capitaine éternua.

— D'abord je me sèche, après on réfléchit.

Il laissa ses cavaliers à leur déception pour filer à l'étage. Paulin était assis sur un tabouret, dans la cellule du capitaine, au chevet de la novice endormie.

— Anissia, Anicioushka...

— Elle ne s'est pas levée de la journée, Monsieur.

— Malade ?

— J'en sais trop rien.

— Tu n'as pas appelé Monsieur Larrey ?

— J'ai pas ce pouvoir.

— Crétin !

— Et puis il est chirurgien, Monsieur Larrey, de quoi il pourrait l'amputer, la petite ?

D'Herbigny n'écouta pas cette phrase marmonnée par son domestique, il s'agenouilla auprès d'Anissia. Elle ressemblait à une madone qu'il avait volée dans une église espagnole, parce qu'il l'avait trouvée attendrissante ; depuis il avait revendu le tableau pour s'offrir un gueuleton.

Il pleuvait encore le jour suivant. Dépêché par son maître au Kremlin, à l'infirmerie spéciale de la Garde, Paulin, sur son âne, tenait une ombrelle pékinoise ramassée au bazar, en guise de parapluie. Comme il n'avait pas de cocarde au chapeau, les sentinelles lui avaient interdit l'accès à la citadelle ; rien ne sut les fléchir, même pas la lettre dictée par d'Herbigny et signée de sa main gauche. Il s'en revenait lentement ; une fois de plus il allait subir la colère du capitaine, mais il avait l'habitude. Avec conscience, il fit le détour par un hôpital militaire planté au bord de la Moskova ; il y croisa des médecins débordés, qui couraient dans des salles aux fenêtres hautes, entre des rangées de cinquante lits. Ils enlevèrent devant lui un mort, emballé dans son drap, sous les regards furtifs des moribonds. Paulin repartit sans avoir même pu approcher un infirmier. En s'égarant parmi les ruines, il vit une foule de Moscovites rue de la Nicolskaïa, où s'était improvisé un marché des monnaies. Quelques bâtiments officiels restaient debout. Des soldats, derrière des tréteaux, échangeaient leurs pièces de cuivre. Pour dix, puis cinquante kopecks, puis un rouble d'argent (la demande de monnaie courante faisant grimper les prix), ces pauvres gens emportaient un sac. Il y avait des femmes, des mioches, des vieillards en haillons qui montraient une nouvelle vigueur dans cette bousculade. Sabres au poing, les fantassins de la Garde tentaient de maintenir un ordre. D'autres tiraient des coups de fusil en l'air. La poussée était trop forte. Ils se piétinaient, ces Russes, ils se distribuaient des horions, jouaient du coude, cognaient pour s'ouvrir un passage jusqu'au comptoir des changeurs. Un grand moujik arracha le sac qu'une femme avait réussi à obtenir, elle le griffa, il lui envoya son genou dans le ventre, elle s'agrippa à sa tunique crasseuse, il l'assomma avec le sac pour qu'elle lâche prise, elle tomba en criant des injures, les suivants lui marchaient dessus. Les soldats s'étaient repliés à l'intérieur du bâtiment, ils lançaient maintenant leurs sacs par les fenêtres ouvertes ; cela aggravait la cohue et sa brutalité. Un garçon en pèlerine, avec une coiffe de toile cirée, avait réussi à sortir la malheureuse de cette mêlée. Sous la pèlerine, Paulin reconnut l'habit bleu blai-reau à parements de velours cramoisi : ce garçon appartenait aux services de santé. Il l'appela. Dans un tel boucan sa voix ne portait pas ; il poussa son âne à sa hauteur :

— Vous êtes médecin ?

— Oui et non.

— Infirmier ?

— Sous-aide d'un officier de santé.

— Mon capitaine a besoin de vous.

— Si c'est pour un officier...

— C'est pour éviter qu'il m'engueule.

— Je connais un peu les poudres et les onguents, j'ai vu pratiquer des saignées...

— A la bonne heure !

Le sous-aide avait l'air nigaud mais de bonne volonté, et puis la couleur de son habit indiquait sa fonction, cela suffirait sans doute au capitaine. Cela suffit, en effet. Le garçon posa sa pèlerine et son chapeau, se pencha sur la novice, sortit de sa besace un petit miroir qu'il lui plaça devant la bouche. D'Herbigny le regardait agir, sourcils froncés ; il aimait les résultats rapides.

— Je crois bien... commença le garçon.

— Des certitudes !

— Je crois qu'elle est morte, enfin, elle a l'air morte, voyez, son souffle, pas de buée sur mon miroir.

— Quand je dors, je fais pas de buée sur les miroirs ! Ce que vous affirmez est impossible ! Et de quoi serait-elle morte, puisque vous êtes si savant ?

— On pourrait l'emmener à l'officier de santé...

— Remettez-la sur pied ou je vous tords le cou !

— Si vous me tordez le cou, ça fera deux morts.

Le nigaud avait de la logique. Il se pencha encore sur le lit de fourrure, observa le blanc de l'œil, le teint du visage :

— On dirait qu'elle a été empoisonnée.

— Tu ne l'as pas surveillée en permanence ? demanda le capitaine à Paulin.

— Si, sauf quand je lui ai préparé son déjeuner.

— Qu'est-ce que tu lui as donné ?

— Un morceau du foie de jument.

— Il ne fallait pas ! Cette viande était à moitié pourrie !

— Nous n'avions rien d'autre...

— Quand il y a poison, il y a contre-poison, ajouta le nigaud.

— Administre ta potion, chuchota le capitaine d'une voix cassée.

— Ah ça, faudrait un pope, eux ils savent ces choses, ils ont le secret des herbes, ils récitent des prières qui guérissent, ils disposent des icônes bénéfiques, c'est mon officier de santé qui me l'a dit.

D'Herbigny se mit à croire que les morts pouvaient ressusciter, que la magie était efficace, que la fumée d'encens dissolvait les maux. L'Empereur autorisait le culte pour apprivoiser la population russe demeurée à Moscou. Les popes officiaient à nouveau. Quand le capitaine descendit commander à ses hommes de débusquer l'un de ces prêtres dans une église non investie par la troupe, il apprit que toutes les religieuses étaient mortes empoisonnées. Le foie de jument n'avait pas tué Anissia.

135

Au long des interminables couloirs du Kremlin, des plantons gardaient chaque porte. *Garder* est sans doute exagéré. Ces grenadiers en pelisses avaient remplacé leurs ceinturons par des châles de cachemire, leurs oursons par des bonnets kalmouks aux formes torturées ; les moins ivres se tenaient au mur, les autres, assis, plongeaient de longues cuillers en bois dans des vases en cristal mat, mangeaient des confitures exotiques qui donnaient soif, buvaient et buvaient encore une eau-de-vie robuste. Leurs armes traînaient entre les pots et les bouteilles vides. Sébastien ne prêtait plus attention à ce spectacle quotidien. Comme il se dirigeait vers la salle à manger du personnel, il rencontra des Russes en civil, avec leurs brassards, nœud de rubans blancs et rouges ; un semblant d'organisation se mettait en place, l'Empereur avait rétabli une municipalité, distribué des postes aux commerçants et aux bourgeois qui avaient refusé de fuir avec Rostopchine.

Aides de camp, officiers, médecins ou payeurs se retrouvaient aux repas dans une immense pièce tendue de velours rouge ; un pilier central soutenait les voûtes qui découpaient la salle en quatre.

— Monsieur le secrétaire !

Henri Beyle, attablé devant un plat fumant, faisait signe à Sébastien de le rejoindre :

— Je vous ai gardé une place à côté de moi.

— Qu'est-ce que vous mangez ?

— Une fricassée.

— De quoi ?

— On dirait du lapin...

136

— Ça doit être du chat.

— Ce n'est pas si mauvais, avec les épices et un verre de malaga.

Sébastien se servit de haricots mais repoussa la fricassée. Les deux hommes discutèrent du mérite des *Lettres à mon fils* de Chesterfield, le livre dérobé dans une bibliothèque de Moscou, puis ils échangèrent des propos sur la peinture italienne, dont Beyle avoua écrire l'histoire. Ils se disputèrent sur Canaletto.

— Je sais pourquoi vous aimez Canaletto, monsieur le secrétaire. Ses paysages vénitiens ressemblent à des décors de théâtre, d'ailleurs, avec son père et son frère, quand il était jeune, il a peint des décors, des balustrades, des perspectives mirobolantes. Sur toile, je trouve le résultat un peu raide.

— Monsieur Beyle ! Raide ? Il y a une perfection...

— Oui ?

Sébastien ne parlait plus, les yeux braqués sur de nouveaux arrivants que conduisait Bausset, le préfet du palais.

— Ces civils ont l'air de vous captiver.

— Je les connais un peu...

— Qu'est-ce qu'ils fichent dans nos murs ?

— C'est une troupe de comédiens français. Ils jouaient à Moscou.

— Les jeunes filles, hé ! Pas mal, *my dear*. Vous qui aimez tant le théâtre, jusque dans les tableaux de Canaletto, vous n'avez pas tenté votre chance ?

— Oh, monsieur Beyle, je vous laisse la vôtre.

— Merci ! J'ai beaucoup fréquenté ce genre, et dans quelques jours je dois partir à Smolensk pour

137

former un approvisionnement de réserve. Et ensuite à Dantzig. Cela ne m'enchante guère.

— Moi je vous envie. Pourquoi s'attarder à Moscou ?

— Mes rages de dents me taquinent à l'improviste, surtout la nuit, je dors mal, j'ai la fièvre...

— Mais un rude appétit ! repartit Sébastien en riant, sans trop savoir si ce rire s'adressait à son ami Beyle ou à la réapparition de la troupe saine et sauve.

Le repas terminé, ils se levèrent ensemble. La tablée des comédiens était proche de la sortie, mais Sébastien affectait une mine détachée, faisait semblant de ne pas les voir.

— Monsieur Sébastien !

Ornella l'avait appelé, il ne pouvait plus se dérober.

— Cachottier, lui glissa son ami à l'oreille. Je vous laisse gazouiller, et cette fois, c'est moi qui vous envie.

Sébastien retint sa respiration, se retourna, joua la surprise, s'approcha, saisit une chaise et s'installa en souriant. Il dut entendre Madame Aurore lui raconter leurs mésaventures, le pillage de leur chalet, comment ils avaient échappé à un incendie, puis à la soif, comment le roi de Naples les avait sauvés par hasard, comment il les avait hébergés à son quartier général de l'hôtel Razunonski. Sébastien observait Mademoiselle Ornella avec un air faussement distrait. Elle avait lâché sa chevelure noire et bouclée, qui tombait sur les épaules de sa robe de satin. Lorsqu'elle raconta à son tour, il s'aperçut

138

qu'elle zézayait un peu, juste assez pour lui ajouter un charme :

— Le roi de Naples, monsieur Sébastien, adore le théâtre. Il se comporte comme sur une scène.

— Il a des habits tressés d'or, continuait la rousse Catherine, il a des boucles d'oreilles en diamants, un fourgon entier pour ses parfums et ses pommades, un autre pour sa garde-robe...

Le grand Vialatoux, habillé d'un uniforme napolitain, ne résista pas longtemps, il vola la parole à ses partenaires pour livrer son imitation de Murat :

— Il nous a dit *(Vialatoux se rengorge :)* « Dans mon palais dé Naples, jé faisais jouer pour moi seul les rôles dé Talma, et jé les déclamais, lé Cid, Tancrède... »

— Alors pourquoi revenir au Kremlin ? le coupa Sébastien.

L'Empereur exigeait que Moscou reprenne vie. Il allait faire venir des chanteurs d'opéra, des musiciens renommés, et, puisqu'il avait sous la main des comédiens, il leur demandait de jouer leur répertoire pour distraire l'armée.

— Qu'allez-vous jouer ?

— *Le Jeu de l'amour et du hasard*, monsieur Sébastien.

— J'irai vous applaudir, je vous imagine dans le rôle de Silvia, et votre amie dans celui de la soubrette.

— Et puis nous donnerons *Le Cid*, dit le jeune premier, et *Zaïre*, *Le Mariage de Figaro*...

Le préfet Bausset leur avait proposé une véritable salle où manquaient des lustres, dans l'hôtel Posniakov. Ils avaient trois jours pour s'arranger des costumes, mais l'administration militaire avait rassemblé dans l'église d'Ivan, au Kremlin, toutes sortes de tissus, tentures, velours, galons d'or qu'il suffisait de draper ou de coudre. Ils venaient donc au palais faire leur choix. Sébastien regagna son bureau par devoir ; quand il fut parti, Ornella et Catherine s'amusèrent à réciter du Marivaux qu'elles pensaient de circonstance :

— *Volontiers un bel homme est fat, je l'ai remarqué*, disait Ornella en Silvia.

— *Oh, il a tort d'être fat : mais il a raison d'être beau*, répondait Catherine en Lisette.

Le grand Vialatoux, le nez dans une assiette aux armes du Tsar, avalait comme un glouton sa fricassée de chat ; il en reprit trois fois.

Un détachement de dragons convoyait plusieurs tombereaux où s'entassaient les corps des religieuses cousus dans des toiles. On aurait dit des ombres, tant le brouillard épais, froid, encrassait les premières matinées d'octobre. Le capitaine d'Herbigny les menait vers le cimetière. Il n'avait pas voulu mêler Anissia aux autres sœurs, il l'avait enroulée dans de la soie indienne et la portait contre lui, sur l'encolure de son cheval. Il était aussi pâle que la novice, la tristesse creusait de nouvelles rides sur son visage boucané. D'où venait le poison ? Qui l'avait procuré ou versé ? Comment ? Leur religion interdisait le suicide à ces femmes, alors quoi ? On avait signalé des cosaques à Moscou ; ils rôdaient pour se renseigner, pour surveiller, certains de trouver des complicités. Le poison, pour eux, ce n'était pas une arme, ça ne leur ressemblait pas, et puis ils n'auraient pas pu pénétrer dans le couvent, moins encore jusqu'à l'ancienne cellule de la supérieure. D'Herbigny n'y comprenait rien. Pas d'explications ? Tant pis. Il s'en tenait aux faits. Lui qui avait si souvent tué de sa main, il souffrait de la brutale disparition de cette jeune fille russe dont il ne savait rien. Il avait projeté de l'emmener en Normandie, parce qu'on allait bien, un jour ou l'autre, quitter cette sale ville. Il lui aurait appris le français, il l'aurait traitée comme sa fille, voilà, comme sa fille ; elle l'aurait regardé vieillir en paix. Ils arrivaient au cimetière. Des feux rougeoyaient dans le brouillard qui se dissipait. Une quantité de Moscovites pauvres, sans logis, se réfugiaient parmi les tombes, se bricolaient des cabanes, allumaient des feux débiles pour cuire des racines, se réchauffer, écarter les loups et ces chiens errants que la faim rendait féroces.

En silence, les cavaliers se mirent à ouvrir une grande fosse dans une allée. Le capitaine posa Anissia sur une pierre tombale gagnée par les mousses. Lorsque la fosse fut achevée, et cela avait duré une éternité, on bascula les tombereaux ; on reboucha avec les pelles. D'Herbigny s'était assis à côté du corps d'Anissia. Il dégagea son visage cireux, défit la croix en or qu'elle portait au cou et la garda dans sa main fermée. Il n'entendait plus les pelletées de terre, ses cavaliers avaient terminé de combler la fosse ; ils attendaient debout, sans un mot. Le capitaine contempla longtemps le sol bourbeux puis il redressa la tête :

— Bonet, avec deux hommes, soulève-moi ça.

141

Il montrait une tombe en marbre blanc.

— C'est déjà habité, mon capitaine.

— Tu veux quand même pas que je jette Anicioushka dans une fosse ? Là, elle sera mieux. En
hiver, dans ce maudit pays, il fait bigrement froid,
rien ne vaut un joli caveau.

Bonet obéit en pensant que son officier avait la
cervelle fêlée. Quand ils dégagèrent la terre, le fer
des pelles heurta des cercueils.

— Ça va, dit le capitaine.

Il porta lui-même Anissia dans ses bras. Bonet
l'aida à la déposer en douceur dans le trou. De sa
botte, d'Herbigny remit la terre ; il fit replacer la
dalle.

— L'un d'entre vous se souvient d'une prière ?
Non ?

Il resserra les sangles de sa selle et monta à
cheval.

Le soir, un huissier allumait deux bougies sur le
bureau de l'Empereur. « Il arrête jamais d'travailler ! » s'extasiaient les soldats quand ils levaient le
nez vers la fenêtre éclairée. En fait il dormait une
large partie de ses journées, ou bien, sur un sofa,
parcourait ses volumes de Plutarque, revenait au
Charles XII de Voltaire, un petit livre en maroquin
doré sur tranche, le refermait, soupirait : « Charles
voulait braver les saisons... » Il fermait les yeux,
somnolait. A quoi songeait-il ? Les nouvelles étaient
défavorables ; une coalition de Russes et de Suédois
venait de forcer Gouvion-Saint-Cyr à évacuer la
ville de Polotsk, l'attente se prolongeait, le Tsar se

142

taisait. Caulaincourt avait refusé d'aller à Pétersbourg quémander une paix à laquelle il n'avait
jamais cru. Lauriston, plus obéissant, avait réussi à
joindre Koutouzov et lui avait arraché un armistice
verbal ; tiendrait-il parole ? L'Empereur hésitait, il
distribuait des ordres impossibles : « Achetez vingt
mille chevaux, faites rentrer deux mois de fourrage ! » A qui acheter les chevaux ? Où glaner le
fourrage ? Un autre jour il confia au comte Daru,
l'intendant général, son envie d'attaquer Koutouzov.

— Trop tard, sire, dit le comte. Il a eu le temps
de refaire son armée.

— Pas nous ?

— Non.

— Alors ?

— Retranchons-nous dans Moscou pour l'hiver,
il n'y a aucune autre solution.

— Mais les chevaux ?

— Ceux qu'on ne peut nourrir, je me charge de
les faire saler.

— Les hommes ?

— Ils vivront dans les caves.

— Après ?

— Vos renforts arriveront dès la fonte des neiges.

— Que va penser Paris ? Sans moi, que va-t-il se
passer en Europe ?

Daru avait baissé la tête, sans réponse, mais l'Empereur semblait suivre son conseil. Les travaux
d'installation s'accéléraient, des ouvriers cassaient
des mosquées pour dégager les remparts, des artilleurs pointaient trente bouches à feu en haut des
tours du Kremlin, d'autres vidaient les étangs pour

143

récupérer cent mille boulets qu'y auraient jetés les Russes ; on avait réclamé des chirurgiens à Paris. Une fois, vers deux heures du matin, Napoléon dicta à ses secrétaires des consignes pour Berthier. Il avait l'esprit clair, le débit facile, marchait de long en large, les mains dans le dos de sa robe de chambre en molleton blanc. Il exigeait du major général que les hommes aient trois mois de pommes de terre, six mois de choucroute, de l'eau-de-vie, puis, comme s'il avait sous les yeux un plan très précis de la ville et de ses effectifs : « Les dépôts dans lesquels on renfermera ces subsistances seront, pour le 1er corps, le couvent du 13e léger ; pour le 4e corps, les prisons sur la route de Pétersbourg ; pour le 3e corps, le couvent près des poudrières ; pour l'artillerie et la cavalerie de la Garde, le Kremlin... Il faut choisir trois couvents sur les routes qui sortent de Moscou, en faire des postes retranchés... »

L'Empereur connaissait le terrain mais refusait toujours de croire que son armée manquait de vivres. Qu'importe. Le lendemain, le temps était doux, il avait retrouvé son entrain, déjeunait avec Duroc et le prince Eugène.

— Berthier ?

— Dans ses appartements, sire, répondit Duroc.

— Il n'a pas faim ?

— Ce matin, vous lui avez frotté les oreilles : *Non seulement vous êtes un bon à rien mais vous me nuisez* !

— Parce qu'il n'est pas foutu de trouver de la choucroute au pays du chou ? Il ne supporte plus les engueulées, cette vieille fille ? Vieille fille, voilà !

144

Ce n'est pas pour rien qu'il s'est attribué les appartements de la Tsarine !

Les deux convives s'efforçaient de sourire mais l'Empereur riait aux larmes. Il s'essuya les yeux avec un pan de nappe, reprit son sérieux, enfourna une bouchée de fèves, changea illico de sujet :

— Quelle est la plus belle mort ?

— En chargeant les cosaques ! s'emporta le prince Eugène qui maniait sa côtelette par le manche.

— C'est ce qui nous attend, ajouta Duroc.

— Moi, j'aimerais bien être emporté par un boulet de canon pendant la bataille, mais je mourrai dans mon lit comme un con.

Ils évoquèrent ensuite les grands morts de l'Antiquité, ceux qui s'empoisonnaient, ceux qui crevaient de rire, ceux qui se suicidaient en retenant leur souffle, ceux qu'on poignardait. Sa Majesté se cherchait souvent des ancêtres dans Plutarque : il frémit en rapportant la mort de Sylla, ce général sans fortune, sans rang, sans terre, qui, appuyé sur l'armée, vivait pour gouverner Rome et commander le monde. Comme Napoléon, il devait tenir un immense empire ; comme Napoléon il régentait les vies privées, multipliait les lois, frappait la monnaie à son effigie. Son épouse Caecilia appartenait à l'aristocratie, comme l'impératrice Marie-Louise. Le parallèle impressionnait l'Empereur, mais la fin de Sylla, non, à aucun prix :

— Vous me voyez, moi, me décomposer comme lui ? Vous me voyez entouré de comédiennes et de joueurs de flûte, à boire, à me gaver, avec ces légions de poux qui sortent de ma chair jusqu'à ce qu'elle éclate ? Pouah !

— Le récit de Plutarque est très exagéré, sire, dit le prince Eugène.

— Mon destin ressemble tellement au sien...

— Ou à celui d'Alexandre le Grand, avança Duroc qui savait les penchants de l'Empereur et ses rêves.

— Ah ! L'Inde...

Depuis sa campagne malheureuse en Egypte, Napoléon rêvait d'atteindre le Gange à la façon d'Alexandre. Il relevait là aussi des ressemblances. Le Macédonien s'était élancé vers l'Orient avec quelques milliers de Barbares, cavaliers scythes ou iraniens, fantassins perses, Illyriens des Balkans, Thraces, mercenaires grecs douteux, chacun avec son dialecte, comme dans la Grande Armée. Il comparait les Agrianes porteurs de javelines aux lanciers polonais, les bandits bulgares au bataillon espagnol, les Crétois aux arcs en corne de bouc à son régiment de Prusse orientale...

— On pourrait marcher sur l'Inde, reprenait-il, les yeux au plafond.

— Vous y pensez réellement, sire ? s'inquiétait Duroc. Combien de temps mettraient les lettres de Paris ?

— Combien de mois pour y parvenir ? demandait Eugène.

— J'ai consulté les cartes. D'Astrakhan on traverse la Caspienne, on atteint Astrabad en dix jours. De là, un mois et demi pour gagner l'Indus...

146

La salle de spectacle aménagée dans une aile de l'hôtel Posniakov ressemblait à un authentique théâtre à l'italienne, avec l'arrondi des deux rangs de loges, le parterre, la fosse pour un orchestre. Des lustres du Kremlin pendaient au-dessus de la scène sans décor ; la troupe y jouait sur un fond de tentures ; peu de meubles pour accessoires. Une file de lampions servait de rampe. Les musiciens de la Garde, sur des chaises, se préparaient à improviser des morceaux de leur choix pour souligner les effets ou assurer des liaisons ; avouons qu'ils n'étaient pas coutumiers de ce style de musique mais que cela les occupait entre deux parades. Les officiers et les personnels civils garnissaient les loges ; les soldats s'asseyaient au parterre ou restaient debout contre les colonnes. Les tambours roulèrent pour couvrir le brouhaha, et le grand Vialatoux s'avança en costume de marquis, le visage poudré de talc ; il fit un geste, le silence s'établit et il déclama :

> Voilà les Français à vos trousses,
> Alexandre mettez les pouces :
> Ce n'est pas là des jeux d'enfants.
> On vous en fera voir de dures
> Pour vous être rendu parjure,
> A Saint-Pétersbourg nous irons
> Tout en vous chauffant les talons
> Avec Napoléon, avec Napoléon...

Une ovation l'empêcha de continuer. Il étendit les bras, se courba le plus bas possible, jubilait de son triomphe, mais, jugeant que les applaudissements faiblissaient, il se redressa :

— Messieurs, la troupe des comédiens français

147

de Madame Aurore Barsay a l'honneur, cet après-midi, de vous présenter *Le Jeu de l'amour et du hasard* de Monsieur Marivaux !

La musique entama une marche impériale, puis, sous la lumière des centaines de bougies, la comédie commença au son des clarinettes. Mademoiselle Ornella sortit de la coulisse dans le rôle de Silvia, somptueuse, en jupe de velours à galons, le bustier taillé dans une chasuble, les épaules nues et la gorge en valeur, avec des minauderies un peu forcées :

— *Mais encore une fois, de quoi vous mêlez-vous, pourquoi répondre de mes sentiments ?*

— *C'est que j'ai cru que, dans cette occasion-ci, vos sentiments ressembleraient à ceux de tout le monde.*

La rousse Catherine lui donnait la réplique en soubrette, tablier coupé dans un surplis, les poings aux hanches et les pieds dans des chaussons.

Les spectateurs des loges prenaient un air péné-tré ; au parterre on n'y comprenait goutte mais on écarquillait les yeux : cette Silvia, assez pimbêche, avait un bien fascinant décolleté. Lorsqu'ils chan-geaient de scène, les personnages passaient derrière un grand paravent chinois incrusté d'oiseaux en nacre. Silvia disparaissait d'un côté, de l'autre sur-gissait Vialatoux en Orgon ou en Dorante, car les hommes interprétaient plusieurs rôles, changeant de chapeau ou de cape, ce qui désorientait sérieuse-ment le parterre. Le dragon Bonet se sentait perdu. Il demanda à Paulin, au fond de la salle, de lui expli-quer la pièce.

— Très simple, disait Paulin, la maîtresse prend la place de sa servante pour juger la sincérité du fiancé qu'on lui destine, mais lui, de son côté, prend la place de son valet.

— Ça change quoi, hein ? La servante, même déguisée en marquise, elle parle toujours comme une servante.

— C'est pour l'effet comique.

— Ça me fait pas rire.

La salle criait et trépignait, maintenant, parce qu'Ornella, affublée cette fois en soubrette, venait de faire craquer son corsage dans le dos :

— Bravo !

— Le corsage ! le corsage ! scandaient les grenadiers.

— T'es sûrement mieux sans, ma poulette !

Très digne, Ornella poursuivait son texte, comme si rien ne s'était passé. Imperturbable lui aussi, Vialatoux en Dorante récitait :

— *Je vais partir incognito, et je laisserai un billet qui instruira Monsieur Orgon de tout.*

Ornella, à part, c'est-à-dire face à la salle :

— *Partir ! ce n'est pas là mon compte.*

— *N'approuvez-vous pas mon idée ?*

— *Mais... pas trop*, reprenait Ornella en Silvia, montrant son dos aux mufles qui battaient des mains et l'apostrophaient :

— Reste comme ça ! hurlait un gendarme d'élite.

— Déchires-en encore un peu !

La dernière scène du dernier acte s'acheva dans un chahut et Ornella ne revint pas saluer avec la troupe. En coulisses, elle fondit en larmes dans les bras de Madame Aurore.

— Allez, disait la directrice, t'en as vu d'autres.

— J'ai honte !

— Va saluer, ils te réclament. Tu les entends ?

— Hélas oui...

Madame Aurore la poussa vers la scène. Dès son entrée les applaudissements redoublèrent. Regardant ce public moqueur et grivois, elle remarqua dans une loge d'avant-scène un jeune homme pâle qui lui souriait. C'était Sébastien Roque. Parce que le temps s'était mis au beau, l'Empereur en profitait pour inspecter les travaux qu'il avait ordonnés. Le baron Fain avait donc accordé une demi-journée à son commis ; celui-ci en avait profité pour courir au théâtre. Rassurée par sa présence, enhardie, Ornella avança vers la rampe, déchira son corsage, salua à droite, à gauche. Sous les vivats, shakos, oursons, bonnets, chapeaux tartares volèrent jusqu'aux balcons. La comédienne les provoquait, ces rustres, elle bombait le torse, s'exposait ; très hué, Vialatoux lui posa sa longue cape sur les épaules, l'emmitoufla et l'emmena :

— Tu es folle ! Et s'ils avaient grimpé sur scène ?

— Leurs officiers seraient intervenus.

— Tu plaisantes ?

Inconsciente du risque qu'elle avait pris, Ornella imaginait que Sébastien n'aurait jamais permis que ces lourdauds l'approchent et posent leurs pattes sur sa peau. Elle exagérait le pouvoir du sous-secrétaire de l'Empereur. Le pauvre n'était pas de taille à maîtriser une garnison d'excités.

Pendant la semaine qui suivit, Sébastien n'eut pas l'occasion de retourner au théâtre. Il regrettait de ne pas avoir félicité Mademoiselle Ornella, pour laquelle il gardait un penchant malgré ses résolutions, mais il avait été emporté dans la foule chahuteuse et s'était retrouvé dehors, aussitôt entraîné vers le Kremlin par des officiers en calèche. La neige tomba pendant trois jours mais elle ne tenait pas sur le sol ; Napoléon en profita pour régler les affaires de l'Empire sans quitter ses appartements. Il montrait une terrible énergie, souffrait moins de l'estomac, accablait ses secrétaires de travail, ne leur laissait aucun répit, dictait des lettres à ses ministres parisiens, ou au duc de Bassano qui, gouvernant la Lituanie, assurait la liaison avec l'Autriche et la Prusse : « Faites envoyer des bœufs de Grodno à Smolensk, et des habits. » Il changeait la destination d'un régiment de Wurtemberg, bouleversait le règlement de la Comédie-Française, réglait les modalités d'un premier convoi de blessés qu'on éloignait de Moscou dans des voitures particulières, s'attendrissait en écrivant à l'Impératrice : « Le petit roi te rend, j'espère, bien contente. » Tout cela parlé dans la précipitation, par fragments, plusieurs lettres à plusieurs secrétaires qui devaient deviner à son ton le destinataire. Dans le même temps, il ordonna de fondre l'argenterie des églises du Kremlin pour verser ces lingots au Trésor de l'armée, recevait, écoutait peu, commandait beaucoup. Dès que le temps se radoucit, il envoya les sapeurs de sa Garde escalader le dôme de la tour d'Ivan ; il voulait ramener en trophée la grande croix de fer doré qui le surmontait. Sébastien, de sa fenêtre, avait assisté à l'opération dangereuse. Les sapeurs avaient entouré la croix de chaînes, et ils tiraient, ils tiraient, elle vacilla, bascula, tomba en entraînant une partie de l'échafaudage, se brisa en trois morceaux ; la terre trembla sous le choc. Ce fut l'unique distraction de Sébastien. Exténué, il notait, copiait et recopiait d'une plume agile, dormait peu et rêvait moins encore, mangeait à la hâte à côté de son pupitre. Cela faisait un mois qu'il vivait à Moscou.

Le 18 octobre, l'Empereur passait en revue l'infanterie du maréchal Ney dans l'une des cours, quand une estafette de Murat survint, sauta de cheval et courut annoncer en haletant :

— Sire, dans la plaine...

— Quoi, dans la plaine ?

— Des milliers de Russes ont attaqué le 2e corps de cavalerie.

— Et l'armistice ?

— Hier, ils ont capturé des palefreniers du roi de Naples.

— Après ?

— Le roi a écrit au commandant des avant-postes ennemis pour les réclamer.

— En quels termes ?

— Vifs.

— Précisez.

— Si les palefreniers ne lui étaient pas rendus, la trêve serait rompue.

— Après ?

— La trêve est rompue.

— Il n'y avait donc aucune précaution ? Faut-il que je sois partout !

— Les Russes se cachaient dans un bois en surplomb.

— Après ?

152

— Ils ont profité du moment où nos hommes fourrageaient pour donner l'assaut.

— Comment avons-nous répondu ?

— Mal, très mal, sire.

— Détaillez !

— L'artillerie du général Sebastiani est détruite.

— Des prisonniers ?

— Sans doute plus de deux mille.

— Des morts ?

— Trop.

— Et Murat ? Où est Murat ?

— Il charge.

Murat galopait sur une terre durcie par la gelée, il se guidait au bruit sourd des combats, les mèches tire-bouchonnées de ses cheveux longs volaient, un soleil pâle allumait ses boucles d'oreilles en diamants, les tresses d'or de son dolman, les brandebourgs de sa pelisse en sautoir. Il dirigeait une brigade de carabiniers. Le cuivre de leurs cuirasses et de leurs casques à chenilles de crin écarlate brillait seul, on ne voyait que ces éclats de couleur dans la brume diffuse où les habits blancs se fondaient. Ils surgirent sabre au clair dans le dos de l'ennemi, en hurlant. Les Russes avaient opéré un mouvement circulaire pour couper à Sebastiani la route de Moscou ; ils ne s'attendaient pas à cette violente attaque par-derrière. Les premiers furent sabrés avant même de réaliser un demi-tour, les autres s'enfuirent. « Feu sur la racaille ! » criait Murat. Ses cavaliers laissèrent les sabres pendre au poignet, ils épaulaient leurs carabines et abattaient les fuyards les plus proches d'une salve très orchestrée, avant de continuer la poursuite.

Murat ne réfléchissait pas. Il fonçait. Capable de jeter sa cavalerie épuisée à l'assaut de remparts et de fortins, c'était l'homme des coups de main et du spectacle. Ses subordonnés le connaissaient ; à Borodino ils avaient tardé à transmettre ses ordres aux escadrons pour qu'il réalise ses erreurs et change d'avis ; cette lenteur voulue avait sauvé bien des hommes. Vrai tacticien, boudé par l'Empereur, Davout le contestait et le haïssait ; il l'accusait d'emmener ses troupes à la mort, sans résultat, et d'avoir perdu la cavalerie pour se faire valoir. L'Empereur donnait cependant raison à Murat, son beau-frère impulsif dont il aimait la fougue et le désordre. Les Russes l'admiraient, ils le redoutaient, voyez-le à cheval, souple comme un cosaque, courir au-devant des balles et des boulets, toujours sauf, magique, fou. Il se croyait roi comme les vrais, ce commis épicier de Saint-Céré, il voulait oublier que les couronnes distribuées par Napoléon n'étaient que des jouets, que ces royaumes servaient de sous-préfectures à un Empire plus vaste. Murat avait souhaité le trône de Westphalie, celui de Pologne, celui de Suisse et celui d'Espagne, mais non, il fallait le brider, et quand il reçut Naples il en tomba malade. La très blonde Caroline Bonaparte, son épouse dont il se méfiait, toujours à intriguer dans sa chambre de satin blanc, trouvait elle aussi cette couronne trop petite pour sa tête, tant pis, ces Napolitains les adoraient. Napoléon avait appelé Murat en Russie, il lui avait promis cent mille cavaliers pour l'éblouir ; le roi n'avait su refuser mais le

154

pouvait-il ? C'était à cheval, avec ses uniformes de comédie, qu'il se sentait vivre.

Poussés par ses carabiniers, les cuirassiers russes traversaient une rivière en soulevant des gerbes d'eau. Murat s'arrêta sur la rive comme devant une frontière. A sa gauche il entendait le canon, des fumées montaient au-dessus de Winkovo où campait son avant-garde. Il y conduisit sa brigade, aperçut des cosaques asiatiques aux vêtements multicolores, une foule nombreuse hérissée de lances. Murat se précipite, le choc est violent. Une pique lui déchire sa pelisse, il l'attrape au vol, attire contre lui le Tartare à bonnet pointu, guide son cheval avec les genoux, transperce, taille, bouscule, passe. Il multiplie les charges avant que l'ennemi refoule vers les bois ou la rivière, pour trouver un campement ruiné, à demi consumé, des canons inutilisables, des équipages calcinés, des cadavres, des mourants, des blessés qu'on porte sur des charrettes à quatre roues, une cuisse cassée, une épaule emportée. Sebastiani a survécu. Murat n'ose l'accuser, même s'il passait son temps en pantoufles à lire des poètes italiens. Les négligences de son général sont aussi les siennes, il aurait dû ordonner des patrouilles, éviter la surprise. Il sait depuis une semaine que des popes lèvent des milices de paysans, que les armées russes encerclent Moscou à distance. Plus rien ne reste de sa cavalerie. Il n'existe plus.

Le même jour, des vaguemestres se présentèrent au couvent de la Nativité. Ils transportaient leurs gros registres dans un char à bancs. L'un d'eux en descendit, il épousseta la manche de sa redingote et interrogea les dragons qui gardaient le portail :

— Quelle brigade ?

— Saint-Sulpice, 4e escadron.

— Combien d'hommes valides ?

— Une centaine.

— Précisément ?

— J'sais pas. Quatre-vingt-huit ou sept, ou six.

— Chevaux de selle ?

— Quatre-vingt-dix.

— Ça nous en fait quatre de surplus.

— C'est vous qui l'dites. Vérifiez, au moins.

— Pas le temps.

Le second vaguemestre, sur son banc, avait ouvert l'un de ses registres et en suivait les lignes avec le doigt ; il nota quelque chose au crayon. Le capitaine d'Herbigny avait entendu grincer les roues du char, il arriva pour s'informer.

— On recense, mon capitaine, dit le premier vaguemestre.

— On vous emmène les chevaux qui vous servent pas, dit le second.

— Mais ils vont me servir !

— L'artillerie en manque.

— Ces chevaux-là ne tirent pas des caissons !

— Ils en tireront pourtant, mon capitaine, reprit le premier vaguemestre.

— Avez-vous des fourgons ? demanda le second.

— Non.

— Des calèches, des cabriolets, des briskas ?

— Non plus, juste des charrettes de bagages.

156

— Ah ! des charrettes ! Il faut les déclarer, dit le premier.

— Et les numéroter, dit le second.

— Pourquoi diable ?

— Toute voiture non numérotée sera confisquée par ordre de l'Empereur.

— A quoi sert de numéroter ces vieilles charrettes ?

— C'est pour vous attribuer des blessés.

— Je ne suis pas une ambulance !

— Toute voiture sans blessés à son bord sera brûlée.

— Expliquez-vous, à la fin, ou je vous taille les oreilles en pointe !

— Nous partons, mon capitaine, dit le premier vaguemestre.

— Nous quittons Moscou demain, précisa le second en fermant son registre.

CHAPITRE IV

Marche ou crève

Le 19 octobre, il y avait un grand soleil. L'armée était ravie d'abandonner Moscou. Par colonnes imparfaites, uniformes en guenilles sous les peaux de renard sibérien et les cravates soyeuses, les régiments amoindris de Davout étaient partis en premier sur la vieille route de Kalouga. « Nous descendons vers les riches provinces du Sud », répétaient les soldats ; et ils le croyaient. Au fil des heures, l'exode massif se préparait. Les quinze mille véhicules disponibles en ville avaient été requis, qu'on s'attribuait selon son rang. C'étaient les voitures neuves des généraux, les berlines chargées de leurs volumineux bagages ; c'étaient les calèches et les fourgons de l'administration, des petits chars russes bourrés de provisions, les chariots de butin, des brouettes de bijoux, des bancs sur roues où l'on s'installait à califourchon, des chevaux nains attelés par des cordes à des pataches, des haridelles fatiguées qui tiraient les canons ou les caissons, tout cela dans la pagaille et le tumulte, cris des valets, injures en vingt langues, grelots des chevaux de

159

trait, claquement des fouets. Des civils par milliers
s'ajoutaient à la meute, des femmes et des enfants
pleurnichards, des riches étrangères, des paysans à
pied, des négociants européens sans maison et sans
négoce, ces aventurières qui se prostituaient en suivant les troupes. Aux portes de Moscou, les gendarmes contrôlaient les blessés que des médecins
militaires avaient répartis en plusieurs catégories ;
on n'emmenait que les moins atteints et les non
contagieux dont on estimait la guérison à huitaine.
Les autres s'entassaient à l'hôpital des Enfants-
Trouvés, condamnés à terme par la vermine, la
dysenterie, la gangrène et les Russes.

Sébastien et le baron Fain partageaient leur berline de service avec le libraire Sautet. Il en prenait
de la place, ce loustic, avec son ventre et sa famille,
une dame à chignon reniflant dans son mouchoir,
une longue jeune fille, un chien noir agité. On leur
avait confié un voltigeur unijambiste, ses béquilles,
son havresac, et un lieutenant décavé qu'on avait
calé sur des ballots de pois. Les bagages escaladaient la malle jusqu'au toit, tenus par des lanières,
et le postillon avait dû accepter un troisième blessé
sur son banc, un hussard fiévreux en manteau de
loup. Serré près de la vitre ensoleillée, le libraire
épongeait son front perlé de sueur et lâchait d'une
voix morose :

— Au moins nous n'aurons pas froid.

— Nous arriverons à Smolensk avant l'hiver, lui
répondait le baron Fain.

— Je l'espère...

— Sa Majesté a tout prévu.

— Je l'espère !

160

— Vingt jours de marche, voilà tout, par la route du sud.

— S'il ne gèle pas trop...

— D'après la statistique, consultée sur les vingt années précédentes, je peux vous certifier que le thermomètre, en novembre, ne descend jamais au-dessous de six degrés.

— Je l'espère.

— Oh ! Arrêtez de douter !

— Je doute si je veux, monsieur le baron. Mais qu'est-ce qu'on attend pour partir ?

— L'Empereur.

— L'armée s'en va depuis cinq heures du matin, et puis une foule de civils. Nous, on reste à moisir ! *(Il regarda sa montre de gilet.)* Il est déjà presque midi !

— Vous oubliez votre chance.

— Parlons-en, je suis ruiné...

— Mais vivant.

— Merci.

— Ecoutez, monsieur Sautet, vous êtes avec votre famille dans le cortège de la maison de l'Empereur, que les grenadiers badois protégeront tout au long du parcours. Derrière nous, après la voiture des cartes et des papiers de mon cabinet, suivent nos fourgons de provisions, de pain, de vin, du linge, de l'argenterie. D'autres partent sans grand-chose, estimez-vous heureux. Toutefois, si vous préférez rester à Moscou...

— Grands dieux non ! Je suis français, moi aussi, et les Russes ne doivent plus beaucoup nous aimer. Quel gâchis !

161

— Cessez vos jérémiades, s'il vous plaît, où je vous débarque de force !

Avant de rouler, ils se disputaient. Sébastien se renfrognait dans son coin. Le libraire n'avait pas tort : sans cette expédition, Moscou serait encore cette capitale aimable où l'on venait du monde entier. Lui, au moins, n'avait pas trop de bagages, sinon le sabre acheté à Poissonnard, ses livres, un peu de linge et une poignée de diamants qu'il avait raflés dans le tiroir d'une table de toilette, au Kremlin. A ce moment, l'Empereur passa dans sa berline, assis à côté de Murat en costume rouge des lanciers polonais. On allait enfin partir.

En haut de la dernière colline, sur son cheval de cosaque, plus robuste que le précédent et ferré à glace, d'Herbigny regardait Moscou avec amertume, les dômes mutilés de leurs croix, les tours, les toitures noircies, les minarets fichés sur un champ de cendres. Le couvent de Seminov brûlait à côté de la barrière de Kalouga ; il fallait sacrifier les vivres qu'on y avait entreposés, disait-on, pour ne pas les livrer à l'ennemi, car on se croyait pourvu, et dans peu de jours on se ravitaillerait au sud. Une foule invraisemblable se répandait dans la plaine ; une tribu confuse, nombreuse, barbare dans sa diversité, s'étalait avec lenteur, embarrassée par ses rapines, sortait et sortait encore de la ville, débordait de la route sur plusieurs kilomètres. Parmi les courants de ce flot bruyant, le capitaine distinguait les habits marron des cavaliers portugais ; ils encadraient une colonne de prisonniers russes, des bourgeois, des

162

paysans, des espions peut-être, peu de soldats : ils serviraient au besoin de monnaie d'échange ou de boucliers. Il voyait aussi le convoi impérial empêtré dans l'affluence, la berline verte de l'Empereur, les cinquante véhicules de sa suite, les régiments bien alignés de la Vieille Garde en uniformes de parade ; à leurs sacs et aux courroies des gibernes, les grenadiers avaient attaché des flacons d'eau-de-vie, des pains blancs cuits au Kremlin, et ils chantaient.

Plus près, sur la pente, les roues des chariots trop chargés s'enfonçaient dans le sable, les femmes des officiers remplaçaient des cochers et en adoptaient les jurons. Des artilleurs s'attelaient pour aider leurs chevaux étiques à monter les canons au sommet de la côte. Pour la énième fois, les charrettes des dragons s'étaient enlisées. On piétinait, on perdait du temps, chaque incident particulier contribuait à retarder l'ensemble.

Le cavalier Bonet s'approcha du capitaine. Depuis que celui-ci l'avait nommé maréchal des logis à la place du pauvre Martinon (et comme le lieutenant Berton s'était volatilisé), il espérait prendre des initiatives.

— Mon capitaine, on pourrait pas alléger not' bagage ?

— Sombre idiot ! Tu seras bien content de toucher ta part quand on arrivera en France.

Bonet réfléchit, il bomba le torse pour dégager le beau gilet de soie qu'il s'était taillé dans une robe chinoise, puis, comme s'il avait une idée, il proposa :

— Le thé de la première charrette ? On en a toute une cargaison...

163

— C'est mon thé, Bonet. Je le revendrai un bon prix, et ce n'est pas le plus lourd. On ne va tout de même pas jeter nos provisions ! Ni décharger et recharger nos colis au moindre embarras !

— Les caisses de quinquina ?

— Elles nous seront utiles.

— Les tableaux ?

— Roulés, ils ne pèsent rien. Et ça vaut une fortune à Paris, ces choses-là ! Tu voudrais aussi qu'on jette les pièces d'or et la quincaillerie précieuse qu'on a prélevée dans les églises ?

— Les blessés... dit le domestique Paulin d'un air distrait, les yeux tournés vers son âne qui déchiquetait un buisson de feuilles sèches.

— Les blessés ?

— Nous en transportons un bon poids, c'est vrai, dit le maréchal des logis.

— Et nous ne serons plus contrôlés, Monsieur.

— Je n'estime pas les hommes à leur poids ! répondit le capitaine, tout rouge. Ils ont besoin de nous.

— On pourrait les charger dans d'autres voitures ?

— Elles sont bourrées jusqu'à la gueule et plus encore !

— On n'a qu'à contraindre les civils...

— Descendez les blessés ! ordonna le capitaine.

Deux dragons grimpent pour s'emparer des fantassins gémissants, coincés entre les caisses de butin ; ils les prennent sous les bras, les passent à leurs camarades restés au sol, qui les installent en vue et en tas. Tandis que les cavaliers essaient d'imposer cette surcharge à des civils, des hommes

164

décrochent les planches fixées aux flancs de la charrette, les posent devant les roues prises dans l'ornière de sable ; quelques-uns poussent, quelques-uns tirent avec des filins, d'autres fouettent les mules avec le cuir de leur ceinturon. Non loin, des groupes de soldats et de marchands en redingotes opèrent de la même façon pour dégager les voitures ensablées. Un fourgon se renverse, une bibliothèque de livres dorés sur tranche s'éparpille, qu'un officier braillard protège des sabots et des roues. Quand la première charrette des dragons roule à nouveau au rythme exaspérant des mules, le capitaine s'inquiète pour les blessés.

— Vous avez réussi à les caser ?

— Bien sûr, mon capitaine.

— Tant mieux.

C'était faux, d'Herbigny s'en doutait mais feignait de croire ses hommes. Ils devaient avancer. Après, il n'y aurait plus de collines, moins de sable mou, mais une steppe caillouteuse, des gorges étroites où cette horde aurait du mal à s'écouler.

Une pluie fine et froide se mit à tomber dès le premier soir, et la multitude s'établit comme elle put dans la plaine. L'Empereur se réfugia à l'étage d'un vilain château de pierre, en compagnie des gens de sa maison. Le baron Fain et Sébastien laissèrent Sautet dans la berline.

— Et nous allons passer la nuit dans cette voiture ? pestait le libraire.

— Serrez-vous pour avoir chaud.

— Que mangeons-nous ?

— Vos provisions.

— Vous aviez promis que nous ne manquerions de rien !

— Vous n'avez pas de provisions ?

— Un peu, oui, vous le savez bien.

— Eh bien, de quoi vous plaignez-vous ?

— De ceux-là, qui râlent et vont nous empêcher de nous reposer !

Il parlait des blessés, le voltigeur et l'officier hollandais qui se retournaient sur les ballots de pois. Le libraire insistait :

— Enfin ! ce n'est pas la place qui manque dans ce château !

— Le palais de l'Empereur ? Nous n'y acceptons pas les civils.

— Un palais, ça ?

— Sachez, monsieur Sautet, répondit le baron agacé, qu'on nomme toujours ainsi l'endroit où loge Sa Majesté, que ce soit une cabane, une tente ou une auberge.

Sébastien et le baron partis, le libraire fouilla dans ses besaces ; il en retira une saucisse fumée, une bouteille et des biscuits. Les biscuits avaient mal supporté les cahots de la route, ils s'étaient émiettés. La famille partagea sans un mot. Un grenadier frappa à la vitre et Sautet lui ouvrit. Un petit vent froid les fit grelotter. Le soldat portait une marmite qui réjouit les voyageurs.

— Ah ! on s'occupe tout de même de nous.

— Z'avez des blessés ? demanda le grenadier.

— Deux à l'intérieur de la berline.

Un autre grenadier, avec une louche, remplit

166

deux écuelles d'un liquide fumant et clair qu'il tendit à Sautet.

— Je m'en charge, dit ce dernier. Ouch ! mais ça brûle !

Il donna une écuelle à sa femme, plongea ses lèvres dans la seconde et but à longues gorgées.

— Hé ! c'est réservé aux blessés, répéta le grenadier.

Le chien noir aboya, ce qui retint l'attention des grenadiers.

— Silence, Dimitri ! dit Madame Sautet en grondant le chien.

— Qu'est-ce qu'il a, notre chien ? Pourquoi le regardez-vous comme ça ?

— Il est appétissant, dit l'un des grenadiers en claquant la portière pour livrer sa soupe à d'autres blessés.

Le libraire but une nouvelle lampée avec une grimace :

— Immonde !

— Sans doute, mon ami, dit son épouse, mais c'est chaud.

— Il ne s'agit pas de ce brouet, madame Sautet. Vous n'avez pas entendu la réflexion de cet escogriffe à propos de Dimitri ? Appétissant !

Il termina son bol. Elle but et passa le récipient à sa fille qui en respira les vapeurs amères. C'était une soupe d'orge au goût désagréable, dont les blessés n'eurent pas une goutte. Comme on manquait de sel, les marmitons du régiment y jetaient de la poudre. En bouillant dans la marmite, le charbon et le soufre décomposés montaient en surface ; ils les écumaient à la louche ; le salpêtre qui restait suffisait à l'assaisonnement, mais il laissait un mauvais goût au fond de la gorge et tordait le ventre. Lorsque Sébastien retourna peu après chercher une fourrure dans les voitures du secrétariat, il trouva Sautet dans la cour, accroupi, la culotte sur les genoux ; il se relâchait les intestins à l'abri d'un auvent.

— Nous étions si heureux à Moscou ! se plaignait le libraire, surpris par le secrétaire dans cette posture.

— A Kalouga, dit Sébastien en éclairant le bonhomme de sa lanterne, nous aurons des troupeaux, des vergers, des greniers remplis.

— A cette vitesse, mon pauvre ami, nous n'y serons pas de sitôt !

— Que risquons-nous, près de Sa Majesté ?

— D'abord une bonne diarrhée, marmonna Monsieur Sautet.

Il se leva en remontant sa culotte, rectifia ses bretelles ; regardant le jeune homme de très près, il lui souffla au visage son haleine gâtée par la soupe :

— J'admire votre confiance mais je connais la région, moi. Je connais les gorges encaissées qu'il va bien falloir franchir, et les marais de la Nara qu'on devra traverser, mais comment, grands dieux, avec tout ce monde et ce désordre ?

Sébastien ne savait quoi répondre, il se détourna, éclaira la voiture des bagages, sortit de l'amas des paquets et des fourrures une pelisse en agneau d'astrakan qu'il porterait sous sa redingote. Là-haut, les secrétaires n'avaient droit qu'à une salle glacée, aux fenêtres sans carreaux ; le peu de bois sec était réservé à l'Empereur et aux cantines de la Garde.

Ils repartirent au matin. Le baron Fain et son

commis éternuaient et se mouchaient quand ils retrouvèrent leurs places dans la berline, à côté du libraire et de sa famille. Ceux-ci avaient une triste mine et somnolaient sous des peaux de mouton. L'un des blessés délirait. Ils n'assistèrent pas, ce jour-là, aux accidents qui survinrent dans les défilés, la caravane de l'Empereur avait la priorité et les soldats organisés l'emportaient sur les civils, qu'ils repoussaient pour les précéder ; derrière eux, beaucoup de voitures brisèrent leurs roues et chutèrent dans un précipice avec leurs passagers. On commençait à voir des fugitifs, surchargés, qui se délestaient d'un excès de butin, et ils semaient des sacs de perles, des icônes, des armes, des rouleaux de tissus que les suivants piétinaient avec indifférence.

La traversée des marais dura une journée entière, le lendemain, dans un brouillard humide. Des éclaireurs avaient balisé le passage des troupes, les voitures s'étiraient en file sur un chemin instable, à certains endroits spongieux, labouré par les caissons et les sabots. Des objets enduits de vase, indistincts, flottaient à la surface du bourbier. La tête d'un cheval dépassait encore, l'animal n'avait plus la force de hennir avant d'être englouti. Le moindre écart semblait fatal, aussi la plupart des voyageurs étaient-ils descendus des lourdes voitures. Des dames élégantes, en robes longues, effrayées, avançaient en prenant mille précautions dans les caillasses et entre les flaques. L'une d'elles portait un enfant sur ses épaules. Des palefreniers guidaient à pied leurs chevaux de trait. Les comédiens de Madame Aurore marchaient devant leur carriole bâchée où, sur le coutil goudronné, ils avaient peint en lettres blanches : *Troupe théâtrale de Sa Majesté impériale.* Ornella et Catherine avaient recouvert leurs chapeaux de taffetas ciré pour se garantir de la pluie ; elles marchaient en relevant le bas de leurs jupes, se tordaient les chevilles, se retenaient l'une à l'autre pour ne pas glisser hors du chemin. Le grand Vialatoux n'avait plus le courage de déclamer, mais il se lamentait à chaque pas, il souffrait de rhumatismes ; Madame Aurore le sermonnait.

Devant eux, à la limite du brouillard, une calèche culbuta puis s'enfonça. Les Allemands qui l'occupaient s'égosillaient pour qu'on leur jette une corde et qu'on les hisse sur le chemin. Un grand flandrin au manteau de renard lança une pièce de toile sortie de son char, l'un des Allemands en attrapa l'extrémité ; lorsque son sauveur tira pour le ramener vers la terre ferme, la toile se mit à craquer, se déchira, l'homme bascula dans le marais. « C'est idiot de lancer de la toile », dit un cocher. « T'as une corde ? Non ? On fait avec ce qu'on a ! » Les chevaux attachés au timon se débattaient, la boue les ensevelit en un instant avec l'équipage dans un affreux bruit de succion. Il y eut d'autres scènes de ce genre, devant lesquelles chacun se sentait impuissant.

Ils quittèrent les marécages peu avant la nuit. Les comédiens s'affalèrent sur une terre mouillée par le brouillard. Pour se chauffer, des rescapés arrachaient les bancs et banquettes de leurs voitures qu'ils enflammaient, et ils se pressaient autour de

170

ces bûchers. Madame Aurore les imita, y ajoutant le bois des malles vidées de leurs costumes. Parce qu'ils proposaient en échange leurs provisions, deux traînards de l'armée purent s'asseoir devant le feu. Ils n'avaient plus de régiment, plus d'armes, des gros manteaux poilus qui les apparentaient aux ours. L'un de ces ours prit Ornella par l'épaule et l'approcha du feu pour mieux la voir :

— Tu fais du théâtre, toi ?

— C'est écrit sur notre carriole.

— C'était pas toi, le jour où t'as craqué tes frusques à Moscou ? Ça s'oublie pas.

— Si tu remettais ça rien que pour nous ? dit son compère.

— Fichez-lui la paix ! cria Madame Aurore.

— On t'a sifflée ?

Le grand Vialatoux et le jeune premier, recroquevillés dans des peaux, ne bronchaient pas. Madame Aurore se planta devant eux :

— Ecartez ces pouilleux !

— Mes rhumatismes me bloquent les jambes, se plaignit Vialatoux.

— Ils ne demandent rien de bien méchant, ajouta le jeune premier.

La directrice furieuse prit la casserole qui chauffait et la renversa sur les jambes du soldat ; il bondit sur ses pieds en hurlant :

— Tu me chatouilles les nerfs, vieille folle !

— Nos haricots ! gémissait Vialatoux.

Une gigantesque explosion les empêcha de se bagarrer. Le sol avait tremblé. Figés, ils s'étaient tournés d'instinct dans la direction de Moscou. Demeuré en arrière avec la Jeune Garde, le maré-

171

chal Mortier venait d'allumer les mèches d'amadou des tonneaux de poudre qui minaient le Kremlin.

« Toi mon gaillard, quand tu connaîtras les prairies normandes, tu seras fou de joie... » Le capitaine causait à son cheval. Il lui flattait l'encolure, attendri, le regardait manger une botte de foin. Au sixième jour, la pluie drue qui avait compliqué leur progression avait cessé, et les hommes reprenaient espoir. A travers champs, ils avaient rejoint la nouvelle route de Kalouga, longé des forêts, dégringolé des collines douces, trouvé du fourrage, des choux, des oignons pour améliorer la soupe. Ils avaient dépassé Borovsk, la ville des noisettes, les voici dans une plaine parsemée de bosquets. Tout semblait paisible. D'Herbigny voyait l'Empereur attablé au bord de la route avec Berthier et le roi de Naples. Sur sa cantine roulante, le cuisinier Masquelet leur avait mijoté des lentilles au lard. Jusqu'à présent, pas le moindre Russe, pas le moindre cosaque. Si, justement, deux cosaques avec de hauts bonnets turkomans, que des hussards traînaient par des longes et menaient à l'Empereur.

Le capitaine se tenait immobile. Il essayait de reconstituer le face-à-face aux gestes des uns et des autres. L'Empereur, une serviette autour du cou, recevait les explications des hussards. Le roi de Naples, apathique depuis la perte de sa cavalerie, continuait à manger ses lentilles à la cuiller. D'où venaient ces cosaques isolés ? Comment les avait-on capturés ? Y en avait-il d'autres ? Combien et où ? Cela signifiait au moins que les Russes savaient le

172

mouvement de l'armée sur Kalouga. Alors on entendit gronder le canon. Les mamelouks amenèrent des chevaux. L'Empereur enfourcha le sien, puis Caulaincourt, puis Berthier, avec plus de peine, et ils allaient courir vers ce combat quand un cavalier arriva à fond de train, un Italien du prince Eugène. Il s'arrêta devant l'Empereur, ils parlèrent. Napoléon mit pied à terre et regagna le relais de poste où il devait passer la nuit, une simple cabane.

D'Herbigny se renseigna : deux bataillons de l'avant-garde avaient pris position dans une petite ville ; construite sur un escarpement, elle dominait et couvrait la route que l'armée devait suivre. Des Russes, très supérieurs en nombre, avaient attaqué. Il y avait un officier anglais parmi eux. Arriverait-on au sud ? se demandait le capitaine. Pourrait-on résister à des troupes qui avaient eu le temps de se fortifier ? Des bougies éclairaient les fenêtres de la cabane. Sa Majesté recevait sans cesse des estafettes. Personne ne dormait. Les mains exposées aux feux des bivouacs, grenadiers et cavaliers attendaient des ordres. Toute la nuit, des chevaux galopèrent dans la plaine.

Peu avant l'aube, des ombres s'agitent dans la cabane. A la lumière des fenêtres, en silhouettes, le capitaine distingue les turbans des mamelouks surmontés du croissant en cuivre, et des palefreniers tirent des chevaux de selle qu'ils présentent au grand écuyer. L'Empereur se découpe dans le cadre de la porte, il met son chapeau à cornes, envoie un officier de sa suite vers le bivouac des dragons.

— Capitaine, réunissez un peloton pour escorter Sa Majesté.

— Vous avez entendu, tas de brigands ? crie d'Herbigny.

Ses cavaliers sautent en selle ; près de la cabane, le capitaine entend l'Empereur discuter d'un ton vif.

— Il fait encore nuit, sire, lui dit Berthier.

— Je m'en aperçois, imbécile !

— Des avant-postes, vous ne verrez rien.

— Quand nous serons arrivés il fera jour.

— Attendons...

— Non ! Où en est Koutouzov ? Il faut que je m'en rende compte par moi-même !

Des Italiens de la garde du prince Eugène déboulent au même instant et donnent des précisions :

— Sire, le vice-roi tient bon.

— Il a gardé la ville ?

— Il l'a prise et reprise sept fois.

— Les armées russes ?

— On dirait qu'elles se replient.

— Comment le savez-vous ?

— Par les campements ennemis. Il n'y a plus que des cosaques et des milices paysannes.

Le ciel s'éclaircit. La petite troupe s'en va dans une demi-pénombre. A peine a-t-elle parcouru quelques centaines de mètres que des hourras retentissent. Des cosaques se ruent sur les conducteurs et les cantinières ; d'autres pressent leurs chevaux au fouet, tourbillonnent entre les pièces d'artillerie du parc voisin ; un troisième parti enveloppe l'escorte de l'Empereur, ceux-là s'apprêtent à charger, ils baissent leurs lances. Napoléon dégaine son épée au pommeau d'or en forme de hibou. Les généraux qui l'entourent se rangent devant lui et mettent aussi la main à leurs épées. D'Herbigny et ses dragons se

174

précipitent contre les assaillants qu'on voit si mal dans la panique de cette fin de nuit. C'est la mêlée, le choc des sabres contre le bois des piques, les chevaux qui se renversent. On se heurte, on s'évite, on se gare, on hurle, on frappe. D'Herbigny se retrouve dans le dos d'un cavalier en redingote verte qui brandit une lance, il lui plonge sa lame sous la clavicule. Des escadrons de chasseurs et de lanciers polonais arrivent enfin à la rescousse, les derniers cosaques tournent bride, ils les pourchassent. Des grenadiers aident le docteur Yvan à poser les blessés sur l'herbe. D'Herbigny remarque qu'ils portent l'homme qu'il a transpercé.

— Il n'a pas l'air très tartare, dit-il aux pseudo-brancardiers.

— Lui, ah non.

— Qui est-ce ?

— Un aide de camp de not' major général. Il avait brisé son sabre dans la tripe d'un d'ces maudits, et il lui avait pris sa lance pour continuer à se battre.

Si fier d'avoir sauvé la vie de son Empereur, le capitaine pensait que dans le noir tout le monde peut se tromper.

Vers six heures du soir, le conseil de guerre se réunit dans une grange. Coudes sur la table, poings aux tempes, sans ôter sa redingote ni son chapeau, Napoléon parcourait d'un œil morne ses cartes déroulées. Murat s'était jeté sur un banc contre la paroi ; il avait posé sa toque à aigrette près du bougeoir. Les autres maréchaux attendaient debout que l'Empereur se décide sur la route à prendre. Celui-ci avait passé sa journée à reconnaître la ville où ses bataillons avaient combattu à la baïonnette, mais ce n'était plus une ville, plutôt un brûlis, aucune maison n'avait résisté aux canons russes, ni même les forêts qui les encadraient jusqu'au sommet. Les cadavres alignés indiquaient approximativement l'ancien tracé des rues ; seule l'église avait encore une forme, en bas, près du pont qui passait la rivière. Le prince Eugène lui avait montré l'endroit où le général Delzons avait été tué de trois balles... L'Empereur dit enfin :

— Koutouzov a retiré ses armées, ses bagages l'encombrent, il a perdu des milliers d'hommes, c'est le moment de l'enfoncer.

— Peut-être, sire, se contente-t-il de changer de position...

— Si on l'attaque maintenant, nous ouvrons la route du Sud.

— Avec quelles troupes, sire ?

— Nous en avons un nombre suffisant ! J'ai vu les morts de Koutouzov, vous entendez ? Je les ai vus ! La plupart, ce sont des jeunes recrues en vestes grises, qui servent depuis deux mois et ne savent pas se battre. Son infanterie ? Il n'y a que le premier rang composé de vrais soldats, et derrière ? ces jeunes, des moujiks, des paysans armés de piques, des miliciens levés dans la capitale...

— Sire, nous venons de perdre au moins deux mille hommes, et combien de blessés allons-nous emmener dans cette poursuite ? Rentrons au plus vite à Smolensk avant les grands froids.

— Le temps est superbe, trancha l'Empereur, il

176

tiendra encore une semaine, et à cette époque nous serons à l'abri.

— A Kalouga ?

— Nous nous y reposerons, nous nous y ravitaillerons, nous y acheminerons des renforts...

— L'hiver peut tomber du jour au lendemain, sire.

— Huit jours, je vous dis !

— Dépêchons-nous, proposait Murat. En une semaine, à marche forcée, nous sommes à Smolensk.

— A marche forcée ! ironisait Davout, dans une campagne dévastée et le ventre creux ? Parce que, bien sûr, le roi de Naples nous propose de prendre la route de l'aller !

— C'est la plus courte !

— Et vous, que proposez-vous ? dit sèchement l'Empereur à Davout.

— Ici, vers Juchnov, par la voie du milieu, répondit le maréchal, lunettes rondes au bout du nez et le nez sur la carte.

— Perte de temps ! dit Murat.

— Cette région, au moins, n'a connu aucune bataille, nous y trouverons les provisions qui commencent à manquer.

— Assez de cris ! dit Napoléon en balayant les cartes de sa manche. C'est à moi de choisir.

— Nous espérons vos instructions, sire.

— Demain !

Ils s'en allèrent sur cette indécision quand l'Empereur retint le major général :

— Berthier, qu'en pensez-vous ?

177

— Nous ne sommes plus en mesure de livrer une bataille.

— Pourtant j'ai raison, je le sais. Koutouzov ! Il n'y a qu'à le pousser pour qu'il tombe !

— Un mouvement rapide, sire, signifierait que nous abandonnons les blessés et les civils...

— Les civils, quelle plaie !

— Nous leur avons accordé notre protection. Quant aux blessés, nous devons les emmener, sinon, ce qui nous reste de soldats en perdra sa foi en Votre Majesté.

— Que Davout envoie de la cavalerie en reconnaissance sur sa fameuse route, mais vous, Berthier, pour quelle solution penchez-vous ?

— Allons vite à Smolensk.

— Par cette route saccagée ?

— C'est en effet la plus courte.

— Appelez le docteur Yvan, qu'il vienne tout de suite.

L'Empereur ramassa les cartes qu'il avait jetées au sol, ses plans de la Russie, de la Turquie, de l'Asie centrale, des Indes. Les circonstances cassaient ses rêves. Il pesait les arguments de chacun. S'enfermer à Smolensk et y passer l'hiver ? Il hésitait quand le docteur Yvan entra dans la grange.

— Yvan, fichu charlatan, préparez-moi ce que vous savez.

— Cette nuit ?

L'Empereur réclamait le poison que Cabanis avait inventé pour Condorcet, et dont Corvisart, son médecin parisien, avait recomposé la formule : opium, belladone, ellébore... Il porterait ce mélange dans un sachet, sous son gilet de laine. Ce matin, si un chef cosaque l'avait identifié, il aurait essayé de le prendre, et puis quoi ? L'envoyer dans une cage à Pétersbourg ? Pareil incident pouvait se reproduire ; il refusait de tomber vivant aux mains des Russes.

Et le convoi remonta vers le nord pour rallier la route empruntée dans l'autre sens au début de l'automne. Un vent de plus en plus froid soufflait, on s'emmitouflait comme on pouvait. D'Herbigny portait sous le manteau sa pelisse doublée de renard ; Paulin avait dégotté une capeline rouge bordée d'hermine, avec une capuche sur laquelle il avait enfoncé son chapeau, cela lui donnait une dégaine de prélat. Ils chevauchaient au pas sous les sapins et les bouleaux.

— Monsieur, dit le domestique en poussant son âne à côté du cheval de son maître, Monsieur, j'ai l'impression que nous tournons en rond.

— La paix ! Tu te crois plus malin que l'Empereur ?

— J'essaie de comprendre, Monsieur.

— Il a ses raisons.

— Nous marchons depuis dix jours et nous devons être à douze ou treize lieues seulement de Moscou.

— Qu'en sais-tu ?

— Je reconnais le paysage...

La route débouchait sur une rivière qu'on franchirait à gué, dans l'eau glaciale. L'artillerie y était engagée, les roues des canons patinaient dans le lit boueux, gênaient le passage ; les soldats, de l'eau jusqu'aux genoux, aidaient leurs animaux à sortir sur la berge les affûts envasés, peine perdue, ils durent dételer pour laisser plusieurs pièces au courant. D'Herbigny reconnaissait lui aussi l'endroit : on approchait de Borodino. Il voyait les arbres tronqués, tordus, suppliciés par les obus, le cabossé des collines, une campagne bouleversée. Il voyait la ligne des mamelons arasés où les Russes avaient naguère bâti leurs redoutes, palissades couchées, parapets éboulés sur les cadavres ou les mourants dans ces cratères comme des fosses communes. Le blé vert avait poussé mais cachait peu les marques de la bataille. Les dragons heurtaient du sabot un casque, une cuirasse, la caisse d'un tambour, et ces bruits de fer sonnaient dans l'air froid. Quand le capitaine décida d'aller à pied pour éviter à son cheval un faux pas, il lui parut poser les semelles sur des brindilles ; c'étaient des os. La pluie avait déterré des milliers de corps que mangeaient les corbeaux ; ces oiseaux s'envolaient en croassant au fur et à mesure que le cortège avançait. Là-haut, dominant l'une des redoutes, des squelettes saluaient le passage des survivants. L'un d'eux, cloué par une lance contre un bouleau, couvert d'un lambeau de capote grise, avait encore ses bottes et un casque à crinière sur sa tête de mort.

Personne n'avait envie de tarder.

Ils marchaient en baissant la tête.

Le capitaine croyait entendre battre la diane, il redessinait le paysage d'avant cette bataille que l'Empereur avait épargnée à la Garde. Ils avaient le soleil dans l'œil, ce matin-là. Il se souvenait : la fumée, les explosions, les assauts ravageurs des cuirassiers au long des pentes, les boulets qui tombaient autour de Napoléon, et lui, malade, les repoussait du pied comme des ballons pour suivre à la lorgnette le mouvement des troupes. Des coups de feu partent, le capitaine sursaute. Bonet et les cavaliers ont abattu des corbeaux ; ils courent les ramasser parmi les charognes que le froid commence à congeler.

— C'est qu'nous, mon capitaine !

— On pense à la soupe, mon capitaine !

Ils brandissent leurs volailles noires et dodues en les tenant par les pattes.

— Vous allez manger ces mangeurs de pourriture ?

— Si ça tient au ventre...

— Hé !

— Qu'est-ce qu'il y a, Bonet ? Les oiseaux de votre soupe picoraient les entrailles d'un de vos anciens camarades de caserne ?

— V'nez voir, mon capitaine...

La colonne continuait d'avancer mais le capitaine s'en écarta un instant pour considérer la découverte de son maréchal des logis. Une vague forme humaine se tortillait sans jambes entre les tiges de blé, la figure encroûtée de sang et de terre. Les dragons reculaient devant le monstre.

— Il est pas mort, dit Bonet.

— Il est sorti du ventre ouvert de cette carcasse de cheval, dit le cavalier Chantelouve. Il a dû s'y tenir au chaud, manger le dedans, il a ptêt' bu l'eau de pluie.

— Impossible ! dit le capitaine en voilant son épouvante derrière une voix rauque.

— Ben non, il ouvre même les yeux...

181

Sur un coteau, protégée par un bois de bouleaux plantés serrés, l'abbaye de Kolotskoï tenait de la forteresse avec ses murailles grises à créneaux, ses tours, ses clochers sobres ; dans les intervalles d'une longue barrière de planches et de pieux, des canons pointaient la vallée où coule la Moskova. La suite impériale y passa une nuit, sans sortir des voitures puisque les salles étaient remplies de blessés, près de vingt mille qu'on y soignait depuis l'horrible bataille ; on y avait également entreposé des armes. Une tempête de neige souffla une partie de la nuit. Dans la berline des secrétaires, le baron Fain et ses passagers disparaissaient sous une avalanche de manteaux et de peaux. Sébastien se réjouissait d'avoir eu l'idée d'acheter à une cantinière, pour deux diamants, des bottes en velours doublées de flanelle. Au matin la neige avait cessé mais couvrait tout. Contre la portière givrée, qu'il secouait, le libraire Sautet continuait à enrager :

— Je suis certain, mais certain que dans ce cloître nous pouvons trouver quelque chose à nous mettre sous la dent !

— Reprenez du vin blanc dans la caisse, lui dit le baron Fain sans ouvrir les yeux.

— Me saouler devant ma fille ? Ah non ! Bel exemple !

— Mangez les pois.

— Sans les cuire ?

— Mangez votre chien.

— Vous êtes fou ?

— Je vais voir, proposa Sébastien.

— Non non, reprit le libraire, j'ai froid, je suis ankylosé, j'ai envie de me fâcher !

— Laissez, monsieur Roque, dit le baron, ça réchauffera notre ami.

— Je ne suis pas votre ami !

Le libraire osa un pied dehors, dérapa, s'affaissa dans la neige en couinant :

— Ma jambe ! Ma jambe ! Je suis blessé ! J'ai droit à la soupe chaude des blessés !

Sébastien descendit aider le gros homme, mais il tenait mal debout, glissait encore au moindre pas.

— Ma jambe, je vous dis !

— Le monde entier s'en moque, de votre jambe.

— Mais... Où sont les chevaux ? demanda le libraire.

Le postillon, après avoir couvert d'une bâche les blessés étendus sur le toit, était entré la veille dans un sac de toile. Il secoua la neige de ses manteaux et de son sac, but de l'alcool de grain et répondit :

— Sont à l'écurie, y mangent.

— Bravo ! Les chevaux mangent. Et nous ?

— Vous voulez de la paille ?

En fait, le fourrage se composait de blés verts moissonnés par la garnison du cloître. On avait complété cette pitance avec les grabats des agonisants qui, de toute façon, n'en avaient plus pour longtemps à subir cette vie. Les chevaux retrouvèrent leurs brancards, et les voitures de la maison de Sa Majesté rejoignirent le gros du convoi. Des chasseurs wurtembergeois avaient tassé de nouveaux blessés sur les impériales, sur les avant-trains, partout où c'était possible, en les amarrant parfois avec des cordes s'ils étaient trop faibles pour se cramponner à la capote ou aux sangles.

Les premières voitures traçaient la route des suivantes, mais, à l'exception des chevaux que le prévoyant Caulaincourt avait ferrés à glace, la plupart des animaux glissaient sur les plis du terrain couverts de verglas ; beaucoup tombaient épuisés, qu'on abandonnait. Le nez à la vitre, désormais impassible à force d'habitude, Sébastien examinait des voltigeurs bleus de froid que la berline dépassait ; ils coupaient la panse d'une jument dont les naseaux fumaient encore, ils y plantaient les dents, le sang coulait sur les mentons et les hardes. Une bande de tirailleurs pillait des calèches prisonnières d'un fossé, ils jetaient dans la neige des candélabres, des robes de bal, des porcelaines fines, ils se chargeaient de liqueurs. L'une de ces voitures flambait qu'encerclaient des fantômes maigres et barbus ; ils faisaient griller des viandes douteuses embrochées sur leurs sabres. A ce moment, Sébastien vit un corps tomber du toit de la berline, l'un des blessés qu'on avait chargés à l'abbaye, mal arrimé, que les secousses du chemin avaient déséquilibré. Le jeune homme ouvrit la portière et cria au postillon :

— Arrêtez ! Nous avons perdu un blessé !

— Fermez cette porte, monsieur Roque, dit le baron Fain, vous avez trop chaud ?

— Bien, monsieur le baron.

Et il jeta un coup d'œil aux passagers. Le lieutenant et l'unijambiste ne râlaient plus, ne buvaient plus, ne mangeaient rien : vivaient-ils encore ? La mère et la fille Sautet, frigorifiées, se pressaient dans les bras l'une de l'autre ; le libraire tenait son chien noir contre lui, et le chien haletait. Le baron Fain s'était enveloppé la tête d'une écharpe de laine. Ils n'avaient presque plus de provisions mais demeuraient confiants : dans l'entourage de Sa Majesté ils ne pouvaient pas mourir de faim, à l'étape ils iraient aux cantines. De temps à autre une explosion faisait trépider la berline ; les artilleurs mettaient le feu aux caissons qu'ils ne pouvaient plus tirer, et cette poudre, au moins, l'ennemi ne la récupérerait pas. Une explosion plus forte, plus proche, brisa l'une des vitres, près des blessés blottis sur les sacs de pois. Sébastien monta des bagages contre cette portière condamnée, pour couper le vent glacé. Il réalisa alors que la voiture ne roulait plus et que le Hollandais unijambiste était mort.

Cette fois, le baron Fain descendit s'informer du nouveau tracas. Sébastien le suivit après s'être roulé comme lui une écharpe de cachemire autour des oreilles et du nez. Dehors, les yeux piquaient, les mains blanchissaient aux articulations, et ils s'agrippaient à la berline avec des doigts gourds, pour ne pas glisser sur les plaques de gel. Le postillon était étendu de tout son long dans un tas de neige molle au bord de la route : en explosant, le caisson avait projeté en l'air des morceaux de son bois avec la force de projectiles ; un éclat lui avait ouvert le crâne. Ils virent des voitures dont les vitres étaient cassées, que leurs occupants essayaient de boucher. Des calèches, des fourgons voulaient doubler ces accidentés qui les retardaient, se risquant dans la neige plus épaisse et instable, versant quelquefois. Le baron s'était accroupi près du postillon pour constater sa mort. Sébastien offrit de le remplacer.

— Vous savez conduire ces engins, monsieur Roque ?

— A Rouen, j'ai souvent mené le char à bancs de mon père.

— Oui, je veux bien, mais nous ne voyageons pas dans un char, nous avons grâce au ciel deux chevaux avec des crampons sous les sabots.

— Avons-nous le choix, monsieur le baron ?

— Sortez-nous de là, et rejoignons au plus pressé les voitures de Sa Majesté, puisqu'elles nous ont distancés.

— Soit, mais je dois vous signaler qu'un de nos blessés est aussi mort que ce postillon.

— Je le sors, occupez-vous de nous conduire.

Fain remonta dans la berline tandis que son commis ôtait les manteaux du postillon, les enfilait ; il lui enleva ses gants de peau, ramassa le fouet, se percha sur le banc et prit les rênes. A peine était-il monté à sa place que des traînards achevaient de dépouiller le postillon et l'unijambiste (que le baron avait poussé dans la neige). Ils ne risquaient pas de perdre leur chemin, il n'y avait qu'à remonter les centaines de corps nus, gelés, hommes et femmes couchés sur la glace, les voitures brûlées, les chevaux dépecés qui coloraient la neige en rose.

Le froid et la monotonie du voyage engourdissaient le cocher improvisé. Sébastien se contentait de laisser aller ses chevaux à la suite des fourgons sans pouvoir accélérer le train, sans espérer

186

rejoindre les autres véhicules de la maison de l'Empereur dont il avait perdu la trace, loin devant à cette heure. Trop de cadavres, trop de charognes, comment s'apitoyer ? Si un blessé tombait d'une voiture il laissait sa berline lui rouler dessus, il ne fallait à aucun prix s'arrêter, perdre sa place dans le convoi. Bien des malheureux mouraient écrasés par cent roues, cela secouait les voitures, d'autres blessés tombaient, écrasés à leur tour dans l'indifférence. Il arrivait même à Sébastien d'envier le sort de ces bougres d'estropiés, les voilà débarrassés, en paix, à mille lieues de cette plaine sans fin. D'autres fois il évoquait des souvenirs heureux quand, avec quelques veinards, il partageait les combles du ministère de la Guerre à l'hôtel d'Estrées. Il usait ses journées à recopier des états, notes, dépêches, dans un bureau du service de la conscription, courbé sur l'une des tables arrangées autour du poêle. Le matin il nettoyait le plancher à l'eau pour y fixer la poussière, il se reposait en taillant sa plume au canif, ou bien il filait jusqu'à la loge du concierge qui avait établi une cantine ; dès onze heures les corridors empestaient les saucisses grillées qu'on ramenait sur sa table de travail, dans des lettres ou des rapports... Il avait faim. Il aurait tué pour avaler un dégoûtant bouillon de cheval. Il y songerait à l'étape, quand la nuit les obligerait à stationner n'importe où, sans feu, calfeutrés dans leurs couvertures, avec ce chien noir qu'il imaginait en gigot.

Des gros flocons tombèrent lentement, puis plus serré, plus vite, bientôt en tempête. Sébastien baissa la tête pour ne pas être aveuglé. Il se fiait aux chevaux qui avançaient contre le vent et s'arrêtèrent à la nuit. Le cocher improvisé dégringola de sa banquette, enfonça dans la neige jusqu'aux cuisses. Le silence était total. Il cogna contre la vitre embuée :

— Monsieur le baron, je crois que nous nous sommes égarés.

— Vous n'avez pas suivi la route ?

— Il n'y a pas de route.

Le baron Fain alluma une lanterne et rejoignit son commis. Comme la tempête se calmait, il éclaira un groupe d'isbas, une sorte de grange, des maisons basses en troncs de sapin. Le hameau paraissait inhabité mais ils se méfiaient ; les paysans russes attaquaient les isolés qu'ils massacraient à la fourche.

— Allez dans la voiture chercher votre sabre, monsieur Roque.

— Je veux bien mais je n'ai jamais appris à m'en servir.

— Face au danger on apprend tout de suite.

Comme il s'en retournait dans l'obscurité, Sébastien renifla une odeur de fumée et en avertit le baron. Dans la dernière des isbas, en effet, quelqu'un faisait du feu. Ils n'osaient plus bouger. Soudain, le baron sentit un contact métallique contre sa tempe. La neige crissait autour d'eux, des hommes les entouraient, pistolets aux poings.

— Adieu, monsieur le baron.

— Adieu, mon petit...

— Parlare lé francé ?

C'étaient des soldats de l'armée d'Italie perdus dans la tempête. Ils n'étaient pas bien redoutables ; s'ils avaient des armes ils n'avaient plus de munitions. Sébastien respira. Il n'avait même pas eu peur. Dans l'isba, les Italiens profitaient d'un poêle en terre où grésillaient des bûches. Ils avaient enfermé les chevaux dans la grange, arraché une partie du toit pour garnir les râteliers de chaume. Les femmes s'étendirent près du foyer sur ce large banc qui tournait autour de la pièce, contre les murs de bois où circulaient des quantités de punaises. En face, ils avaient installé le lieutenant blessé qui claquait des dents de froid ou de fièvre ou des deux. Parce qu'il n'y avait pas de cheminée, la fumée remplissait l'espace et râpait les gorges. Les Italiens avaient pillé de l'avoine dans un village, ils l'avaient réduite en farine avec des grosses pierres, mélangée à de la neige fondue ; ils posaient des boules de cette pâte sur les braises, puis ils enlevaient la cendre collée au pain. C'était fade, mal cuit ou brûlé, mais Sébastien mordit dedans comme un vorace. Il n'était pas le seul. Ils s'endormirent en rêvant de campagne verte et ensoleillée, de festins, de plaisirs invraisemblables.

Le chien des Sautet était resté dans la berline. Il réveilla tout le monde à l'aube en aboyant. Tout le monde, c'est trop dire, les Italiens avaient disparu. Sébastien eut un pressentiment :

— Les chevaux !

Les Italiens avaient dégagé un sentier jusqu'à la berline. Ils avaient emporté le sabre russe, les sacs de pois, des fourrures, du vin ; dérangés par les aboiements ils avaient laissé les chevaux. Ils dévalaient dans la neige vers un lac gelé, en contrebas, à la lisière d'une forêt. Peu après, en tenant un miroir de voyage devant le baron Fain, qui se rasait le men-

189

ton, Sébastien décida que sa barbe pousserait comme elle voudrait. Il le confia au baron, qui lui répondit d'un air détaché :

— Vous tenez à déplaire à Sa Majesté ?

Les traîneurs, cavaliers démontés aux bottes entourées de chiffons, voltigeurs, hussards fagotés comme des épouvantails, portaient des barbes touffues où les flocons se fixaient. La nuit, ils volaient des chevaux qu'ils montaient avec l'idée de les dévorer plus tard. Si une voiture cassait une roue, ils la flambaient, se disposaient en cercle sous des bâches et des couvertures ; ces tentes s'alourdissaient de neige. Madame Aurore possédait une casserole. Elle en devenait précieuse. Au réveil, sortie de sa tente, elle chercha un cheval valide, en repéra plusieurs, attachés à un bosquet. Leurs propriétaires ne la voient pas venir, ils tournent le dos, les visages exposés au feu de leur bivouac. Madame Aurore prend son canif, l'insinue entre les côtes de l'un des animaux, doucement elle entaille la chair et recueille le sang dans son récipient en fer-blanc. Sur les dernières braises d'un fourgon dépiauté qui les a réchauffés cette nuit, elle fait cuire le sang et offre ce boudin, quelques bouchées à chacun. Avant de repartir vers l'ouest dans la foule des fricoteurs et des péquins, trois artilleurs s'arrêtent devant la cuisinière. L'un d'eux se présente comme sous-officier, entrouvre sa pelisse pour montrer un semblant d'uniforme :

— Le cheval, devant la carriole, il vous appartient ?

— Oui, répond Madame Aurore.

— Plus maintenant.

— Voleur !

— Nous en avons besoin pour notre canon.

— Vous n'avez plus besoin de canon !

— On vient de nous saigner un cheval, je n'ai pas le choix.

— Comment va-t-on marcher, si vous le prenez ?

— A pied, comme nous autres.

Le sous-officier fit un signe à ceux qui l'accompagnaient. Ils avaient encore des shakos sur la tête. Ils détachèrent le cheval et l'emmenèrent par la bride. On entendit hurler le grand Vialatoux, puis se plaindre, puis supplier. Madame Aurore, sans lâcher sa casserole, avança vers la voiture en plongeant ses bottes dans l'épaisseur de neige. Avec ces soldats butés, protester ne servait à rien, elle voulait le répéter au jeune premier qui s'emportait, retenait l'animal par la queue ; avant que la directrice puisse raisonner le comédien, le sous-officier lui tira une balle dans la tête. L'imbécile s'écroula en perdant sa cervelle. « Comme aux prisonniers russes ! » disait l'artilleur, ce qui amusa ses compagnons. Vialatoux pleurait, assis contre le brancard inutile.

— Debout ! lui ordonna la directrice.

— On ne va pas pousser notre voiture, quand même.

— On emporte ce qu'on peut et on suit le mouvement.

— Et lui, on le laisse aux corbeaux ? dit Vialatoux en montrant le corps de son ancien partenaire.

Dans la carriole, Ornella et Catherine avaient assisté à l'assassinat et à la perte du cheval, mais

191

elles n'avaient plus de larmes, plus de pensées, plus d'émotions ; elles obéirent à Madame Aurore, fermèrent dans des fourrures comme dans des balluchons ce qu'elles jugeaient indispensable et pas trop lourd, des vêtements surtout qu'elles triaient sur le plancher de la voiture ; costumes, robes de scène, non, mais bonnets, châles, bougies. Ils repartirent à pied, suivant de près un groupe de tirailleurs qui avançaient en piquant à chaque pas dans la neige leur baguette de fusil, à cause des ravines qu'on ne distinguait plus. A leur gauche, ils virent un soldat mort la mâchoire ouverte, ses canines dans la cuisse d'un cheval couché et encore palpitant. Plus loin, autour d'un bivouac refroidi, ils virent des soldats assis, ils ne bougeaient pas, ils avaient gelé ; Vialatoux s'en approcha pour examiner le contenu de leurs besaces, il y trouva une pomme de terre, l'empocha discrètement et se promit de la grignoter plus tard en cachette. Le ciel était gris perle, les sapins noirs, le sol d'une blancheur éprouvante. Sur une crête, en ombres, se dessinaient les lances et les longues coiffes d'astrakan des cosaques de la mer Noire qui menaçaient à distance.

Le baron Fain se félicitait d'avoir invité la famille Sautet à bord de sa voiture officielle. Le libraire connaissait la région et il put expliquer comment, sans boussole, on pouvait se diriger dans cette immensité pour rejoindre le quartier impérial. Le gros homme avait consulté les troncs d'arbre, la face où l'écorce était roussie indiquait le nord. Grâce à cette astuce, on pardonna au libraire ses humeurs ronchonnes et on atteignit sans trop d'encombre le château ruiné où Sa Majesté campait. Napoléon espérait la réunion de son armée et des nouvelles de Paris, à quelques journées de Smolensk, de ses magasins fournis dont chacun rêvait pour se regonfler le moral. Un convoi de vivres était d'ailleurs parvenu de cette ville à l'arrière-garde du maréchal Ney. L'information avait cheminé.

Tronçonnés en bûches, les uniques meubles du château, un billard et une lyre, flambaient dans l'âtre. En privé, l'Empereur ne décolérait pas. Sébastien savait que les mauvaises nouvelles recouvraient les bonnes. Les courriers le laissaient songeur. Non seulement les troupes de réserve, demeurées à l'arrière, cédaient devant les Russes et reculaient, non seulement le prince Eugène venait de perdre son artillerie en traversant un gué, mais encore il apprit qu'à Paris on avait voulu rétablir la république.

Deux semaines plus tôt, le général Malet s'était évadé de la maison de santé où il était interné. Muni de faux documents, il avait délivré des complices : ils avaient investi l'hôtel de police et celui de l'état-major en lançant une rumeur : « Napoléon est mort. » Savary, le ministre de la Police, avait été arrêté dans sa chambre en chemise de nuit. Puis les conjurés avaient réclamé au préfet de Paris une salle de l'Hôtel de Ville pour leur gouvernement provisoire. Ils avaient failli réussir ; la garnison de la capitale avait été à deux doigts de flancher. L'Empereur resta incrédule, il lut et relut plusieurs fois le message, accablé : « Ils m'ont cru mort et ils ont perdu la tête, pensait-il. Malet, un récidiviste, un fou ! Quoi ? Trois inconnus peuvent propager n'importe quel racontar, que personne ne vérifie, et s'emparer du gouvernement ? Et s'ils essayaient de restaurer les Bourbons ? Qui a songé à prêter serment au roi de Rome ? Qui a songé à la dynastie impériale ? Autrefois, on criait *Le roi est mort, vive le roi !* Cette fois, rien. Voilà ce qui arrive quand je m'éloigne trop longtemps. Tout repose sur moi. Sur moi seul. Rien de ce que j'ai entrepris ne me survivra ? » Il attendait d'autres estafettes, s'en inquiétait sans cesse auprès de Caulaincourt ou de Berthier. Sébastien et le baron n'osaient quitter leurs pupitres de voyage, mais l'Empereur ne leur dictait pas une ligne. Il tapotait l'accotoir de son fauteuil, se farcissait le nez de tabac, refusa de dormir.

Un froid intense s'ajouta dès le matin au brouillard givrant. Il s'agissait de ne plus gâcher son temps, de parvenir à Smolensk, d'y rétablir ses forces.

— Mes bottes ! dit l'Empereur.

A ce signal, valets, secrétaires et officiers se mirent à bourdonner dans les courants d'air des salons sans vitres. Sébastien et le baron laissèrent aux autres commis le soin de replier le matériel. L'Empereur n'avait pas bougé de son fauteuil. Un maître d'hôtel lui apporta sa tasse de moka et le mamelouk Roustan accourut avec ses bottes craquelées sous la cire. Il s'agenouilla devant Napoléon qui présenta une jambe, enfila une première botte mais reçut dans la poitrine un formidable coup de pied ; il se renversa par terre, le souffle court.

— Voilà comme je suis servi ! rageait l'Empereur. Tu n'as pas remarqué, crétin, que tu mets la botte gauche au pied droit ? Tu ne vaux pas plus cher que ces pleutres, à Paris, qui se sont laissé abuser par un dément échappé de l'asile !

La conjuration ratée de Malet continuait à l'obséder. Qu'allait dire l'Europe de cette aventure grotesque ? Comment allait-elle s'en servir ? L'Empire était désormais à la merci d'une poignée d'activistes. Napoléon en souffrait.

Au débouché d'une forêt, la route suivait le courant du Dniepr, damée par le passage de mille voitures et des canons emballés dans des sacs. L'escadron que conduisait d'Herbigny se réduisait à une dizaine de cavaliers montés ; les autres étaient à pied, leurs chevaux n'avaient pas résisté à la faim et à la soif, les hommes s'étaient résignés à consommer leur chair nerveuse avant qu'elle ne durcisse. Une peau de mouton contre les oreilles, sous son imposant bonnet, le capitaine respirait l'air froid ; la vapeur de son haleine se changeait en glace sur sa moustache gauloise et le fouillis de barbe qui lui couvrait les joues. Le brouillard ne s'était pas levé avant midi, que remplaçait un vent aigre. Ils allaient à l'aveuglette, attentifs à ne pas se perdre.

Paulin stationnait à un tournant, sur le baudet très amaigri :

— Mffeu, fit-il au capitaine.

— Si tu as quelque chose à me confier, soulève au moins ton collet ! On dirait une momie du Caire !

— Monsieur, reprit le domestique en obéissant, le nez, on ne s'aperçoit pas quand il gèle, et alors il tombe, vous devriez...

— C'est pour me donner des conseils que tu t'es arrêté ?

— Non, Monsieur, mais arriverons-nous à passer ? La nuit vient si tôt.

Après le virage, la route verglacée tombait sur un pont qui enjambait le fleuve, elle remontait aussi raide de l'autre côté. Des grenadiers, les doigts soudés à leurs fusils, veillaient à l'entrée du pont pour réguler le flot, mais que pouvaient-ils ? Des chevaux aux fers usés dérapaient jusqu'au fleuve et ne se relevaient pas, ils hennissaient à pleins naseaux, des voitures lourdes s'écrasaient sur eux, brisaient la mince couche de glace, coulaient dans l'eau grise, des hommes criaient, s'entrepoussaient, d'autres dévalaient la pente ou utilisaient les cadavres comme les marches d'un escalier, quelquefois ils roulaient en bas avec leurs bagages qui s'ouvraient ; les suivants se prenaient les guêtres dans des samovars, des bracelets, des anses de théière.

— Les charrettes, mon capitaine, elles descendront jamais intactes.

— Tu as hélas raison, Bonet.

— Et même nos derniers chevaux...

— On abandonne les charrettes, commanda d'Herbigny, on atteint le pont par la neige du bord, plus fournie, en tenant les chevaux.

Des civils industrieux réussissaient à faire glisser leurs voitures jusqu'au pont par un système de cordages noués aux bouleaux, mais à ce manège les charrettes se seraient disloquées et les dragons les déchargeaient ; ils se partageaient les pièces d'or, les pierres précieuses desserties des icônes ; le vin avait gelé, ils brisèrent les flacons et reprirent leur chemin

196

en suçant des glaçons de madère ou de tokay. De nouveaux arrivants très démunis achevaient de disperser le contenu des charrettes. D'Herbigny avait accroché en soupirant des paquets de thé à sa selle et sur le dos des mules heureuses de ne plus avoir à tirer la cargaison complète. Ils parvinrent à se regrouper à l'entrée du pont pour le passer en force dans la débandade.

— Le tonnerre ? demanda Paulin.

Le capitaine n'eut pas le temps de lui répondre qu'un boulet s'écrasa à quelques mètres d'eux. Au loin, des cosaques les visaient avec des canons légers montés sur des traîneaux, ils agitaient leurs fouets, hurlaient comme des loups. Un autre boulet tomba dans le fleuve. Ce fut la ruée.

— Du calme ! criait le capitaine, incertain de son autorité. Sur l'autre rive nous ne risquons pas moins !

Le pont de bois remuait sous les roues et les sabots. S'il n'y avait pas eu de parapet, beaucoup seraient tombés dans l'eau du Dniepr. De l'autre rive, d'Herbigny s'aperçut qu'en marchant il avait ramassé des colliers de perles à ses bottes. La montée s'annonçait plus délicate que la descente. Les fers lisses des chevaux n'avaient aucune prise sur le verglas, seules les mules et les montures ferrées à glace y arrivaient sans patiner ; même le baudet de Paulin se coucha et, après une dizaine de mètres difficiles, glissa en arrière avec le portemanteau, au désespoir du domestique.

— Fais pas cette tête-là ! dit le capitaine.

— J'avais la responsabilité de vos uniformes.

197

— Mes habits, je ne les aurais pas tous portés, hein ? Quand nous serons en France...

— Nous reverrons Rouen, Monsieur ?

— Bien sûr !

Paulin regardait par-dessus son épaule. Près du pont encombré, une dame avait rejeté son capuchon de zibeline ; à genoux, elle fendait au couteau le ventre de l'âne, y plongeait la tête pour mordre dans le foie, rudoyée par un bourgeois en pelisse fourrée qui exigeait sa part. Des boulets pleuvaient. Quand il regagna le terrain plat, après la côte maudite, d'Herbigny entoura ses bottes cuites par la neige de chiffons qu'il ficela avec les colliers. Puis il reprit le commandement de son escadron à pied, sauf quatre cavaliers qui avaient enfourché les mules. Le maréchal des logis Bonet les engueulait : si la hiérarchie était encore respectée, il avait droit selon son grade à une mule, mais la discipline flanchait et Bonet protestait en vain.

Les fuyards avaient les yeux fatigués par un vent glacial, la réverbération les aveuglait, mais un jour de novembre, à midi, ils reconnurent les clochers de Smolensk au milieu des montagnes qui fermaient l'horizon. C'était le salut, un abri, du feu, des vêtements pour remplacer les haillons où fourmillait la vermine. En approchant des murailles, les plus exténués se découvraient une énergie. Toutefois, la caravane des vagabonds butait contre les portes closes de la ville, et des groupes montaient leurs tentes dans les bastions, les fossés enneigés.

D'Herbigny pressa son cheval cosaque. Des factionnaires en capotes grises interdisaient la ville et interrogeaient sur le même registre quiconque avait la prétention d'y entrer :

— Qui êtes-vous ?

— D'Herbigny ! François Saturnin d'Herbigny, capitaine aux dragons de la Garde.

— Et où il est, vot' escadron ?

— Ici !

Dans un vaste mouvement du bras, le capitaine présenta la trentaine de cavaliers démontés qui lui restaient, attifés, blancs de givre, tignasses longues, barbes en broussaille, visages noircis par la fumée des bivouacs et la crasse.

— C'est un escadron, ça ?

— 4ᵉ escadron, brigade Saint-Sulpice. Ceux qui manquent sont sous la neige ou dans l'estomac d'un loup.

— Qui m'le prouve ?

Les hommes s'étaient alignés comme pour défiler, désireux de montrer une apparence plus militaire et impressionner ces empotés de soldats. Sur un ordre du capitaine, ils déclinèrent leur identité au garde-à-vous :

— Maréchal des logis Bonet !

— Cavalier Martinet !

— Cavalier Perron !

— Cavalier Chantelouve !

— C'est bon, c'est bon, dit l'un des factionnaires, caporal des chasseurs.

Le portail entrebâillé, ils purent entrer dans Smolensk au pas cadencé, malgré les engelures et les paquets de tissus qui leur emmaillotaient les pieds. En partie incendiée par les Russes au mois d'août,

Smolensk n'avait pas été restaurée par les troupes d'occupation. Les dragons ne jouaient plus la comédie. Sans témoins, sans factionnaires à amadouer, ils perdaient leur allure martiale au spectacle des rues. Les maisons n'avaient plus de toit, ils ne rencontraient que des chevaux crevés, rongés jusqu'à l'os, des tas de corps se décomposaient et puaient malgré la rigueur du froid. Gisant au bas d'un mur, un Espagnol gelé s'était grignoté les poignets, un autre marchait vers eux à quatre pattes sans avoir la force de mendier. Près de la citadelle, des ambulanciers portaient leurs malades à l'intérieur d'une bâtisse sévère. Les patients étaient en sueur, ils tiraient des langues sèches et noires, on leur donnait à boire de la neige. En questionnant l'un des ambulanciers, d'Herbigny apprit que le typhus sévissait, que l'Empereur était arrivé la veille, que les distributions de nourriture avaient commencé, d'abord réservées à la Garde. « Voilà qui tombe à point, se réjouissait-il, nous appartenons justement à la Garde. Où sont les magasins ? » L'ambulancier indiqua l'entrepôt, il ajouta que les officiers des vivres exigeaient un reçu signé et tamponné par l'administration militaire en échange des rations. C'est ainsi que le capitaine, dans la citadelle, se heurta au contrôleur Poissonnard, chargé des subsistances : au moins, il n'avait pas à prouver son grade ni son unité. Il se planta devant le contrôleur, toujours aussi rond et bien portant ; enfoncé dans des fourrures, il trônait derrière son bureau.

— Signe-moi un reçu, vieille fripouille ! dit le capitaine.

— Vous êtes officier ? Quel régiment ?

— Quoi ! Tu ne me reconnais pas ?

— Je ne vois pas...

— D'Herbigny, cochon de voleur !

— Attendez... Ah oui, peut-être...

— Comment ça, *peut-être* ?

— Avec votre barbe, vous savez... Mais le nez, oui, il est toujours aussi long.

— Dépêche-toi, qu'on aille toucher nos rations.

— Combien d'hommes sous vos ordres ?

— Vingt-neuf.

— Hou ! A Moscou vous en aviez une centaine.

— Allez !

— Des chevaux ?

— Un seul, le mien, et quatre mules.

— L'avoine est réservée aux chevaux.

Poissonnard remplit un formulaire de son écriture appliquée, signa, sécha l'encre, tamponna et tendit la feuille :

— Des convois allemands nous ont ravitaillés en farine, en légumes, il y a même du bœuf.

S'imaginant attablé devant une côte de bœuf, le capitaine emmena les débris de son escadron au magasin. Un employé, lui aussi bien nourri et bien vêtu, sortit les rations de plusieurs caisses : des petits pois, de la farine de seigle, trois pièces de bœuf, des flacons de vin rouge que chacun se répartit sans attendre. Dans la rue qui les ramenait à la citadelle, déjà réconfortés par leur futur repas, le premier véritable depuis des semaines, les dragons se cognèrent à une bande de guenilleux aux joues creuses, armés de bâtons cloutés et de baïonnettes.

Les deux troupes, immobiles, se fixaient avec des yeux sauvages. Les uns voulaient sauver leurs rations, les autres voulaient manger. Les chevaux morts étaient à ce point glacés qu'ils n'avaient pu les découper. Autrefois alliés dans les combats, ils devenaient féroces pour un sachet de farine. Les dragons du premier rang dégainaient leurs sabres ; leurs compagnons, derrière, chargeaient les fusils. Ils s'observaient. Comme le capitaine armait son pistolet, Paulin lui suggéra :

— Monsieur, nous avons plusieurs côtes de bœuf, si on en sacrifiait une ?

— Sacrifier une part de nos rations ? Jamais ! Tu crois qu'on en a trop, ma parole ?

— Ces efflanqués n'ont rien à perdre.

— Nous, si.

— Ils sont dangereux.

— S'ils ont envie de se faire sabrer, tant pis.

— Quand des fauves vous entourent, Monsieur, mieux vaut leur jeter quelque chose à dévorer, ça les occupe, et pendant qu'ils se disputent leur proie, on décampe.

Le capitaine fouilla dans les sacs, prit l'un des quartiers de bœuf par son manche en os, fendit les rangs et lança la viande par-dessus les têtes des affamés. Paulin avait vu juste. Ils se bousculaient autour du morceau tombé sur la neige, se frappaient, se piquaient avec les baïonnettes, s'assommaient, tombaient les uns sur les autres. Profitant de cette bagarre, le capitaine et ses hommes s'esquivèrent vers la citadelle pour y retrouver sans doute leur brigade, se remplir l'estomac et se rincer la gorge, reformer près de l'Empereur une manière de régiment.

Le chacun pour soi qui prévalait avant Smolensk se muait en fraternité forcée. L'intérêt seul soudait les naufragés. Au hasard de la marche, des petites bandes s'étaient constituées pour mieux se défendre à plusieurs de la faim, du froid et des autres. Ces tribus ramassaient des soldats désarmés (ils avaient préféré l'eau-de-vie à leurs fusils), des civils de toutes classes, insensibles, capables d'ôter les bottes d'un mourant avant qu'il expire. Une survie s'organisait, jalouse, méchante, au sein de ces minuscules sociétés en dehors desquelles on était condamné à courte échéance. Ornella, qu'un chef de bande avait remarquée, partageait la tanière d'une curieuse équipe, dans une maison en partie brûlée des faubourgs, au bord du Dniepr. Ils étaient sept ou huit autour d'un feu de planches, roulés dans des couvertures, accroupis comme des Indiens. Un cœur de cheval cuisait dans un casque. Ces hommes parlaient peu et se comprenaient à peine ; si le chef était français, les autres venaient de Bavière, de Naples ou de Madrid, ils se communiquaient par gestes des propos élémentaires. Un grand type à barbe en hérisson portait une cuirasse sur des vêtements de femme ; il piqua le cœur de son poignard, le posa par terre pour le couper. Son voisin, en calotte de soie noire, avait retiré son shako où il rangeait des ciseaux, un rasoir, du fil et des aiguilles ; la bouche pleine, il se mit à repriser le châle dont il s'entourait le torse. On n'entendait que le craquement des planches dans le feu, et huit mâchoires qui mastiquaient des entrailles. Quelqu'un grattait la palissade qui leur servait de porte.

203

Le chef se leva, repoussant Mademoiselle Ornella, pelotonnée contre lui, il ouvrit la trousse qu'il
ne quittait jamais, y choisit un scalpel. C'était le
docteur Fournereau, un homme d'une quarantaine
d'années aux yeux bruns et durs ; sa barbe s'effilo-
chait, ses cheveux lui tombaient aux épaules. Il
exerçait une autorité naturelle sur les jeunes gens
qui constituaient sa meute. Ornella faisait confiance
à ce médecin désabusé, elle lui avait raconté sa vie,
comment sa mère vendait des plumes, des garni-
tures, marchande de mode quai de Gesvres. « Nous
avons tous été broyés », lui avait-il dit. L'Empire se
souciait peu des chirurgiens, les facultés de méde-
cine avaient fermé les amphithéâtres, les carabins
escaladaient de nuit les grilles des cimetières pour
déterrer les cadavres frais, qu'ils disséquaient dans
des greniers où ils logeaient à dix ; la graisse des
morts les chauffait pour l'hiver. Fournereau soignait sans moyens et sans pouvoir. Il dépendait des
commissaires aux guerres, détestables, qui volaient
les vivres des hôpitaux. Fournereau ne pouvait
jamais intervenir pendant les combats, il attendait
des jours avant de sauver les blessés d'une bataille ;
l'état-major récupérait en priorité les armes et les
munitions.

Son scalpel à la main comme une arme, le docteur
restait en arrêt. Il écoutait. Quelqu'un grattait doucement le bois de la palissade, puis il y eut un jap-
pement.

— Un chien ?

Une aubaine, pensait-il, la pitance arrive d'elle-
même dans notre marmite. Ils avaient déjà avalé des
corbeaux grillés sous la cendre, des tripes de che-

vaux, pourquoi pas un chien rôti ? Il entrouvrit la palissade de façon à ménager un passage à la bête. Un vent glacé le saisit. Leur feu de planches éclairait mal. Fournereau ne distinguait rien dans la nuit sans étoiles. La neige craquait. Dans ses jambes, il devina la bête, la toucha, ouvrit davantage pour laisser entrer une énorme boule de poils ; celle-ci secoua la neige de son pelage. Ce n'était pas un chien. C'était un homme. Transi sous ses fourrures, il avançait sur les genoux et les coudes en tremblant. Il jappait comme un bichon.

Le reste de la bande s'appliquait à mastiquer près du feu nourri de nouvelles planches. Le docteur empêcha l'arrivant d'approcher des flammes, ce qui indigna Ornella :

— Oh, docteur, vous n'allez pas lui refuser un peu de chaleur...

— Non.

— Laissez-le se réchauffer, s'il vous plaît.

— Va chercher un tas de neige.

Elle obéit sans poser de question et poussa un tas de neige fraîche à l'intérieur de ces ruines qui les protégeaient du vent.

— Tu vois ses doigts ? lui dit le docteur. Ils sont blancs, ils ne sentent rien, ils sont en train de geler. Si tu exposes ses mains aux flammes, elles vont se tuméfier, se boursoufler, une gangrène foudroyante va s'y mettre. Aide-moi à le dépêtrer de ses loques...

Ils débarrassèrent l'homme de ses manteaux lourds de glace, de son bonnet, de ses bottes ; avec la neige ils le frictionnèrent. En lui frottant le visage, Ornella reconnut Vialatoux.

— Tu sais qui c'est ? demanda Fournereau.

205

— Un comédien de ma troupe.

— Continue à l'étriller, que la neige le brûle.

Le grand Vialatoux, décharné, des touffes de barbe grise au menton et aux joues, respirait par saccades, au bord de la suffocation, mais la friction améliorait son état, il bredouillait, dit enfin tout bas d'un ton monocorde :

Il n'appelle plus Rome un enclos de murailles
Que ses proscriptions comblent de funérailles :
Ces murs, dont le destin fut autrefois si beau,
N'en sont que la prison, ou plutôt le tombeau...

— Il délire ?

— Je ne crois pas, docteur.

— Tu as compris ce qu'il nous roucoule ?

— Il récite le *Sertorius* de Corneille, une pièce interdite qu'il rêvait de jouer.

— Drôle d'endroit pour songer au théâtre, mais au moins son cerveau fonctionne mieux que ses doigts. Frotte, ma fille, frotte, et dis-lui quelques mots, établis un échange.

Mademoiselle Ornella reprit de la neige, frotta les doigts du comédien en lui soufflant à l'oreille :

Ne tombe qu'en des mains qui sachent leur devoir.
Enfin je sais mon but, et vous savez le vôtre...

Le grand Vialatoux ouvrit ses paupières que la proximité du feu avait décollées, il se tourna vers son ancienne partenaire sans surprise ; très sérieux, il répliqua : « Et cependant, seigneur, vous servez comme un autre... » Fournereau interrompit la scène pour verser entre les lèvres gercées un peu de l'eau chaude, rouge, où ils avaient cuit le cœur.

Depuis quatre jours qu'il était à Smolensk, Napoléon ne quittait plus cette maison de la place neuve où il avait décidé de loger. Elle était intacte et confortable. Dans les caves et aux cuisines s'accumulaient les provisions de bouche venues de Paris pour la maison de l'Empereur. Celui-ci comprenait-il la situation ? Il n'avait pas l'air affecté par les déboires de son armée. En voyage, il ne sortait guère de sa berline, mangeait à sa faim les mêmes plats qu'aux Tuileries. Son entourage ne dissipait pas son illusion. Berthier avait bonne mine, Daru également, et si le préfet Bausset clopinait sur des béquilles c'est qu'il avait la goutte. Caulaincourt faisait forger des fers à trois crampons pour les chevaux de selle et de trait, les régiments se réparaient, on allait leur distribuer des fourrures et de la viande. Demain, l'Empereur partirait de Smolensk avec sa Garde. La route de Minsk étant coupée de ravins, resserrée par endroits dans des défilés, il fallait éviter l'encombrement, marcher plus vite. Puis ce serait autour du prince Eugène, puis de Davout, puis de Ney avec son arrière-garde... Sébastien se présenta ; il apportait le texte du 28ᵉ bulletin : *Depuis le mauvais temps du 6, nous avons perdu trois mille chevaux de trait, et près de cent de nos caissons ont été détruits...* L'Empereur parcourut le texte jusqu'à la dernière phrase : *La santé de l'Empereur n'a jamais été meilleure.* Il signa sur l'écritoire qu'un valet disposait devant lui. Ensuite il

207

convoqua Daru, son intendant général, pour s'en-
quérir des distributions de vivres.

— La Garde a déjà touché ses rations, sire.

— Bien. Les autres ?

— Pas encore, sire.

— Et pourquoi diable ?

— Les magasins ne sont pas assez fournis.

— Menteur !

— Malheureusement, sire, je ne mens pas.

— Voyons, Daru ! Nous serrons ici quinze jours
de vivres pour cent mille hommes.

— A peine la moitié, sire, et plus de viande.

— Combien d'hommes à nourrir ?

— Moins de cent mille, beaucoup moins...

— La Garde ?

— Cinq mille hommes valides.

— La cavalerie ?

— Mille huit cents cavaliers à cheval.

— Les régiments ?

— Environ trente mille.

L'Empereur marchait autour de la pièce, ses
lèvres frémissaient, il se bourra le nez de tabac, jeta
sa tabatière par terre en braillant :

— Amenez-moi le criminel chargé de l'approvisionnement !

Napoléon resta seul avec le munitionnaire res-
ponsable des magasins de Smolensk. Les secrétaires,
les valets, les grenadiers en faction entendirent longtemps les hurlements de Sa Majesté, ses menaces et
les sanglots du coupable.

CHAPITRE V

Bérésina

« Cette année, un groupe de canards sauvages a eu les pattes gelées et soudées à la surface d'un étang ; maintenant un grand aigle vire et revire audessus des oiseaux cloués au sol en leur déchiquetant la tête. »

JIM HARRISON, *Entre chien et loup*

Dans la masure défaite des faubourgs de Smolensk, il n'y avait plus de planches ni de poutres pour entretenir le feu nécessaire à la survie, il fallait repartir, marcher, dénicher un meilleur abri, de la nourriture. Le docteur Fournereau, Ornella, la bande des infortunés groupaient ce qu'ils possédaient quand l'un d'eux, qui avait poussé la palissade pour inspecter les abords, revint et saisit Fournereau par son gros manteau en ours noir : *Mira ! Mira ! Las puertas !* Le docteur enfila ses gants. Des troupeaux d'hommes et de femmes montaient de tous côtés vers les portes béantes de la vil-

209

le ; s'ils n'enfonçaient pas à chaque enjambée, le docteur et sa troupe auraient eu la force de courir pour devancer la foule. L'air froid coupait et pénétrait jusqu'aux os. Serrés entre eux, ils plantaient les pieds dans la neige d'une façon mécanique, le cerveau en veilleuse, à l'instinct, comme des chasseurs. L'Empereur venait de partir avec sa Garde en direction de Minsk, l'état-major pliait bagage et les domestiques vendaient le bordeaux de la cave impériale à vingt francs la bouteille. Aucun officier ne savait ou ne voulait maîtriser la pagaille. Les soldats, les traîneurs, les réfugiés n'écoutaient que leurs ventres. Ils assiégeaient les magasins où les commissaires au ravitaillement s'étaient barricadés en attendant des ordres hypothétiques.

La tempête avait masqué les empilements de corps, bosselant de monticules blancs la rue qui grimpait vers la citadelle. A mi-parcours, Fournereau et les siens se fondirent au millier de furieux qui frappaient contre les volets massifs du magasin principal. D'une fenêtre, à l'étage, le contrôleur Poissonnard les haranguait :

— Attendez ! Il y en aura pour tout le monde !

— Qu'est-ce qu'on attend ?

— Nous devons organiser les rations !

— On va organiser nous-mêmes ! Ouvre !

— Attendez...

— Tais-toi, le porcelet, ou tu vas finir à la broche !

Une calèche dont l'artillerie avait enlevé les chevaux se fraya un chemin, attelée à des voltigeurs, et, la foule aidant à la pousser, elle se fracassa contre la porte ; un battant se mit à craquer, que cinquante mains achevèrent d'arracher. Les lattes de la porte volaient en morceaux pour agrandir l'entrée. Sans paroles, avec une vigueur de torrent, la foule s'engouffra à l'intérieur du bâtiment et s'y répandit. Fournereau tenait Ornella par le bras, sa bande le suivait. Ils se laissèrent porter dans des salles remplies de caisses qu'un grand uhlan en tricorne ouvrait à la hache. Levées à bout de bras, des panières se promenaient au-dessus des têtes. Les premiers pillèrent les haricots, les sacs de farine, le riz. Les suivants bondirent dans l'escalier. A l'étage, les ravitailleurs avaient coincé les portes avec des barres ; elles ne résistèrent pas à la formidable poussée. Les assiégeants découvrirent une nouvelle réserve. Poissonnard se disposait à filer. Il avait assuré une échelle à l'extérieur d'une fenêtre, deux de ses acolytes étaient déjà descendus par ce moyen ; des fourgons les recueillaient à l'arrière de la bâtisse. Fournereau agrippa le contrôleur par les basques de son habit bleu, au moment où il enjambait le rebord.

— Tu emportes quoi, dans tes voitures ?
— Service de Sa Majesté ! répondit Poissonnard d'une voix enrouée.
— Où est la viande ?
— Les troupeaux ne sont jamais arrivés !
Le docteur se pencha. Maintenant le contrôleur par la gorge, il l'étranglait à moitié. En bas, ses collègues du ravitaillement l'attendaient ; les cochers des fourgons, sur leurs sièges, rênes en main, guettaient le signal du départ. Poissonnard gémissait :
— Laissez-moi partir, je ne peux vous servir à rien.

211

— A rien, c'est vrai. Va rejoindre les affameurs !

D'un mouvement, Fournereau déséquilibra Poissonnard qui bascula de son rebord et tomba en criant ; il s'écrasa sur la capote cirée d'une voiture. Les cochers fouettèrent aussitôt leurs chevaux et les fourgons disparurent au croisement des rues enneigées. Dans le magasin, le pillage systématique ne s'était pas interrompu, tout disparaissait au fond des poches, des sacs, des besaces ou des bonnets, on emportait même le bois des caisses pour le prochain bivouac. Fournereau se baissa vers Ornella. Elle bourrait son balluchon de légumes secs.

— Ce n'est pas encore aujourd'hui qu'on va au paradis, lui dit-il.

— Alors ce sera demain, dit-elle avec un sourire absent.

Ils entendirent une canonnade au loin. L'une des armées de Koutouzov attaquait sans doute l'arrière-garde.

Les équipages empruntaient la route tracée par l'Empereur et sa Garde, vingt-cinq lieues de plaine avant Krasnoïe, une bourgade où les rejoindraient les corps d'armée de Davout, d'Eugène et de Ney qui devaient quitter Smolensk par fractions. La berline des secrétaires et les fourgons de leur cabinet avaient passé la nuit à couvert, sous les bouleaux d'une forêt, entourés des bivouacs allumés par les tirailleurs de la Jeune Garde que commandait un capitaine costaud, forte gueule mais attentif à ses hommes, nommé Vautrin. Avant le jour il bousculait les dormeurs à coups de bâton ; ils étaient étalés

212

dans la neige, leurs capotes raides de verglas. « Debout ! Debout ! Si vous dormez maintenant vous ne
vous réveillerez plus ! » Ils s'asseyaient, se levaient
un par un, aveuglés par la fumée des brasiers que
les sous-officiers avaient surveillés toute la nuit en
cassant des branches pour les y jeter. « Debout ! La
peste soit de l'abruti qui dort trop ! » Ses braille-
ments retentissaient dans le silence. Sébastien ouvrit
un œil, au fond de la berline qu'il partageait depuis
Moscou avec Fain et la famille du libraire, bouche
ouverte, qui ronflait. « Debout ! debout ! » répétait
le capitaine Vautrin en bourrant de coups l'un de
ses hommes. L'officier ficha son bâton dans la
neige, secoua l'endormi et beugla aux rescapés du
2ᵉ bataillon : « Debout ! Sinon vous allez finir
comme votre camarade Lepel ! » Sébastien laissa ses
compagnons de voyage et avança près des feux. Les
soldats de la Garde étaient bien les seuls à porter
des uniformes à peu près ressemblants, des capotes
grises, même effrangées, des shakos à jugulaires
sous le menton ; malgré leurs fourrures autour des
oreilles et leurs chiffons aux guêtres, ils avaient
conservé une allure.

A la pointe d'une baïonnette, le capitaine Vautrin
présenta au secrétaire un morceau de viande grillée
qu'il prit avec ses gants et dans lequel il mordit. Il
avait du mal à avaler, ne demandait même plus de
quoi il s'agissait, mâchait une chair noirâtre et filan-
dreuse, qu'importe, il aurait volontiers été cannibale s'il n'y avait pas d'autre solution pour tenir
jusqu'à Paris.

Les tirailleurs reprenaient leurs fusils des faisceaux, l'un d'eux se passa à l'épaule la bandoulière

213

d'un tambour et commença à battre. Sébastien regagna son poste sur le siège de la berline. Il sentit une animation semblable près des voitures de la suite. Le jour se levait, laiteux, mais par vingt degrés de froid il ne neigeait plus. Regardant la croupe de ses deux chevaux avant de les tâter du fouet, il s'avisa que celui de gauche était en sang, un sang noir coagulé en caillots et en croûtes. Il sauta de son siège et grimaça : pendant la nuit, des fricoteurs avaient découpé de larges biftecks dans les cuisses de l'animal que la basse température avait rendu insensible.

— Monsieur le baron...

— Nous repartons ? bredouilla le baron Fain sous ses couvertures, l'œil plissé.

— Ça va être difficile, avec un seul cheval.

— Que me racontez-vous, monsieur Roque ?

— Venez voir.

— Ah là là, quelle horreur allez-vous me montrer !

— Qu'y a-t-il ? s'inquiéta le libraire en émergeant.

— Vous le saurez assez tôt, marmonna le baron qui accompagna Sébastien vers le cheval mutilé.

Le cocher du fourgon des cartes et des archives était venu voir et il hochait la tête :

— Pas joli, ça, pas joli...

— Gardez vos commentaires, dit le baron, exaspéré par ce dangereux contretemps.

— Que faisons-nous ?

— D'abord, monsieur Roque, ôtez ce pauvre animal du brancard.

— Il n'en restera qu'un, il ne pourra pas tirer

notre berline, même s'il a eu sa part d'avoine à Smolensk.

— Ah ça, dit le cocher, pour une voiture de cette
taille, il en faudrait quatre à l'attelage.

Le baron réfléchit. Le 2ᵉ bataillon des tirailleurs
s'était mis en marche derrière ses tambours et son
drapeau roulé dont on ne voyait que l'aigle au-dessus des shakos.

— Je vais monter le second cheval, décida le
baron. On y mettra un bagage succinct. Vous, monsieur Roque, vous suivrez avec nos fourgons, sur le
siège de ce cocher.

— Et les Sautet ?

— Qu'ils marchent comme tout le monde. Après
tout, le docteur Larrey préconise la marche pour
éviter l'engourdissement. Vous leur expliquerez.

Le cheval charcuté à vif était tombé dans la neige,
secoué de spasmes ; il soufflait par les naseaux une
buée vite changée en glace, comme cette larme que
Sébastien crut lui voir au coin de son œil rond. Le
baron choisit l'essentiel qu'il fourra dans une
sacoche. Quand il fut prêt, il grimpa sur le cheval
valide, sans selle ni étriers, entoura l'encolure de ses
bras, le nez dans la crinière. Il donna des pressions
de genoux dans les flancs de sa monture et trotta
derrière le bataillon en prévenant son commis :

— Je dégotterai une selle sur la route, personne
n'aurait l'idée de s'en surcharger.

— Vous m'suivez ? proposa le cocher à Sébastien.

— Oui, mais je dois prévenir nos passagers...

— Dépêchez-vous, on n'a pas besoin de perdre
du temps.

La mission était délicate. Sébastien détestait ce

rôle de mauvais augure. Il voulait s'endurcir, et cela lui était aisé dans l'entourage de Sa Majesté, mais dans le cas présent, comment expliquer au libraire qu'on le laissait tomber, dans cette forêt, loin de la ville ? Par chance, ils avaient confié leur dernier blessé, le lieutenant fiévreux, aux médecins de Smolensk. Il ouvrit la portière en grand.

— Nous partons ou non ? demanda le libraire.

— C'est-à-dire que chacun, désormais, voyage par ses moyens...

— Que me chantez-vous là, jeune homme ?

— Il n'y a plus de chevaux pour tirer la voiture.

— Cela signifie...

— Que vous ramassez ce qui vous paraît utile.

— Et que nous partons à pied ?

— Je le crains, monsieur Sautet.

— Et moi je le redoute ! A mon âge, y pensez-vous ? Et ma femme ? Et ma fille ?

Les deux femmes apeurées se pinçaient les lèvres. Pris d'un courage soudain, le libraire demanda à Sébastien d'emmener sa fille dans le fourgon des cartes.

— Et vous ?

— Mélanie et moi nous restons dans la voiture.

— Soyez raisonnable, monsieur Sautet...

— C'est vous qui invoquez la raison, dans de pareilles circonstances ? Allons, il n'y a qu'une route. Une calèche nous prendra à son bord. Il y a d'anciens habitants de Moscou que je connais, dans notre piètre cortège.

— Soit, dit Sébastien. Mademoiselle...

Il aida Mademoiselle Sautet à descendre sur le marchepied glissant, la prit dans ses bras pour lui

216

éviter une chute et la disposa comme il put entre les dossiers et les rouleaux qui occupaient l'espace du fourgon. Le chien Dimitri aboyait. Sautet se pencha à la portière, un livre au bout du bras :

— Monsieur le secrétaire, ce volume est tombé de votre sac, ce serait dommage pour vous de le perdre.

— Merci, monsieur, merci.

Sébastien prit le volume, un Sénèque sur la *Tranquillité de l'âme* dont le libraire, par moquerie ou fanfaronnade, lui récita un extrait :

— *Lorsqu'on considère d'avance tout ce qui peut arriver comme devant arriver, cela amortit toujours le choc du malheur.* Mais prenez soin d'Emilie...

— C'est promis, monsieur Sautet.

Le fourgon s'en alla. Sébastien, en doublant la berline immobilisée, vit à l'intérieur le libraire et sa femme enlacés. Il baissa le regard. Les aboiements se prolongeaient. Le chien noir gambadait à côté du fourgon. Le secrétaire se pencha, tendit la main, souleva la bête par la peau du cou pour la poser sur ses genoux, sous la couverture de loup. Le cocher leva les yeux au ciel.

La réalité tourmentait Sébastien Roque. Personne ne l'avait préparé à la cruauté. Il se répétait que les fourgons archibondés du secrétariat ne pouvaient pas recueillir le libraire et son épouse, et que, déjà, il avait outrepassé le règlement en embarquant leur fille dans le ramas des cartes et des documents administratifs (peut-être le lui reprocherait-on). Qu'allaient devenir les Sautet ? Aucune voiture

217

ne s'arrêterait pour les sauver ; le libraire avait donné cet argument pour décharger la conscience du jeune homme, c'était élégant, c'était courageux, c'était faux. Ils mourraient de faim ou de froid si des paysans ne les massacraient pas avant. Sébastien se méprisait et se fabriquait à la fois des excuses en caressant le chien Dimitri qui lui procurait un peu de chaleur.

— Nous arrivons, dit le cocher.

— Où ça ?

— A Krasnoïe, sans doute.

Du fouet, il montra dans les lointains un fatras de bicoques dont les toits croulaient sous une neige épaisse. La file ininterrompue des régiments et des berlines s'y acheminait. Et toujours, toujours des chevaux crevés, des corps statufiés sur le bas-côté qu'ils regardaient avec lassitude, comme des bornes. Ils n'étaient cependant pas arrivés. La route s'abaissait dans un défilé aux parois de verglas. A l'entrée d'un pont étroit, voitures et fourgons s'emmêlaient. Un caisson du Trésor s'ouvrit en chutant et déversa une pluie de pièces d'or. Des soldats prostrés stationnaient au bord de la ravine. Sébastien voulut voir. Empêché de rouler, le cocher râlait : « Z'êtes trop curieux, monsieur. » Quand Sébastien repoussa la couverture, le chien noir bondit dans la neige.

En bas, les pièces d'or étaient tombées sur un troupeau de bœufs. Des centaines de bêtes avaient gelé les yeux ouverts, ce n'était qu'un enchevêtrement de cornes et de mufles rigides, sertis dans la glace. Les premiers avaient quitté la route, peut-être aveuglés par une tempête, leurs congénères avaient suivi en se poussant et ils avaient abouti au fond ;

incapables de remonter, ils avaient dû meugler longtemps, se blesser, se débattre. Le gel les avait fixés
dans des postures effrayantes ou burlesques.

Quelques soldats déroulaient des cordes jusqu'en
bas pour examiner les bœufs saupoudrés d'or. Ils
marchaient à la surface de la glace, se retenaient
aux cornes comme à des poignées. Un géant abattit
une hache de sapeur sur l'une des bêtes, mais le fer
n'entamait pas le cuir, tant il était dur. Le chien
Dimitri, dans les jambes de Sébastien, aboyait sans
risque contre les bœufs morts qui l'effrayaient. Il
s'approcha trop, dévala plusieurs mètres. Sébastien
voulut le rechercher, il s'accrocha à des rochers qui
affleuraient, prit le chien contre lui ; des mains se
tendirent pour l'aider. Une once de fraternité subsis-
tait chez les hommes de la Garde impériale.

Et les fourgons traversèrent le pont.

Ils entrèrent à la nuit dans Krasnoïe illuminée par
les bivouacs. Les cochers dételèrent devant les bâtiments frustes du quartier général et Sébastien vérifia
comment sa passagère avait subi le voyage. Elle ne
bougeait pas, pelotonnée sur les cartons de pape-
rasse. Il lui tapota les mains, les joues, sans parvenir
à faire monter le sang sous cette peau transparente.

— Portez-la aux médecins, monsieur Roque.

Le baron Fain, prévenu de l'arrivée des fourgons,
ne paraissait pas surpris de découvrir Mademoiselle
Sautet. Il proposa même à son commis de l'emporter avec lui vers l'hôpital de la Garde où officiait le
docteur Larrey.

— Ne prenez pas cette peine, monsieur le baron.

— Oh oui ! Si vous vous cassez la figure avec
votre fardeau, sur cette neige glissante ? Si vous

vous foulez le poignet ? J'en ai besoin, moi, de votre main qui tient la plume.

L'hôpital désignait une grange remplie de blessés et de grenadiers paralysés par le froid que frictionnaient des infirmiers et des bénévoles à bout de force. Sébastien reconnut Madame Aurore de dos ; elle s'activait auprès d'un sergent couché, lui tirait ses bottes, il avait les pieds gelés et sa peau collée au cuir se déchirait par bandes. Catherine, la comédienne rousse, circulait entre les rangées avec une gourde d'eau-de-vie. Après avoir confié la fille du libraire à un apprenti chirurgien, Sébastien interrogea Madame Aurore qui pansait son sergent avec des lambeaux de chemise. Ornella ? Elle ne savait pas. Elle avait rejoint un groupe de traîneurs. Lorsqu'ils avaient laissé leur carriole, les comédiens s'étaient dispersés ; la directrice et Catherine avaient trouvé asile chez des artilleurs, elles avaient voyagé à califourchon sur un affût de canon.

Cette nuit, des fricoteurs avaient volé le cheval cosaque du capitaine d'Herbigny ; il n'avait retrouvé que la bride coupée. Il fallait pourtant dormir, mais les chapardeurs en profitaient. Combien ne quittaient plus leur paquetage et se relayaient pour surveiller leurs chevaux ? Cavalier réduit à l'état de fantassin, le capitaine vivait cette infortune comme une honte. Lorsqu'il avait découvert le vol, il n'avait même pas eu le temps de fureter en ville : l'Empereur réunissait sur la place principale de Krasnoïe les divisions de sa Garde en mesure de tenir une arme. Ils étaient là à battre la semelle, gre-

220

nadiers, dragons démontés, tirailleurs, la neige aux chapeaux et aux barbes. Les Russes essayaient de couper Napoléon de ses régiments. Le 1ᵉʳ corps de Davout, si éprouvé, si maigre, essuyait le tir d'une armée dix fois plus nombreuse mais par bonheur mal commandée. Les généraux du Tsar craignaient encore Napoléon, même dans la déroute son nom suffisait à les faire trembler. Averti, celui-ci avait décidé de mener lui-même au combat ses troupes d'élite, comptant repousser l'ennemi par sa présence, délivrer les unités harcelées qui devaient le rejoindre. Il arriva à pied, vêtu à la polonaise d'une pelisse verte garnie de brandebourgs en or, bottes fourrées, un bonnet en peau de martre bordé de renard qu'il attachait par des rubans, un bâton de bouleau à la main. Il prononça un discours dont on se répétait les phrases de rang en rang. D'Herbigny n'en retint qu'une formule, mais elle l'électrisa : « J'ai assez fait l'empereur, je vais refaire le général. »

Les grenadiers de la Vieille Garde se placèrent en carré autour de Sa Majesté. Musique en avant, trois mille soldats et cavaliers allaient sortir de la ville. Au seuil des maisons, les personnels de l'administration et les domestiques se demandaient avec angoisse si ces ultimes troupes ordonnées reviendraient, sinon ils tomberaient tous aux mains des Russes qui les extermineraient. Paulin se trouvait parmi eux. Le capitaine ne tourna pas la tête vers lui, il réglait le pas de ses dragons, frissonnait de froid ou de joie, allez savoir.

Lèvres gercées sur leurs fifres, des musiciens jouent *Où peut-on être mieux qu'au sein de sa famille*, dont l'Empereur goûte peu l'ironie, préférant un morceau guerrier, mieux approprié à leur situation, et c'est au son de *Veillons au salut de l'Empire* que les divisions surgissent peu après du chemin creux qui les a protégées. Les grognards découvrent l'armée russe sur une colline, contre une forêt de sapins. Ils s'en moquent. Ils marchent au pas, droit devant dans la neige, pour établir une jonction avec les soldats de Davout qu'environnent des cosaques en nuée. A cause des aigles dressées aux drapeaux tricolores déployés, de la musique, des bonnets célèbres de cette Garde impériale qu'ils ont saluée dans tant de batailles, les Russes demeurent stupides. La cavalerie cosaque se replie en désordre sans oser attaquer. D'Herbigny déploie sa troupe en rempart sur le flanc des grenadiers. Il observe son Empereur, très sûr de lui, invincible comme naguère. L'ennemi évite le contact. Alors son artillerie installée sur les crêtes entre en action.

Hors d'atteinte, les canons russes concentrent leur feu sur la colonne, cible facile et lente qu'ils peuvent ajuster. La mitraille, les boulets ouvrent des brèches dans la masse compacte des bataillons. Quand celui-ci tombe, les genoux brisés ou la tête emportée, celui-là le remplace pour serrer les rangs et n'offrir qu'un mur. On enjambe les corps sans un coup d'œil, sans un geste, sans un mot de réconfort, sans âme, les oreilles sourdes aux cris, aux supplications, aux jurons. Le maréchal des logis Bonet se tient à la droite du capitaine, il se plie, se tord, le ventre taillé par un fragment d'obus, tombe à genoux, se tient les intestins à deux mains, s'effondre dans la neige en priant d'Herbigny :

222

— Mon capitaine ! Le coup de grâce !

— On ne peut pas s'arrêter, Bonet, on ne peut pas ! Tu comprends ça ?

— Non !

Bonet se plaint, ses amis posent leurs pieds emmaillotés dans la neige rougie ; d'autres succèdent aux dragons et passent à leur tour, inhumains, mécaniques. Ils avancent, les grognards, ils avancent vers Davout qui résiste, ils laissent après eux quelques-uns de leurs camarades de bivouac, ils entendent une détonation quand un blessé réussit à poser le canon de son pistolet sur sa tempe et, d'une main fébrile, presse la détente. Ils avancent. S'ils évitent de baisser les yeux sur les mourants, ils garderont longtemps en mémoire leurs prières et leurs insultes ; à moins qu'ils ne les rejoignent dans une minute ou dans une heure. Ils marchent vers leur tombe mais avec l'Empereur.

Le général Saint-Sulpice avait reçu un éclat de biscaïen dans le mollet, un autre dans la hanche. Blême, comprimant sa douleur, à Krasnoïe il partait sur une civière vers les calèches de l'infirmerie et déléguait son commandement à ses subordonnés :

— D'Herbigny, je vous confie le restant de notre brigade.

— Vous ne me croyez pas capable, mon général, d'escorter de près l'Empereur ?

— Je vous en crois capable.

— Mon homologue Pucheu est plus compétent ?

— Il a ses deux mains.

Ayant traversé les troupes russes et ramené les

223

résidus de l'armée de Davout, Sa Majesté ordonnait aux officiers qui avaient conservé leurs chevaux de former un escadron sacré attaché à sa protection. Des généraux y serviraient comme lieutenants, des colonels comme adjudants, dans une nouvelle hiérarchie aux titres peu ronflants mais prestigieux par leur rôle. D'Herbigny s'était dégagé sans une égratignure de l'assaut, il offrait de soigner la jument turque de son général, efflanquée mais nerveuse ; il aurait aimé plastronner sur un vrai cheval près de l'Empereur, mais Saint-Sulpice choisissait pour cela Pucheu, et ce matamore en tirerait gloire à sa place. D'Herbigny insistait :

— Je n'ai pas besoin de mes deux mains pour sabrer !

— Je n'en doute pas, mais Pucheu a moins d'ascendant que vous sur mes lascars.

— J'obéis.

— Notre métier n'est pas toujours brillant, capitaine.

— Je sais.

— Maintenez la discipline.

— Je vais essayer.

— N'essayez pas, réussissez.

— Adieu, mon général.

— Au revoir, capitaine. A Paris, je vous obtiendrai de l'avancement.

— Paris est loin.

D'Herbigny allait par devoir se fondre dans la piétaille. Ses états de service étaient inutiles. Balayés Aboukir, Saint-Jean-d'Acre, Eylau, Wagram, balayés. Pucheu mettait le pied à l'étrier et enfourchait la jument noire de leur général en lui disant :

— A toi mes bonshommes ! Si tu les joins aux tiens ça te fera presque un demi-escadron de braconniers.

— Je les tiendrai, tes bougres, même avec une main.

— Ah oui, j'ai deux mains, mais est-ce que je vais les garder longtemps ?

— *Vaya con Dios !*

Le capitaine avait si souvent entendu cette expression à Saragosse, qu'elle lui venait parfois dans les périodes difficiles ; il la traduisait curieusement par *Va au diable !* Pucheu partit au petit trot se mêler à l'escadron sacré, une soixantaine d'officiers de tous les grades et de tous les régiments, en capes, en bicornes à plumes, en bonnets de fourrure. L'Empereur s'apprêtait à prendre la route vers la bourgade d'Orcha, à travers des marais et une série de ponts en bois. Le prince Eugène y poussait déjà les traîneurs et les civils avec ses Italiens. Davout restait à Krasnoïe pour y attendre le maréchal Ney dont on n'avait aucune nouvelle. Le canon résonnait encore. En ligne, le dos à un ravin, les lanciers rouges et les Portugais de Mortier retardaient l'avancée de Koutouzov. D'Herbigny les enviait d'être au massacre. Pourquoi les balles l'épargnaient-elles sans cesse ? Pourquoi combattre encore et obéir toujours ? Il s'imaginait courir après Mortier, duc de Trévise, un grand type pas très futé mais fidèle, une tête d'épingle sur un corps démesuré, comme lui, et s'offrir aux canons russes. Pour la première fois de sa vie, le capitaine se posait des questions claires. Il en avait la cervelle chamboulée.

Pensif, il poussa une porte des baraquements de

225

ses dragons. Ils étaient mal reposés, grondaient. Les plus vaillants formaient les rangs. Des images défilaient, le capitaine voyait le visage d'Anissia, la novice qu'il avait enterrée à Moscou, ses yeux implorants, son sourire doux, la petite croix en or qu'il portait désormais à son cou ; puis des haies, des prairies normandes, des vallons qui moutonnaient jusqu'à l'horizon, des vaches, des pots de crème, le marché de Rouen, les auberges, chez lui, dans cette campagne dont parlait Paulin avec des trémolos. Où restait-il, celui-là ? « Paulin ! » Les dragons ne l'avaient pas vu. Tout seul il ne s'en sortirait pas, ce couillon ! « Paulin ! » Son domestique lui manquait, même si dans cette retraite il n'avait guère d'emploi. Plus besoin de cirer les bottes ; les bottes cirées, tu parles ! D'Herbigny noua plus serré les colliers de perles qui ligotaient les chiffons de ses jambes. Debout de toute sa hauteur, il distribua des bourrades aux récalcitrants pour les mettre en rang. Le trompette éclata d'un rire hystérique, d'Herbigny lui arracha son instrument et souffla dedans à s'en faire claquer les poumons ; avec des couacs.

A Orcha, au bord d'un Dniepr élargi et rapide qui charriait des glaçons, le temps se radoucit. Avec ce brusque dégel, la neige fondait et se changeait dans les rues en une boue noire, liquide, grasse, où l'on enfonçait jusqu'aux tibias. Des équipages s'engluaient au milieu de ce cloaque, les fuyards y pataugeaient, ils encombraient la ville trop exiguë pour héberger leur masse, s'entassaient dans des isbas. Ils n'avaient pas souvent la place de s'allon-

226

ger, les plus harassés s'endormaient accroupis, pressés, dans une écœurante odeur de moisi, de crasse et de fauve. Désemparés, ils revenaient à l'état bestial. Seuls les grenadiers en faction indiquaient que l'Empereur avait pris ses quartiers dans un lot de maisonnettes en rondins mal équarris. A côté, des sapeurs avaient démantibulé une cabane pour aménager des passerelles entre les voitures et les portes, afin de ne pas salir les bottes, les bagages et les archives de Sa Majesté. Des valets portaient des caisses. Sébastien surveillait cet emménagement quand des gendarmes crottés amenèrent une sorte de marchand russe, très blond, très moustachu, des cheveux longs sous un chapeau en forme de cloche. Les factionnaires croisèrent leurs baïonnettes.

— Je suis le capitaine Konopka, dit le prétendu marchand. J'arrive de Lituanie, j'ai une communication pour l'Empereur de la part du duc de Bassano qui gouverne Vilna.

— T'es pas russe ?

— Polonais !

— Je vais prévenir Sa Majesté, dit Sébastien.

Il rentra dans une pièce qu'enfumait le poêle. Boudeur, dans son fauteuil de voyage, Napoléon écoutait le major général lui énumérer ses effectifs et ses pertes.

— Nous n'avons plus que huit mille combattants, sire. Nous avons récemment perdu vingt-sept généraux, quarante mille hommes ont été faits prisonniers, soixante mille sont morts. Nous avons dû laisser cinq cents canons sur la route...

— Nos réserves ?

— Oudinot est encore en Lituanie.

227

— Qu'il nous rejoigne. Combien d'hommes ?

— Cinq mille.

— Et Victor ?

— Quinze mille.

— Qu'il nous rejoigne aussi. Davout ?

— Il a quitté Krasnoïe ce matin.

— Avec Ney ?

— Non, sire.

— Qui a donné l'ordre à ce jean-foutre ?

— Lui-même.

— Il devait attendre Ney !

— Il marche sur Orcha en brûlant les ponts derrière lui.

— Alors Ney est perdu ?

Berthier ne répondait pas et l'Empereur remarqua Sébastien, debout sur le seuil :

— Que veut cette godiche qui se tord les mains ?

— Sire, dit Sébastien que Napoléon considérait d'un œil furibond, un officier polonais est ici, il arrive de Lituanie...

— Eh bien faites-le entrer, triple empoté !

— Sire, dit le capitaine Konopka en entrant, le chapeau à la main, une armée russe avance vers Vilna.

— Le duc de Bassano ?

— Il s'en inquiète et m'a envoyé vous prévenir.

— Qu'il tienne bon !

— Le pourra-t-il ?

— Il le doit !

— La situation est périlleuse, j'ai dû me déguiser pour traverser les lignes ennemies.

— Ils sont donc partout, ces barbares ?

— Partout.

— Quelle distance pour arriver à Vilna et au Niémen ?

— Cent vingt lieues de désert.

— Par où passer ?

— Le dégel oblige à emprunter les ponts.

— Traverser ici le Dniepr ?

— Oui, sire.

— Ensuite ?

— Il y a un autre pont sur un affluent du Dniepr, à Borisov.

— Combien de temps pour y parvenir ?

— Environ une semaine.

— Les Russes peuvent nous y précéder ?

— Peut-être, sire, mais c'est la seule issue.

— Il est large, votre fleuve ?

— Pas tellement, environ quarante toises.

— Son nom ?

— La Bérésina.

Deux grenadiers de la Garde sortaient du couvent qu'occupait l'intendance. En portant un gros balluchon, ils remontaient vers leur cantonnement avec des provisions pour le bataillon, contournaient le centre, trop populeux, où des affamés les détrousseraient malgré leurs armes, lorsqu'ils virent une jeune femme déguenillée, boueuse, le dos contre le bois d'une cahute. Elle les aguichait. Elle avait des cheveux noirs, longs et dépeignés, quelque chose d'angélique dans le visage mais de provocant dans la pose : Ornella se composait un personnage canaille. Les grenadiers s'arrêtèrent devant elle, ils se parlaient entre eux :

— Tu crois qu'elle cause français ?

— Oui ou non, quelle importance...

— Pour c'qu'on veut en faire, t'as raison.

— Je suis parisienne et j'ai faim, dit Ornella en les reluquant.

— Ça s'discute, dit un grenadier.

— Ça se paie, dit-elle.

— Tu offres quoi pour des biscuits ?

— Vous ne serez pas déçus ! lança-t-elle en disparaissant à l'intérieur de la cahute.

Les grenadiers hésitaient.

— Vas-y d'abord, t'es sergent.

— Ouvre l'œil sur nos rations.

— Pour sûr, dit l'autre en armant son pistolet.

Le sergent entra donc très excité dans une pièce sombre.

— T'es où ?

— Avance.

Le sergent avança à tâtons.

— Ah ! je te tiens !

Il sentait sous ses doigts la chevelure d'Ornella.

— Moi aussi je te tiens !

Elle lui serra les poignets tandis que le docteur Fournereau, derrière, l'égorgeait avec son scalpel d'un geste précis, sans un bruit. Ils se concertaient à voix basse :

— Celui qui garde le sac de biscuits, disait Ornella, il est armé.

— Appelle-le...

— Il ne viendra pas, il attend son camarade.

— Fais-le patienter, joue ton rôle, pousse des gémissements.

Ornella se mit à gémir ; elle alluma l'une des bou-

gies qu'elle avait emportées en quittant leur carriole.

— Toi, le cabotin, dit le docteur à Vialatoux, tu
as la même taille, ou presque, que cet idiot de soldat, mets son bonnet, sa redingote. La nuit tombe...

— Je comprends mon personnage, murmura le
grand Vialatoux d'un ton professionnel.

Les autres se déplièrent dans la pénombre ; ils
dépouillèrent le grenadier. Vialatoux enfila la redingote en prenant des postures, il se flanqua sur le
crâne le long bonnet à poils, s'enveloppa le visage
dans l'écharpe de fourrure, puis il regretta de ne pas
avoir une lumière plus vive et un miroir pour ajuster
sa tenue. Fournereau lui chuchota qu'il était parfait.
Après des roucoulements outrés, au dernier cri
d'Ornella, il poussa dehors le comédien.

— Hé ! sergent, vous savez faire chanter la gueu-
se ! le complimenta l'autre grenadier, mais, comme
il tendait le balluchon, il eut un doute, leva son pistolet :

— D'où il vient, ce sang, sur ta redingote ?

Vialatoux fit signe que cela n'était rien.

— T'es devenu muet ? T'es qui, toi ? Et le sergent ? Où est le sergent ?

Vialatoux, d'un bond, lui tordit la main ; le coup
de feu partit dans le sol. Fournereau et deux ou trois
gaillards se précipitèrent. Le grenadier tomba, Fournereau l'immobilisa, lui tourna le visage dans la
boue liquide et l'y maintint le temps qu'il fallut
pour l'étouffer. Sa besogne faite, il revint dans la
cahute où l'on se répartissait biscuits et pains de
seigle.

— Mangez pas tout, pensez à demain, dit le doc-

231

teur qui traînait le corps du second brigadier dans la cabane.

A la chandelle, par terre, ils s'étaient jetés sur les pains, ils les dévoraient, ils se gavaient, ils s'en étouffaient, Fournereau comme les autres. Tout à coup ils s'interrompent. Une vive lueur éclaire l'entrée de leur refuge. Ils ramassent les portions, sortent. Des voitures brûlent au milieu des rues. Quelques artilleurs tirent des chevaux par la bride, d'autres cassent les vitres d'une berline, d'autre encore y portent des brandons. Fournereau et son groupe s'approchent, il y a peut-être des vêtements à récupérer.

— Tiens, dit un soldat à Vialatoux.

Il lui tend une torche. Le comédien a gardé son bonnet de grenadier et le voici enrôlé. Pourquoi pas ? La Garde, au moins, est nourrie. Il en profite pour participer à cette sarabande d'incendiaires qui prennent plaisir à détruire la moitié des équipages : ils courent, ils rient, ils cassent, ils enflamment, Vialatoux avec eux. L'Empereur a montré l'exemple en brûlant une partie de ses bagages sur un bûcher : il veut des chevaux pour le peu de canons et de caissons venus jusqu'ici, non pour des voitures inutiles qui entravent sa marche.

Piétons et voituriers passèrent le Dniepr sur deux ponts que Davout allait brûler. Tant pis pour le maréchal Ney, il fallait se dépêcher vers Borisov ; les Russes pouvaient intervenir en nombre, couper la voie du retour. Oudinot et Victor avaient reçu l'ordre de se tenir sur la Bérésina avec leurs armées de réserve en vêtements d'hiver. Après une route bourbeuse, jalonnée par des rangs de bouleaux, la cohorte traversa la sombre forêt de Minsk. Dans leur fourgon du secrétariat, Sébastien et le baron Fain s'étaient creusé une place en détruisant à Orcha des brassées d'archives.

— Monsieur Roque, dit le baron, vous claquez des dents.

— Je claque des dents.

— Secouez-vous ! et marchons pour nous désengourdir, ou bien nous finirons comme la petite Sautet.

— J'avais promis à ses parents...

— Vous êtes médecin ? Non ?

— Je revois cet hôpital, cette paille, ce fumier où couchaient les malades et les amputés...

— Vous jouerez le sentimental aux Tuileries. Ouste ! Sortez de ce fourgon.

— J'ai compris quand le chien s'est enfui en hurlant.

— Naturaliste, maintenant ? Vous étudiez le comportement des chiens ?

— Tout s'en va autour de nous, monsieur le baron.

— Turlututu ! Tant que vous vous rasez le menton chaque matin, l'espoir demeure. Allez ! Même Sa Majesté marche pour ne pas transir de froid.

Ils patouillaient dans la neige fondue. Devant eux, l'Empereur marchait, en effet, au bras du grand écuyer. Ils s'appuyaient sur des bâtons. Ensuite venaient Berthier et l'état-major grelottant, la cantine, des coffres de bœuf et de mouton salé que menaient sur des chariots le cuisinier Masquelet

et ses marmitons, les bagages réduits à leur mini-
mum. Au fur et à mesure que les heures filaient, des
estafettes se succédaient pour avertir l'Empereur des
événements. Toujours des contrariétés. Minsk était
tombée, avec ses magasins fournis ; le pont de Borisov, l'unique passage, avait été pris par les cosaques ; les régiments d'Oudinot les en avaient
chassés, mais le pont était à moitié cassé et trois
armées russes se refermaient en tenailles sur la
Bérésina.

— Si le froid pouvait revenir, dit l'Empereur à
Caulaincourt, nous pourrions traverser ce fleuve à
pied.

— La Bérésina peut-elle geler à nouveau en deux
jours ?

— Berthier ! cria l'Empereur sans se retourner.

— Sire ? dit le major général en tenant mal son
équilibre dans la bouillasse.

— Envoyez prévenir Oudinot, qu'il prévoie un
autre passage, un gué, des ponts flottants...

Dans l'adversité, l'Empereur affichait un calme
parfait ; que ses plans soient rendus impossibles par
les circonstances ne semblait pas l'émouvoir, seulement, il interrogeait Caulaincourt de temps à autre :

— Le maréchal Ney ?

— On ne sait rien, sire.

— Il est bien perdu...

L'Empereur continuait sa route, la tête basse,
plus triste qu'effrayé par son sort. On lui avait rapporté les humeurs de la troupe. Davout s'était
emporté contre cette diabolique campagne, même
des grenadiers avaient tenu des propos séditieux ;

quand Napoléon avait eu l'envie de se réchauffer au feu d'un bivouac, Caulaincourt l'en avait dissuadé.

Un lancier au grand trot doubla les voitures et les marcheurs en les éclaboussant. Il venait d'Orcha. Dès qu'il aperçut l'Empereur, il courut vers lui. Sébastien vit ce dernier prendre Caulaincourt par les bras, il le secouait, radieux.

— Il n'y a pas que de mauvaises nouvelles, semble-t-il, dit le baron Fain.

— Nous avons peut-être capturé Koutouzov...

— Et pourquoi pas le Tsar, tant que vous y êtes ?

Des grognards, informés les premiers, levaient leurs fusils et criaient « Vive l'Empereur ! » comme à la revue. L'écho parvint de proche en proche :

— Le maréchal Ney est arrivé à Orcha !

— Il est vivant !

— Il a le fusil à la main, il ramène une poignée d'hommes, il a réussi à traverser plusieurs armées russes !

C'était un symbole. Ils pouvaient s'en sortir. Ce sauvetage inespéré redonnait de l'énergie à des soldats prêts à la rébellion ; ceux qui jetaient leurs fusils, tout à l'heure, et parlaient de capituler, braillaient des « Vive l'Empereur ! » à terrifier mille cosaques. A l'étape, sous les arbres, on se racontait par bribes l'épopée du maréchal Ney :

— Mitraillé de partout, disait un commis, il a fait allumer des feux dès la tombée du jour, alors les Russes ils ont cru qu'il attaquerait à l'aube sur ce point...

— Tu n'y étais pas, se moquait un maître d'hôtel.

— J'le tiens d'un qui y était !

235

— Laissez-le continuer, intervenait Sébastien, buvant au goulot une rasade d'eau-de-vie.

— Ah ben, quand la nuit elle a été noire, il est parti sans l'artillerie ni les bagages, il a reculé, il a pris des chemins détournés. Ils étaient à peine cent, ils ont traversé des rivières à pied, un par un, la glace était fragile...

Jusqu'à Borisov, ce fut le seul sujet de conversation. Ils en oubliaient le danger et croyaient aux miracles.

Il était midi. Engoncé dans sa houppelande verte, l'Empereur paraissait plus gros. Jambes écartées, les yeux plaqués à sa lorgnette, il fixait un monticule blanc derrière lequel se nichait le village de Borisov. Il y avait eu des cris de ce côté, le major général avait dépêché des lanciers en éclaireurs. Ils reviennent. Ils grimpent sur un mamelon enneigé, agitent leurs drapeaux. L'Empereur respire. Ce signal lui confirme que les 2e et 9e corps d'armée, arrivés de Lituanie, tiennent la position. Il monte dans sa berline, le cortège se remet en marche. Un paysage de givre défile par la vitre, des troncs dépouillés, des ramures de sapins, les branches des taillis, fines, transparentes, effilées comme du cristal. Napoléon est prêt à tout, même à faire le coup de pistolet ; il se sent capable d'abandonner ses derniers bagages et ses voitures pour tenter une percée dans les champs à la tête de sa Garde. La Bérésina s'approche, reste à la passer. Il joue sa vie et son Empire mais ne laissera aucun trophée à ses ennemis. La veille, il a organisé une cérémonie mémorable ; il

236

sait depuis Arcole que les hommes ont besoin d'images fortes, qui soulèvent leur émotion et fortifient leur attachement. Les porte-drapeaux des régiments délabrés étaient tous là, dans une plaine. Un grand feu de charrettes fondait la neige. L'un après l'autre ils venaient y jeter les aigles. Ils embrassaient l'emblème avant de le regarder se déformer, se liquéfier dans les flammes ; beaucoup pleuraient. Un petit tambour battait sa caisse, un officier saluait, sabre baissé. Plus tard, l'Empereur avait confié à Caulaincourt qu'il préférait manger avec ses doigts que de laisser aux Russes une seule fourchette à ses armes, aussi avait-il distribué à chaque employé de sa maison la timbale et le couvert dont il usait aux repas de la cantine impériale.

La voiture de Napoléon dépassait les premières maisons de Borisov. Des hommes vigoureux, propres, sans barbes ni poux, en capotes neuves et shakos à plumet, accueillaient avec consternation les miséreux de l'armée de Moscou. Ils étaient saisis par un tel dénuement. Des aveugles, les yeux cuits par la blancheur des neiges et la fumée piquante des bivouacs, se tenaient par l'épaule. Des blessés boitaient, la main sur leur fusil comme sur une béquille. Bras en écharpe, doigts gelés, oreilles tombées, voilà le troupeau des éclopés, l'armée des larves. Les soldats d'Oudinot sortaient des rangs pour soutenir ces frères, leur donner des habits, de la nourriture ; dans la confusion, les survivants se ruaient sur les pains de munition, gloutons comme des chiens de chasse, affalés dans la neige molle. L'Empereur n'avait rien vu au-delà de sa Garde, il commençait à réaliser l'état lamentable des troupes qu'il ramenait à l'ouest. Il entra dans la bicoque où son mobilier de campagne était déjà monté. Il se posa sur un pliant, ne consulta pas les cartes déroulées sur la table. Constant alluma sa lampe.

— Berthier ? demanda l'Empereur. Berthier, comment sortir de là ?

Des larmes coulaient sur ses joues, il ne les essuyait même pas de sa manche. Murat piétinait pour se réchauffer, il répondit à la place du major général :

— Avec une escorte de Polonais, parce qu'ils savent la région, nous remontons la Bérésina plus au nord. En cinq jours vous êtes à Vilna.

— Mais l'armée ?

— Elle fera diversion, elle occupera les Russes.

L'Empereur hocha la tête. Il refusait cette proposition.

— Sire, reprit Berthier, vous avez maintes fois suggéré qu'à Paris vous seriez plus utile à l'armée qu'au milieu d'elle.

— Pas avant qu'elle n'ait passé ce foutu fleuve !

— Ici, c'est impossible. Les cosaques fourmillent sur l'autre rive. Koutouzov est informé, les crêtes vont se garnir de canons. Même si nous réparons ce pont, il ne suffira pas, il faudrait des jours et des jours pour que tout le monde traverse.

— J'avais demandé qu'on trouve des gués !

— Vous avez été obéi, sire.

— Où ? Montrez-moi.

Berthier expliqua que des Polonais de Victor avaient attrapé le cheval d'un paysan. L'animal était mouillé jusqu'au ventre, il avait donc franchi le fleuve quelque part. On avait trouvé le paysan, il avait montré le gué.

— C'est en amont, en face de ce village, dit Berthier.

Il planta une épingle sur la carte.

— Faites le nécessaire, démolissez le village planche par planche, amassez les matériaux pour construire au moins deux ponts, que les pontonniers et les sapeurs soient demain à l'œuvre, là où la profondeur est moindre.

L'état-major allait se retirer lorsque l'Empereur précisa sa pensée :

— Faisons semblant de nous installer pour de bon à Borisov, que les espions russes s'imaginent que nous voulons réparer leur pont.

Une fois seul, Napoléon mit le nez sur la carte et épela le nom du fameux village : Studenka.

— Monsieur Constant, mon Voltaire !

Le valet de chambre faisait prendre un feu dans le poêle. Il tira le volume d'une boîte oblongue, en acajou, où l'on rangeait les livres de Sa Majesté dans des compartiments. L'Empereur feuilleta, s'arrêta sur un chapitre lu et relu. C'était à Studenka que Charles XII avait franchi la Bérésina. Il n'avait pas davantage de nouvelles de Suède que Napoléon de France, son armée se défaisait. L'Empereur, une fois encore, confrontait ces deux situations semblables à un siècle de distance. Voltaire écrivait sur le Suédois ce qu'il aurait pu écrire sur l'ombre de la Grande Armée : *Les cavaliers n'avaient plus de bottes, les fantassins étaient sans souliers, et presque sans habits. Ils étaient réduits à se faire des chaussures de peaux de bêtes, comme ils pouvaient ;*

souvent ils manquaient de pain. On avait été réduit
à jeter presque tous les canons dans les marais et
dans des rivières, faute de chevaux pour les traî-
ner... L'Empereur ferma le livre d'un geste bref,
comme si ce contact, à la longue, allait lui lancer un
sort. D'une main glissée sous ses gilets, il s'assura
que le sachet de poison du docteur Yvan était bien
accroché à son cordon.

Le quartier général et la Garde s'installèrent dans
le château d'un prince Radziwill, à une lieue de la
Bérésina. Les fermes de ce domaine recélaient du
fourrage, des bœufs, une quantité de légumes secs.
Des grenadiers armés protégeaient ce trésor qu'ils
se réservaient ; ils empêchaient l'accès aux fermes.
Les autres régiments, le flot des traînards et des
civils n'avaient qu'à se dépatouiller, sans doute
pourraient-ils quémander des manteaux et de la
farine aux intendants d'Oudinot et de Victor, bien
pourvus dans les magasins de Lituanie. C'est ainsi
que les sentinelles repoussèrent un petit barbu aux
yeux cernés, affublé d'un chapeau rouge et d'un col
en hermine ; il avait quitté le cortège des civils et,
avisant au portail un drapeau de la Garde, n'avait
pas hésité à s'y diriger.
— T'as rien à faire ici !
— Les dragons de la Garde...
— Toi, avec tes bajoues, t'appartiens à la cavalerie ?
— Je n'ai pas dit ça, je voulais savoir si les dragons de la Garde bivouaquent dans ce château.
— Toute la Garde mais rien que la Garde.

— Alors vous devez me laisser entrer.

— On t'a dit de décamper !

— Je suis le domestique du capitaine d'Herbigny.

— Il a pas de goût, ce capitaine.

— Mais vérifiez !

Le caporal qui commandait les sentinelles haussa les épaules mais s'adressa à l'un des grenadiers :

— Va vérifier si ça existe, un capitaine Derini.

— D'Herbigny ! Brigade du général Saint-Sulpice.

— Si tu nous as raconté des bobards, mon gars, t'auras une rossée.

— Dans le cas inverse, le capitaine risque de vous frotter les côtes.

Le grenadier revint bientôt en compagnie d'un grand type en bonnet turkoman que Paulin ne reconnut pas tout de suite. C'était par bonne chance le cavalier Chantelouve ; il confirma l'emploi du domestique et Paulin retrouva son maître. Ce dernier campait avec la brigade dans l'un des corps de ferme, sur de la paille fraîche. Paulin laissa tomber son sac ; le capitaine l'engueula comme à son habitude :

— Où étais-tu ?

— Je ne savais plus où vous étiez, Monsieur, j'ai bien été obligé de fuir Krasnoïe avec les réfugiés...

— Chantelouve !

— Mon capitaine ?

— Donne des lentilles à cet idiot.

Dans cette brigade rétrécie par son nombre en escadron, les rares dragons qui avaient conservé leurs montures les étrillaient. Paulin s'empiffrait et le capitaine s'allongea dans la paille sans fermer les yeux.

Il se releva peu après au son des tambours. Dans la prairie éclairée par la lune, des officiers d'état-major se hâtaient d'une ferme à une grange pour alerter la Garde. Un colonel en manteau leva sa lanterne sous le nez du capitaine d'Herbigny, qui reçut un ordre de mouvement pour s'en aller à Studenka renforcer le 2e corps d'Oudinot.

— Demain à l'aube ?

— Tout de suite.

— En pleine nuit ?

— Vous marcherez à la suite des gros bagages.

Il ne s'agissait pas de comprendre les ordres, ni leur urgence, mais de les exécuter. D'Herbigny bouscula ses dragons ; ils se massèrent devant le château où se garaient des voitures attelées. Le froid revenait. Un bataillon de tirailleurs lanternait sans bouger, à peine percevait-on parfois le bruit mat d'un fantassin mal couvert dont le corps, gelé raide, tombait dans la neige. Paulin frissonnait et rouspétait : « Je vous retrouve enfin, Monsieur, après de bien pénibles journées et des nuits affreuses, et voilà que je dois vous perdre ! » Le capitaine prit son valet de chambre par le poignet, l'emmena de fourgon en fourgon pour le placer mais personne ne voulait de lui. A ce moment, des administrateurs et des secrétaires descendirent un perron pour se tasser dans des calèches capotées. Sébastien faisait partie de l'expédition nocturne ; comme il passait sous le falot d'un équipage, le capitaine le vit et l'appela, arrangea l'affaire, et Paulin, cette fois, trouva une place assise. Serré entre les commis, il s'endormit

avant le départ. Parce que dans son sommeil il bredouillait des phrases, il amusa les autres voyageurs
en prononçant d'un ton impérieux : « Cocher, à
Rouen ! »

Les hommes d'Oudinot, convertis en charpen-
tiers, démontaient les isbas de Studenka jusqu'aux
berges du fleuve. Avec des solives et des portes,
d'Herbigny et ses dragons assemblaient deux
radeaux. Quatre cents tirailleurs allaient prendre
position sur l'autre rive où, dans des bois clairsemés, ils avaient repéré des Russes à leurs chapeaux ronds à croix jaune sur le devant. Il fallait
protéger la construction des ponts. Des cavaliers
s'élançaient dans l'eau en soulevant des vagues, le
capitaine les regardait nager en biais, déportés par
le courant ; ils écartaient de leurs lances les glaçons
coupants qui percutaient leurs montures et les bles-
saient aux flancs. A cet exercice, quelques-uns vidè-
rent leur selle et disparurent, surtout vers le milieu
du fleuve, plus profond, où les animaux s'immer-
geaient. Les deux tiers réussirent à gagner la rive
d'en face, les sabots enfonçaient dans la vase.
Les radeaux terminés, grâce aux cordages
apportés par un officier du génie, ils furent poussés
dans l'eau et des tirailleurs d'Oudinot y grimpèrent.
Ils s'assirent sur les poutres, la navigation promet-
tait d'être instable. D'Herbigny monta sur le
premier radeau avec trois de ses dragons. Ils passeraient ainsi, par groupes, craignant sans cesse qu'un
glaçon plus gros ou plus tranchant ne les renverse.
Ils sont partis. Ils rament avec les crosses des fusils

pour contrer le courant, mais l'embarcation dévie quand même ; d'Herbigny et des tirailleurs, baïonnettes dans l'eau, repoussent autant qu'ils le peuvent les blocs de glace qui courent vers eux. L'un de ces blocs, dérouté, se cache sous le plancher du radeau et le secoue, le tourne comme sur un pivot. Les hommes se couchent à plat ventre, ils se retiennent aux nœuds des cordages, reçoivent des paquets d'eau en pleine figure, tiennent bon, finissent par heurter la rive, cherchent à s'y amarrer, envoient des filins aux cavaliers déjà passés qui aident à les tirer. Le second radeau touche terre plus loin en aval. Il n'y a pas eu de mort mais déjà, avec des rameurs, les embarcations malmenées repartent à Studenka. Le capitaine s'interroge :

— Jamais les voitures ni les canons ne pourront rouler dans ce marécage !

— Faudrait prolonger les ponts, lui répond un sous-officier.

— Nous n'aurons pas assez de bois.

— Et la forêt ? Les branches d'arbre, on les cassera, on les posera sur la boue pour que les roues n'enfoncent pas.

Des coups de feu claquent. Des balles s'écrasent autour d'eux dans la fange. Le capitaine lève le nez, distingue deux Russes à l'abri d'un bosquet. Il jure, s'emporte, pousse l'un des lanciers descendu assister au débarquement, lui emprunte son cheval, l'enfourche, sans pouvoir chausser les étriers à cause de ses chiffons aux bottes ; il force le cheval vers le bosquet. Deux Russes courent devant lui ; ils n'ont pas eu le temps de recharger. Il en rejoint un, l'accroche par sa buffleterie, le lève d'un bras, le traîne

244

comme un colis, le ramène, essoufflé mais joyeux de sa prise effondrée dans la vase.

— Ce cochon sait des choses que Sa Majesté sera heureuse d'entendre !

L'Empereur arrivait justement sur la rive gauche qui se peuplait. Il chevauchait à côté du maréchal Oudinot, duc de Reggio, rude mais avide, trente fois blessé et trente fois recousu. D'Herbigny vit les canons des troupes fraîchement arrivées de Lituanie, qui montaient couronner une butte pour garantir Studenka. Il discerna la silhouette longiforme du général Eblé, qu'il avait côtoyé artilleur au siège d'Almeida ; grand, le visage osseux, ses cheveux gris voletaient sous le bicorne. A la tête de ses pontonniers il apportait des forges de campagne, des voitures de charbon, des caissons d'outils et de clous ramassés à Smolensk. Hélas, faute de chevaux, il avait dû brûler ses bateaux, ce qui l'empêchait de jeter un pont flottant, mais l'aurait-il pu ? Le vent se levait, soufflait fort. Sur la rive droite, le capitaine pestait de ne figurer qu'en spectateur, il aurait aimé être utile, partout à la fois, démultiplié. Les Russes campaient sur des hauteurs, sortis du marécage, ils allumaient des feux. En face, les sapeurs et des Polonais augmentaient l'équipe des pontonniers ; ils clouaient des chevalets. D'Herbigny entendait les coups de maillet, le grincement des scies. Studenka finissait par ressembler à un gros tas de bois. Eblé faisait poser un premier chevalet dans la vase ; il s'enfonça sous le regard impatient de Napoléon qu'une rafale manqua désarçonner. Le capitaine repassa donc le fleuve pour livrer son prisonnier ficelé. La traversée s'effectua dans les

mêmes conditions de péril, avec trois rameurs seulement, les dragons. Le vent contrariait le courant,
creusait des tourbillons, le radeau se balançait, des
glaçons continuaient à s'y fracasser, les cordages se
tendaient. Ils faillirent chavirer plusieurs fois. Le
Russe en profita pour ramper sur le ventre. Pendant
que le capitaine détournait les glaçons et que les
autres essayaient de maintenir le radeau à flot, le
prisonnier se laissa rouler dans l'eau noire. D'Herbigny voulut le rattraper de sa main unique.

— Laissez-le, il va vous entraîner !
— Le saligaud !
— Tenez-vous !

Lancé dans le courant, le radeau aborda la rive
gauche par un choc brutal qui assomma le capitaine. Ses dragons le déposèrent sur la neige en le
trouvant bien lourd. L'un d'eux lui distribua des
claques pour le ranimer, cela réussit mais provoqua
sa grogne :

— C'est vous, Chantelouve, qui me giflez ?
— Bien obligé...
— Vous voulez vous battre en duel ?

Encore étourdi, d'Herbigny réalisa la sottise de
ses propos, s'en tira par un « N'en parlons plus... »
et se redressa. Il faisait nuit et des nuages cachaient
la lune. Il ne voyait rien mais il marchait vers les
bruits du chantier. L'Empereur avait interdit les
feux pour ne pas signaler aux Russes la forte
concentration de Studenka. Les pontonniers travaillaient à la lueur lointaine des bivouacs ennemis. Ils
progressaient mètre par mètre sur d'autres radeaux.
Troublés par la montée des eaux, due au dégel, ils
avaient à maintes reprises perdu le gué. Ils avaient

été souvent obligés de se dévêtir, de rentrer dans le fleuve jusqu'aux épaules pour enfoncer des pieux dans une terre spongieuse, attacher, clouer des planches. Certains remontaient en sang sur l'édifice, le dos déchiré par des arêtes de glace.

Pressés pour se tenir chaud sur les banquettes, les coussins et le sol de la calèche couverte, Sébastien et les commis du secrétariat n'avaient dormi que par épisodes, réveillés par le grondement du fleuve, les ordres, le son des marteaux et des maillets, une crampe. Ils avaient réussi à s'assoupir quand un chant insolite les sortit ensemble du sommeil :

— Cocorico ! Cocorico !

— Nous sommes arrivés ? demanda Paulin qui oubliait où il se trouvait.

— Arrivés où ? lui dit un commis.

— Cocorico !

— C'est un coq ?

— Ça y ressemble, monsieur Paulin.

— Sa Majesté possède une basse-cour itiné-rante ?

— Pas du tout, sa viande est transportée dans des saloirs. Un coq salé ne peut pas chanter.

— Cocoricooo !

Dehors, des soldats riaient en se battant les côtes. Ils entouraient le prétendu volatile, un valet en livrée verte galonnée d'or, perruque poudrée ; il sau-tait sur le sol, les jambes repliées sur les talons, et poussait des cocoricos très convaincants. Sébastien demanda en quoi consistait ce jeu. Un caporal lui répondit entre deux hoquets :

247

— S'prend pour un coq. Il est fou.

— On va l'plumer, dit un autre, hilare.

Cela n'amusait guère Sébastien. Il avait noté des cas de délire, depuis plus d'une semaine, mais ils se traduisaient d'une façon moins comique, un hurlement, un discours incohérent, des imprécations ; l'homme s'abattait dans la neige, refusait de bouger et mourait gelé. Le préfet Bausset, que sa goutte faisait souffrir à chaque pas, intervint pour qu'on porte l'hystérique dans la caravane des infirmiers, puis il ordonna aux maîtres d'hôtel d'amener une centaine de flacons de chambertin à Sa Majesté. Le premier pont était achevé, l'Empereur entendait distribuer lui-même son vin aux travailleurs tremblant de froid, qui partaient cent mètres plus haut édifier un deuxième pont.

Les cochers attelèrent leurs voitures, de même les artilleurs leurs canons. Les traînards débouchaient de la route de Borisov, prévenus par une rumeur que le génie installait des ponts ; une affluence de véhicules, de chevaux, de loqueteux s'étalait dans la plaine sans accéder au pont que barraient des grenadiers. Une clameur levée par l'indignation répondit à cet empêchement, comme si la survie ne tenait qu'au passage de cette Bérésina dont les multiples bras enserraient des îlots fangeux. Berthier, Murat, Ney se dépensaient à rameuter les troupes. Oudinot alignait ses régiments en tenue correcte. Les voitures de la maison impériale s'éloignèrent vers l'emplacement du deuxième pont ; des chevalets étaient déjà plantés.

Sébastien ne resta pas dans la calèche, il avait besoin de bouger, s'approcha du nouveau chantier

que l'Empereur ne lâchait pas, debout sur le début
du tablier à peine posé, côte à côte avec le général
Eblé qui coordonnait les travaux. Attachés aux
radeaux, les pontonniers clouaient des poutrelles,
comme cette nuit ils se déshabillaient pour plonger,
tenir des piquets dans la vase, ou bien ils grimpaient
sous les chevalets, agiles comme des acrobates, avec
des clous aux lèvres et le marteau pendu à une
ficelle autour du cou. La température baissait. Les
glaçons n'arrêtaient pas de courir sur les eaux, de
tournoyer, de heurter le bois ou les corps. Un pon-
tonnier poussa un cri, un morceau de glace le pla-
quait contre un madrier, il ouvrit la bouche, jeta sa
tête à la renverse et coula. Ses compagnons ne lui
portèrent pas secours, ils n'avaient pas le temps, ce
pont sur lequel passerait l'artillerie devait être solide
et terminé avant la nuit. Sébastien entendait l'Empereur :

— Eblé, renforcez vos ouvriers avec mes sapeurs.

— Ils ignorent ce travail, sire.

— Vous leur expliquerez, il faut se hâter.

— Et que ça tienne, sire.

— Si vous aviez conservé vos barques, cela nous
aurait simplifié la vie.

— Vous m'avez demandé de les brûler.

— Et ces glaçons !

— Avec du temps, nous aurions bâti une esta-
cade de troncs d'arbres...

Sur la rive droite, des lanciers polonais rentraient
de patrouille, leur officier agitait les flammes multicolores de sa hampe. Quand il parcourut le premier
pont au petit trot, l'ouvrage vacilla. Il longea le

fleuve et le remonta jusqu'au chantier où se tenait l'Empereur.

— Sire ! Sire ! Les Russes !

— Ils avancent vers nous ?

— Ils ont disparu.

— Ils ont filé vers Borisov, dit l'Empereur en souriant, satisfait de sa ruse et de la médiocrité des généraux adverses.

— Tu comprends, Chantelouve, tu comprends pourquoi les blessures qu'ils nous font sont affreuses ?

D'Herbigny avait conservé le fusil de son éphémère prisonnier ; il montrait dans sa paume le calibre des balles prises dans sa giberne.

— Des œufs de pigeon, ouais, pas des balles.

— Et quand vous aurez plus de munitions russes, capitaine ? disait un autre cavalier.

— Quand j'en aurai plus, je m'en serai servi ! J'aurai éclaté des têtes de cosaques !

— Ou d'péquins, mon capitaine, voyez l'foutoir.

A l'entrée du pont achevé, sur lequel défilaient les régiments d'Oudinot, les grenadiers s'efforçaient de maintenir la multitude à distance. Leurs baïonnettes n'impressionnaient personne. Les civils se poussaient entre leurs chevaux et les chariots, il en arrivait sans interruption, ils s'agglutinaient dans la plaine.

Les milliers d'hommes du 2e corps d'armée n'avaient pas encore franchi le fleuve que l'autre pont était terminé. Les véhicules de la maison de l'Empereur attendaient en file l'ordre de passer, l'artillerie se préparait. La Garde se réunissait tandis qu'une division se mettait en place devant le premier pont ; des terrassiers du génie, sous les huées, creusaient une large tranchée pour contenir la foule. Le capitaine et sa brigade se rangèrent à la suite de la Vieille Garde. Caulaincourt donnait ses instructions aux cochers :

— Roulez le plus doucement possible, gardez entre vous une distance, il ne faut pas fatiguer le pont.

— On en a pour des heures !

— Nous avons la soirée et la nuit.

Une calèche s'engagea sur le tablier de sapin. On retenait son souffle, on prêtait l'oreille aux craquements du bois, puis une berline roula à son tour sans dommage. Caulaincourt laissait filer de part et d'autre des voitures les fantassins de la Garde. Ils durent bientôt allumer des flambeaux, et longtemps ils traversèrent la Bérésina avec des aspects de cortège funèbre. Dans la plaine, les désorganisés s'étaient résignés, ils posaient leurs campements autour de chars enflammés.

En levant sa torche contre la vitre d'une calèche, le capitaine aperçut son domestique et il en parut rassuré. Ce brave Paulin... Après tout, ils ne s'en sortaient pas si mal, dans peu de jours ils se reposeraient à Vilna, une ville prospère où chacun pourrait dépenser ses pièces et ses lingots. L'armée russe que Bassano croyait menaçante s'était éloignée. Elle devait grossir les forces de Koutouzov. D'Herbigny allait donc monter sur le pont lorsque la voiture qui le précédait flancha ; une roue avait traversé les planches. Des pontonniers qui veillaient sur les radeaux accoururent consolider le tablier. Le cocher et des fantassins soulevèrent la voiture et la dégagèrent.

Par prudence, les soldats guidaient les équipages à la main, cela réglait leur allure et prévenait les accidents. Les voitures s'engageaient en respectant les intervalles, cependant elles s'entassaient à la sortie : sur la rive droite, le verglas se reformait mais à la longue les roues creusaient le sol, les nouveaux arrivés s'embourbaient, bouchaient la route des forêts. Chargé de la sorte à son extrémité, l'ouvrage résistait mal. Les pontonniers intervenaient à chaque instant pour redresser un chevalet défaillant ou renforcer un assemblage. D'Herbigny avançait au pas, il évitait de lancer le moindre regard à cette eau noire où tournaient des glaçons de belle taille. Quelquefois l'un de ces blocs cognait une poutre, le tablier tanguait. Le capitaine avait parcouru la moitié du pont quand, juste devant lui, une berline s'immobilisa ; l'un de ses chevaux s'était abattu. Le cocher et les passagers coupèrent les sangles qui retenaient l'animal et le poussèrent dans l'eau, soulevant une haute gerbe d'écume.

Le craquement des poutres devenait inquiétant. Le capitaine prit l'initiative ; de portière en portière, il commanda aux voyageurs, pour leur sécurité, de continuer à pied la traversée. Il allait cogner à la vitre de la calèche des secrétaires, dont les chevaux piaffaient dangereusement, lorsque le tablier se fendit ; les chevaux se prenaient les paturons entre les troncs, la voiture versa dans le fleuve. Des dizaines de torches éclairaient le drame.

— Paulin ! cria le capitaine.

Les pontonniers poussaient un radeau près de la voiture ; elle naviguait de travers, tailladée par la glace, retenue par un chevalet qu'elle finirait par emporter dans le courant ; tout allait crouler. D'Herbigny confia sa torche ; d'une seule main, il se pendit au rebord pour poser un pied sur la caisse de la voiture couchée. Il brisa la vitre du talon. Sur le flanc horizontal de la calèche, le capitaine plongea un bras à l'intérieur, poussa le loquet, ouvrit la portière. Dedans, des ombres s'agitaient, des mains se tendirent. Les grenadiers lançaient des cordes, des pontonniers ramaient vers l'accident. Chaque passager qu'on sauvait fut hissé sur le pont. Où était Paulin ? Et Monsieur Roque ? D'Herbigny passa le bras, palpa au hasard, réclama une lanterne pour visiter l'intérieur de la calèche. Il n'y avait plus personne.

— Monsieur !

Paulin était assis au bord du pont avec Monsieur Roque et des commis ; avisés du danger éventuel, ils avaient préféré marcher derrière la voiture. Sébastien se pencha :

— Monsieur d'Herbigny, regardez si vous ne voyez pas un sac en cuir brun. J'y range mes livres.

Le capitaine fit semblant de chercher mais il pensait que ce jeune Monsieur Roque, même s'il était son voisin de Normandie, avait un joli toupet.

Sébastien et le personnel impérial frissonnaient autour d'une flambée, à l'orée d'un petit bois d'où ils dominaient la Bérésina. La traversée lente de l'armée n'avait pas cessé, colonne après colonne, éclairée au matin par un ciel blanc. Le pont des voitures s'était rompu cent fois et Sébastien, tout compte fait, préférait son rôle de secrétaire au travail pénible des pontonniers, toujours dans l'eau glacée sans une plainte, qui réparaient, rafistolaient, dont dépendait le sort commun.

A la tête des ponts, les grenadiers peinaient à empêcher une population considérable et houleuse de changer de rive en profitant des rares instants où, entre deux bataillons, la voie demeurait libre, mais l'armée avait la priorité et le faisait sentir. Des généraux fendaient la foule à coups de bâton, de plat du sabre, de crosse. Sébastien crut remarquer Davout à cheval ; il manqua périr aplati entre deux voitures ; il ramassait ses soldats noirs et décharnés, il s'enfonçait dans la masse des véhicules, des chevaux, des hommes et des femmes en colère. Détaillant le fourmillement des égarés devant le fleuve, Sébastien espérait tomber par hasard sur Mademoiselle Ornella, mais à quoi ressemblait-elle aujourd'hui ? Avait-elle survécu ? Quelque chose lui disait qu'elle se débattait dans cette cohue. Il voulait s'en assurer. Il tourna les talons, se dirigea vers le hameau de trois maisons où l'Empereur se reposerait la nuit prochaine. Il entendit des cris étouffés, des appels au secours. Un voltigeur se lamentait à plat ventre. Trompés par l'obscurité, avant l'aube, ses amis étaient tombés au fond de puits profonds, cachés sous la neige, qu'avaient creusés les paysans.

— Vous ne leur envoyez pas une corde ?

— Toutes les cordes servent aux ponts.

— Votre ceinturon ?

— Je n'arrive pas jusqu'aux camarades.

— Des branches ?

— Elles cassent.

— On ne peut rien faire...

— Si, regardez où vous mettez les pieds, prenez garde à ne pas tomber dans un de ces fichus trous !

Des lanciers, enroulés dans de grosses couvertures, fumaient la pipe devant un tas de braises. Ils avaient attaché leurs montures aux sapins.

— Pouvez-vous me prêter un cheval ? demanda Sébastien.

— Pour aller où ?

— Près des ponts.

— Et si on le revoit pas, le cheval ?

— Prêtez-le-moi en échange de ceci...

Sébastien montrait un diamant qu'il tenait entre deux doigts. C'est tout ce qu'il possédait, ces diamants du Kremlin. Les lanciers se lissaient la moustache, doutaient, hésitaient. L'or, l'argent, les pierres précieuses, ça ne servait à rien dans ce désert glacé. L'autre jour, Sébastien avait vu un isolé, posé par terre comme un mendiant ; il cherchait à échanger un lingot contre du pain mais les gens passaient devant lui sans s'arrêter : un lingot d'argent, ça ne nourrit pas. L'un des lanciers accepta. Il était lieutenant et possédait deux chevaux. Il céda à Sébastien celui de son domestique, une jument mouchetée.

Sébastien couvrit au trot les deux cents mètres qui le séparaient de la berge. Il prit le pont avec des précautions, les chevalets s'enlisaient, les planches du tablier baissaient au ras des flots, toujours battues par la glace. Sur la rive gauche, couverte de voitures, la masse des réfugiés était si dense qu'elle n'avançait plus d'un pouce. Les berlines et les chariots coinçaient leurs roues, les postillons hurlaient, fouettaient autour d'eux, la foule compacte piétinait. Sébastien réalisa sa bêtise. Que venait-il faire ici ? Il avait déjà échappé à un incendie, au froid, à la faim, à la noyade, aux cosaques, et il retournait de son plein gré se mêler à des civils qui ne passeraient jamais la Bérésina indemnes ? Il scrutait les visages des plus proches, espérait apercevoir une chevelure noire qu'il reconnaîtrait. L'Empereur traversait à cheval le deuxième pont avec la Jeune Garde, et les canons d'Oudinot dégringolaient de la colline d'où ils avaient balayé les marais.

— Si vous rentrez dans ce magma, monsieur, la foule va vous avaler, et sait-on si vous reviendrez entier ?

L'officier qui commandait le piquet des grenadiers avait remarqué la cocarde au chapeau de Sébastien, il tenait à l'avertir. Le jeune homme n'avait aucun besoin de ce type de conseil, il constatait la catastrophe mais une force le poussait, ou sa mauvaise conscience.

— Je risque, dit-il.

— C'est le mot.

— Service de l'Empereur !

— J'avais compris.

Les rangs s'ouvrirent et Sébastien entra dans le chaos. Les voitures enchevêtrées empêchaient l'accès aux ponts. Accablés, les réfugiés se préparaient à camper une seconde nuit dans la plaine blanche. Sous les insultes, Sébastien écartait ce peuple en observant du haut de son cheval, mais rien, aucune chevelure noire. Si, près d'une berline, de dos, une femme brandissait une torche de paille.

Sébastien cria le nom d'Ornella mais la femme ne se retourna pas. Du poitrail de sa jument il se fraya un chemin, parvint à la berline qui commençait à brûler. La femme se retourna enfin. Ce n'était pas la comédienne. Il voulut faire volte-face avant la nuit. La neige se mit à tomber lentement sur les feux.

— Je ne comprends rien à ces Russes !
— Ils se concentrent sur Borisov, sire.
— Enfin ! Ils auraient pu nous couper la route ! Ils sont aveugles ou idiots ? Que reste-t-il de notre armée à Borisov ? Une division !
— Ils manœuvrent peut-être sur nos arrières...
Une vibrante explosion leur coupa la parole, puis une autre, très rapprochée. Napoléon noua son bonnet, sortit de la cabane, entraîna son état-major sur une éminence boisée. La neige tournoyait lentement mais il discernait les points rouges des feux qui mouchetaient la plaine. Les réfugiés brûlaient ce qu'ils pouvaient ; par mégarde, par ignorance, ils avaient fait sauter des caissons de poudre. Les imprudents avaient dû être déchiquetés, nombre d'entre eux blessés par des éclats. L'Empereur écoutait le grondement de plusieurs milliers d'êtres affolés, des appels de détresse portés au loin. D'autres sons, plus éloignés, plus sourds, plus réguliers, parvenaient à travers la forêt ; un aide de camp envoyé par Oudinot permit de les localiser : une armée russe canonnait le 2e corps d'armée sur la rive droite. L'Empereur fit battre le rappel de la Garde, se hissa à cheval et, dans le carré de son

257

escadron sacré, se porta au-devant de la bataille. Les bruits de la guerre le ranimaient, qu'il préférait à l'incertitude. Les choses devenaient franches.

La forêt. Ce n'étaient pas des arbres mais des colosses, espacés, innombrables, entre lesquels galopaient des cuirassiers. Les régiments d'Oudinot subissaient la canonnade, les branches géantes, hachées par les obus, leur pleuvaient sur la tête, en écrasaient quelques-uns. Quand l'Empereur atteignit le quartier général d'Oudinot, sous la futaie, le maréchal venait d'être gravement blessé à l'aine ; des tirailleurs le portaient à l'arrière sur un lit de branches.

— Que Ney le remplace !

— Sire ! Nos cuirassiers ont partagé en deux l'armée de Moldavie !

— Attaquez ! attaquez !

— Sire ! Le maréchal Victor arrive de Borisov !

Les bataillons confiés à Ney, Napoléon regagna sa cabane. Le maréchal Victor, duc de Bellune et ancien général de la Révolution l'y attendait, une manche déchirée, ses mèches en boucles collées au front et aux tempes.

— Vous vous êtes battu ?

— Contre deux armées russes, entre Borisov et Studenka, mais j'ai réussi à les écarter, me voici.

— A quel prix ?

— En sauvant quatre mille hommes après avoir supporté des heures la mitraille, mais...

— Mais quoi, monsieur le duc ?

— Le général Partouneaux...

— Tué ?

— Non, sire. Il était resté en diversion à Borisov,

il devait me rejoindre à Studenka, il s'est trompé de route à une bifurcation.

— Il a laissé massacrer sa division, ce crétin ?

— Non, sire, il s'est rendu.

— Le lâche ! S'il manquait de courage, il n'avait qu'à laisser faire ses grenadiers ! Un tambour aurait battu la charge ! Une cantinière aurait crié *Sauve qui peut !*

— Les hommes qui me restent...

— Qu'ils passent au plus vite la Bérésina.

— Ils sont en train de passer, sire, malgré la pagaille.

— Qu'ils se remuent ! Les Russes sont à vos fesses, ils ne vont pas tarder, dès le jour nous allons les voir paraître sur les collines de la rive gauche. Berthier ! Prévenez Eblé, qu'il brûle les deux ponts à sept heures du matin. Caulaincourt ! Qu'on aille reconnaître la route de Vilna.

— C'est fait, sire.

— Praticable ?

— Pour l'instant, oui, mais ce n'est pas vraiment une route, plutôt une levée au milieu des marais, des ponts étroits, des passerelles qui enjambent des quantités de ruisseaux. Une touffe d'ajoncs enflammés suffirait à nous l'interdire.

Au milieu de la plaine, séparés de leurs compagnons par une poussée, frigorifiés, blancs de neige, Ornella et le docteur Fournereau grimpèrent sur une berline dont le voiturier fouettait comme un diable son attelage ; les chevaux remuaient leurs crinières, se cabraient dans leur harnachement, chamboulaient des grappes de fuyards qui tombaient sous leurs sabots. La neige avait cessé avec le jour, le vent froid doublait de violence. Juchés sur le toit de la voiture, Ornella et le docteur apercevaient les ponts. Celui de gauche venait de casser sous le poids des canons de Victor. Entravés par les cadavres, les équipages se rompaient entre les planches disloquées. Le fleuve roulait des corps ventre en l'air, des chevaux ; des coffres surnageaient entre les cubes de glace. Face à une muraille de roues, de bagages et de morts, les fugitifs se reportaient vers l'autre pont. Dans ce mouvement contradictoire, beaucoup s'abîmaient dans l'eau, beaucoup y plongeaient, une vivandière s'y engloutit en tenant un bébé dans ses bras tendus au ciel. Des étourdis sautaient sur des plaques de glace qui s'ouvraient sous eux, le courant les emmenait, ils rejoignaient en gueulant des objets promenés à la surface. Lancée sur la berge, une voiture de blessés disparut à toute allure dans la vase. La berline à laquelle se cramponnaient Ornella et Fournereau cassa un essieu, écrabouilla dans sa chute des traîneurs qui n'avaient pu se garer. Projeté contre l'armature d'une carriole, le docteur se cogna la nuque ; il saignait. Ornella pensait : « Ne lâche pas prise ! ne lâche pas prise ! » Ses doigts gelaient, elle glissa.

Soulevée par le flux, elle avait perdu le docteur. Déjà loin, il tourne la tête pour la chercher mais l'emprise est trop forte, les fuyards sentent le danger sans pouvoir y parer, serrés les uns contre les autres, condamnés à se mouvoir vers le pont ; ils déferlent avec l'énergie d'une avalanche broyant les obstacles dans sa coulée. Ils foulent les morceaux calcinés des caissons explosés cette nuit, ils foulent des membres arrachés, noirs de poudre et sanglants, des torses coupés par les roues, de la chair mal identifiable, des chiffons, des casques cabossés, une botte cuite par la neige et sans semelle. A l'entrée de ce fameux pont ils deviennent féroces, la voie se resserre mais ils veulent passer en même temps ; des déserteurs, mauvais comme des teignes, lardent de leur baïonnette qui s'oppose à leur progression. Ornella ne touche plus terre, elle se balance entre des épaules, distingue le docteur sur le tablier surchargé. Ce pont n'a pas de rebord, Fournereau bascule, se retient par les mains au tablier de sapin, pendu dans l'eau, choqué par des billes de glace ; il doit crier lorsqu'un chariot roule sur ses doigts crispés. Des Allemands retardataires de Victor cinglent de leurs cravaches les malheureux ; une femme s'agrippe à la queue d'un cheval que le cavalier tranche au sabre pour s'en libérer ; la foule lui passe dessus. Sur la rive droite, les soldats du génie attendent devant des braseros l'ordre d'incendier.

Les cosaques se montrent sur les collines et l'artillerie de Koutouzov se dispose à tirer. Des obus éclatent au hasard dans la foule impuissante, la panique s'accroît. Des furieux s'égorgent pour atteindre le pont, des blessés quittent leurs ambulances, une manche sans bras flotte. Un retour brutal de la masse fauche un homme au front bandé. Ornella bondit, le visage déformé par la peur, les yeux fous ; elle monte sur un monceau de cadavres mais quand elle pose le pied sur l'un de ces morts présumés, qui respire, il lui saisit la cheville ; elle partirait en arrière si le flot des réfugiés n'était pas si épais. Un boulet tombe sur des charrois, Ornella reflue avec l'ensemble, prise en étau, suffoquant. Le vent siffle. Les boulets s'écrasent. Les ponts s'affaissent. Lorsque les soldats de la rive droite mettent le feu, le choix devient simple : brûler ou se noyer. Les plus proches se précipitent à travers les flammes qui prennent aux bagages abandonnés, aux madriers, aux charrettes déglinguées, aux tabliers de bois. Un grand homme en manteau blanc s'embrase. Des Croates se retiennent aux chevalets, osent passer dessous, reçoivent sur la tête des planches en feu. Des groupes se lancent sur les pièces de glace, d'autres nagent quelques mètres avant de disparaître dans les eaux troubles ; d'autres se laissent étrangler entre deux glaçons. Un courant de foule éloigne Ornella, elle trébuche avec cent personnes sur des carcasses de voitures ; ils tombent pêle-mêle, s'étouffent, se frappent. Ornella s'évanouit.

Elle ouvrit les yeux quand elle sentit qu'on lui arrachait ses fourrures ; elle ouvrit les yeux sur son détrousseur, un Asiate à la moustache longue et fine, en bonnet d'astrakan. Le cosaque la releva par les cheveux. Autour d'elle, ces barbares dépouillaient les prisonniers de vêtements qu'ils empilaient sur leurs selles.

CHAPITRE VI

L'échappée

Ils s'éloignaient des cosaques par la route de Vilna, la seule, entre des forêts immenses et des lacs pris par la glace, sur des ponts indigènes au-dessus de rivières et de ruisseaux sans nombre. Au départ de la Bérésina ils avaient peiné dans la tourbe, couvert le chemin avec des branchages pour faciliter la circulation des canons et des voitures, mais les chevaux s'y embarrassaient, ils en perdirent encore. Tombant de dix-huit degrés, le froid durcit alors le sol, consolida la route et servit l'Empereur ; sans cela, il aurait laissé dans les marais la totalité de ses équipages. L'avancée devint régulière. Il n'y avait plus d'isolés, ils marchaient en groupes soudés, se forçaient mutuellement à poser un pied devant l'autre. La nuit, ils se relayaient pour somnoler, jamais plus d'une demi-heure d'affilée sous peine de geler sur place.

— Paulin, nous nous rapprochons de Rouen !
— Je ne vois pas si loin nos clochers, Monsieur.
— A quoi d'autre penser, sapristi !
— A une bonne paire de bottes fourrées.

— Nous en achèterons à Vilna.

— Vous disiez la même chose avant Smolensk, avant Krasnoïe, avant Orcha, et puis quoi ?

— Vilna est en Lituanie, chez les civilisés.

— Si les Russes nous permettent d'y arriver...

— Les Russes ? Ils sont loin derrière et ils sont aussi congelés que nous, va !

— Monsieur, permettez-moi de vous signaler que je m'en contrefiche et que ça ne me réchauffe pas le sang. Je crois coaguler de l'intérieur, moi.

Après son offensive réussie contre l'armée russe de Moldavie, le maréchal Ney avait capturé deux mille soldats en piètre état. D'Herbigny les avait vus ; à force de marcher, ils avaient usé leurs pantalons à l'entrejambe et l'air glacial les mordait aux cuisses. Leurs gardiens les laissaient s'évader : que ces bougres aillent crever dans les bois.

— La nuit tombe, Monsieur, et je vois une fumée.

Ils étaient sortis de la zone des marais, pouvaient quelquefois s'écarter de la route pour lancer des maraudes armées contre des villages paisibles. L'autre jour, les dragons en étaient revenus avec des traîneaux de viande salée et de farine. Ces provisions avaient été vite englouties mais les traîneaux, poussés à la main, portaient les plus faibles. Le capitaine regarda d'un œil triste les cinquante cavaliers à pied qu'il nommait sa brigade.

— Vers la grange, les enfants.

Paulin avait repéré cette grange couronnée de fumée grise. Ils s'y dirigèrent donc, sans méfiance puisque les paysans de la région n'étaient plus des ennemis, même si les pillages qu'ils devaient supporter ne leur rendaient pas aimable la défunte Grande Armée. Les occupants de la grange avaient bloqué la porte, les dragons ne réussirent pas à la forcer. Le cavalier Chantelouve fit remarquer à son capitaine que le tronc d'un sapin couché dépassait par une ouverture latérale.

— Ceux-là, ils ont pas hésité, ils ont abattu un arbre et y ont flanqué le feu sans le découper.

— Sont peut-être asphyxiés, mon capitaine ?

— Elargissez-moi cette ouverture, tas de raisonneurs !

Les dragons s'y employèrent et le capitaine se glissa le premier sur ce qu'il prit pour une accumulation de sacs. Il avisa des barbus qu'éclairait en rouge la portion du sapin où un feu timide avait pris ; cela sentait fort la résine et fumait. Des formes surmontaient les tas et rampaient comme lui vers ce mauvais bivouac dont l'unique intérêt était de se consumer à l'abri. La montagne de sacs n'était pas régulière, d'Herbigny y roula dans une sorte d'intervalle, posa la main pour se hisser sur un objet glacé et dur ; il le tripota, toucha une coquille de pierre, non, une oreille, et la proéminence d'un nez, un visage froid. Il tressaillit. Ce n'étaient pas des bagages ni des sacs de grain mais des soldats morts par centaines que le gel avait raidis avant qu'on allume ce satané feu. Ils obstruaient les portes. Les moins paralysés sortaient des tas comme des reptiles, un temps protégés par ces corps qui leur avaient servi d'édredons. Ils serpentaient à la surface, quelques-uns réussissaient avec une branche à enflammer une autre partie du tronc, l'écorce grésillait, les aiguilles de pin volaient comme des étincelles, les hommes soufflaient pour attiser, cette flambée monta vers le toit qui se mit à brûler, jetant partout des torches de chaume. Le capitaine, sur les coudes, se dépêcha vers la brèche par où il était entré, poussa les dragons qui l'avaient suivi, déjà les poutres de la soupente craquelaient. Dehors, dans la neige, des ombres avançaient vers la grange embrasée qui leur permettrait de ne pas mourir de froid.

Sous les couvertures et les pelisses blanches, on ne différenciait plus les généraux des simples soldats ni les hommes des femmes. Ils marchaient d'un pas lent et appuyé, résistaient à la tentation de monter sur les derniers chevaux ou dans les voitures ; les médecins étaient formels : l'immobilité tuait à coup sûr, ils devaient se déplacer à pied, éviter l'engourdissement. Sébastien avait noué un mouchoir sur sa bouche et son nez pour que son haleine ne gèle pas. L'air vif picotait les yeux, y faisait monter des larmes vite changées en glaçons. Le baron Fain retenait son commis par le bras, qu'il puisse avancer en se couvrant les yeux d'une fourrure, attiédir ses paupières et les décoller. Sébastien lui rendait le même service quelques mètres plus loin. Ils avaient dépassé la grange incendiée, buté sur des corps décolorés, sans bottes ni manteaux, récupéré une carnassière qui contenait un quignon de pain de seigle. Lorsqu'ils virent la berline vert olive de Sa Majesté devant une grosse maison de bois, ils surent qu'ils allaient pouvoir se reposer un moment. Le cocher sortait la botte de foin qu'il avait fourrée sous sa banquette, il la partageait entre les quatre chevaux poussifs. A côté, sous un préau, des ouvriers avaient allumé leur forge de campagne. Ils arrangeaient des fers pendant la nuit, travaillaient avec des gants mais s'interrompaient pour se frotter les mains ; le charbon incandescent brûlait sans chauffer. Le baron et Sébastien entrèrent dans la maison à la suite du personnel. Tout le quartier général s'y empilait. Le poêle traditionnel fonctionnait mal ; le bois était humide, le charbon réservé à la forge et mesuré depuis Smolensk.

Accrochées aux murs par des ficelles, trois lanternes faibles éclairaient le dortoir. Le baron et Sébastien s'étendirent à côté de leurs semblables, officiers ou valets, sur le flanc pour occuper moins de place, entre un ventre et un dos sans pouvoir se gratter ni écraser les familles de poux qui les tourmentaient sous le linge. Sébastien s'était accoutumé à la saleté, à ces démangeaisons perpétuelles, et il avait tellement sommeil. Il s'abandonnait quand un cri déchirant lui fit rouvrir les yeux en grand. Il avait reconnu la voix flûtée du préfet Bausset : « C'est horrible ! C'est un assassinat ! » Dans la pénombre, un maladroit lui avait marché sur le pied, et il souffrait d'une goutte cruelle depuis Moscou. Des éclats de rire répondirent à ces plaintes, chacun s'esclaffait devant une situation et des mots si décalés, Bausset lui-même s'en rendit compte et rit à l'unisson, comme Sébastien dont les lèvres crevassées en saignèrent. Passé cette minute d'hilarité bienfaisante, ils replongèrent dans leurs rêves pour des heures de répit.

Les mêmes images, les mêmes voix s'enchaînaient

267

dans le sommeil de Sébastien Roque. Ornella habi-
tait ses nuits de repos. Il s'offrait le beau rôle, prolongeait des instants vécus, les modifiait à son
avantage ; il était courageux, quand il dormait. Il se
revoyait dans la loge du théâtre de Moscou, et elle,
devant la scène, narguait les soldats déchaînés, gros-
siers, bruyants. Ornella dépoitraillée les toisait, son
regard avait croisé celui de Sébastien, et lui, sans
hésiter, il avait sauté près d'elle, repoussait les gueu-
lards qui renversaient les bougies de la rampe pour
monter jusqu'à l'actrice. « Maintenant il faut vous
rhabiller », lui disait-il, et, sans transition, conforme
à la logique décousue d'un rêve, il lui posa sur les
épaules un renard argenté qu'il venait de payer avec
ses diamants *A la Reine d'Espagne*, une boutique
parisienne à la mode. « Avec ce bibi, vous serez
éclatante ! » Il lui mit comme une couronne un petit
chapeau, caressant ses boucles noires. Ils déam-
bulaient autour des jeunes tilleuls du Palais-Royal
qui ressemblaient à des plumeaux, rencontrèrent
Madame Aurore au bras du baron Fain. La directrice était vêtue en cantinière, avec un tonnelet
d'eau-de-vie en sautoir et un bonnet de police sur le
crâne :

— Partez ! partez ! prévenait la directrice, le feu
est déjà à la Solenka !

— A la quoi ?

— C'est la rue des marchands de poisson salé,
monsieur Sébastien, répondait Ornella en zézayant
un peu.

— Ne m'appelez pas *monsieur* !

— Partez ! partez ! Les cosaques vont débouler !

Ils coururent jusqu'au boulevard du Temple où

la foule des badauds les ralentit. Ces gens étaient insouciants et rigolaient quand Ornella leur parlait des cosaques. Des attroupements, au pied d'estrades : Sébastien et Ornella s'y mêlèrent pour frémir devant l'Incombustible, un bateleur qui buvait de l'huile bouillante, les veaux à deux têtes, la fille barbue, les puces savantes attelées à des chars minuscules.

— Ne craignez rien, Ornella, disait Sébastien, ces gens-là repousseront facilement les cosaques.

— Mais ce sont des monstres...

— Nous sommes tous des monstres, tu sais, dit-il d'un air sombre très étudié pour se donner un genre.

— Même aux Tuileries ?

— Même près de l'Empereur, oui, je t'y emmènerai au prochain bal. Hé ! tu me griffes !

La réalité inspirait le rêve ; une souris courait sur la joue et les lèvres de Sébastien.

Les prisonniers de la Bérésina retournaient en colonnes vers l'intérieur de la Russie. S'ils n'étaient pas officiers, s'ils n'avaient pas été pris par l'armée régulière, ils enviaient les morts. A leur habitude, les cosaques les avaient dévêtus entièrement, ils avaient trié les fripes, plié les fourrures et les cachemires sur leurs selles, rempli d'or les fontes, éparpillé les haillons. Une bande de cavaliers kalmouks encadrait des captifs tout nus qui titubaient sur le sol blanc. Un officier en chapeau à oreillettes, haut et arrondi comme un obus, les cinglait de sa lanière. Le dos et les fesses zébrés, Ornella ne sentait plus ces morsures, elle avait déjà les pieds gelés, les yeux à demi collés par les larmes, de la glace aux cils, aux cheveux, aux poils touffus de son bas-ventre et de ses aisselles, elle avait envie de se laisser tomber, de dormir, de mourir en dormant, insensible, sans s'en apercevoir, mais ceux ou celles qui tombaient étaient aussitôt criblés de flèches ; ces cavaliers portaient à leurs arçons des carquois bien remplis et les envahisseurs n'avaient pas droit à une mort douce par le froid, ils devaient expier l'incendie de la ville sainte. Les Kalmouks se servaient aussi de leurs arcs, par jeu, pour bastonner les défaillants sur le sommet du crâne. Ornella entendit l'officier brailler ; à travers la brume de ses yeux malades elle le vit tendre le bras. Les cosaques se mirent ensemble à crier. Dans la direction indiquée, Ornella eut la vision floue de formes trapues qui sortaient d'une forêt. Ils approchaient, ces êtres barbus, massifs dans des cafetans en peau de mouton. Des faux, des haches, des gourdins à la main ou sur l'épaule, ils approchaient encore. Alors l'officier tourna bride et entraîna ses cosaques. Il livrait les prisonniers aux moujiks.

Par instinct, les captifs se serraient entre eux mais les paysans les séparèrent en les frappant, les alignèrent sur une seule et longue file. Ils s'emparèrent d'un bébé mort que sa mère pressait contre elle, le lancèrent dans la neige, la femme poussa une interminable plainte ; elle reçut un coup de bêche dans le ventre, se tortilla par terre en y laissant une trace rouge. Les paysans ne l'achevèrent pas et les prisonniers repartirent en cortège, cognés dans les reins avec les bâtons ou les manches des faux. Ils atteignirent ainsi la forêt, traversèrent des buissons épineux qui les égratignaient. Ornella avançait, elle regardait ses jambes où perlait du sang, comme s'il s'agissait d'objets qui ne lui appartenaient pas. Au bord d'une clairière, des bûcherons s'échinaient à la hache contre un sapin, ils entamaient la base du tronc, des copeaux volaient, ils frappaient en cadence et ces coups résonnaient, réguliers, obsédants, sans relâche. Que voulaient les Russes ? Allaient-ils disposer leurs prisonniers sous cet arbre, les écraser dans sa chute ? Une centaine de villageois vinrent s'attrouper au centre de la clairière où les prisonniers attendaient debout de connaître leur sort. La plupart des hommes portaient des casquettes sur leurs cheveux longs, des pièces de toile aux genoux de leurs pantalons, pétoires en bandoulière, des femmes en fichus, tous chaussés de souliers en écorce tressée qu'entouraient des bandelettes de couleur. Lorsque le sapin s'écroula, les moujiks l'ébranchèrent à la hache. En un rien de temps le tronc devint lisse et les villageois y menèrent les prisonniers nus, cinquante hommes et femmes abîmés par le gel, abrutis, dociles. Une paysanne sans dents saisit Ornella par le cou, elle lui posa la nuque contre le tronc, les yeux au ciel. Tous les captifs se retrouvèrent couchés dans la même position de part et d'autre du fût. La cérémonie pouvait commencer.

Ornella pensa que dans cette posture le gel allait bientôt la délivrer, mais les moujiks allumaient des grands feux avec les branches coupées. Une douleur soudaine la parcourut, comme si sa tête éclatait. Le tronc vibrait. Les paysannes hurlaient des chansons

271

qu'elles rythmaient en tapant l'arbre avec des bâtons de toutes leurs forces, de toute leur rage. Les chocs se répercutaient au long du sapin et sonnaient dans les cervelles des prisonniers, et elles frappaient, et elles chantaient comme des furies, et ce martèlement crispait Ornella allongée dans la neige, muette, réfugiée dans cette lancinante souffrance qui ajoutait des frissons aux frissons du froid. Les moujiks surveillaient la bacchanale en fumant la pipe, tranquilles comme des gens qui exécutent une volonté divine. Excités contre les Français par leurs popes, ils les assassinaient lentement au nom de Jésus-Christ, du Tsar et des saints de l'Eglise orthodoxe. Et les mégères battaient, battaient avec haine en beuglant des chants patriotiques.

Au début du mois de décembre, malgré le froid intense, Napoléon était d'heureuse humeur. Il recevait des informations encourageantes. Quatorze courriers successifs, jusque-là bloqués, lui donnaient un aperçu du climat en France ; Malet et ses complices avaient été fusillés dans l'indifférence, et en l'absence de nouvelles certifiées, les Parisiens minimisaient les désastres de l'armée. De Bassano, son gouverneur, il apprenait que les magasins de Vilna regorgeaient de vivres et de fournitures à deux marches de distance, que les armées russes se rapprochaient mais nos alliés autrichiens aussi. Seule manquait à sa quiétude cette cavalerie légère polonaise qu'il réclamait depuis des semaines et que Bassano tardait à constituer faute de moyens.

Dans la pièce sombre du quartier général, le pre-

272

mier valet Constant brûlait de minces lattes rési-
neuses qu'il plantait dans un bloc de bois en guise
de chandelier ; il fallait renouveler l'opération toutes
les cinq minutes mais c'était ainsi qu'on s'éclairait
en Lituanie. La lumière se reflétait en rougeoyant
dans les lunettes rondes de Davout, sur l'or des
brandebourgs de Murat, la coiffure poudrée de Bessières, sur Lefebvre, sur les épais favoris et les cheveux roux de Ney, le museau renfrogné de Berthier,
sur ce grand échalas de Mortier et la calvitie nais-
sante du prince Eugène.

— Nous allons vers nos renforts, disait l'Empereur, les Russes s'éloignent des leurs. La situation se
redresse. Berthier, avez-vous envoyé l'un de vos
aides de camp à Paris ?

— Montesquiou est parti comme convenu.

— C'est-à-dire ?

— Il y a deux jours.

— Il est donc temps que je parte, moi aussi.

L'Empereur expliquait à ses maréchaux qu'il
serait plus utile aux Tuileries qu'à l'armée, pour
lever de nouveaux contingents, contrer les menées
d'une Europe frondeuse. A Vilna, que les hommes
se reposent, se soignent, mangent à leur faim et
s'achètent des vêtements décents. Une semaine de
répit, cela devenait possible et souhaitable. Il expliqua ensuite qu'un 29e bulletin, emporté par Montesquiou, allait être publié à Paris ; il y décrivait
presque la réalité. Il devait rentrer pour en réduire
l'effet, rassurer ses sujets par sa présence. Il
demanda au baron Fain d'en rendre compte, celui-
ci pria son commis de le communiquer. Sébastien
commença à lire ce texte qu'il avait contribué à

273

rédiger et dont il gardait une copie dans un porte-feuille du secrétariat : *Jusqu'au 6 novembre le temps a été parfait, et le mouvement de l'armée s'est exécuté avec le plus grand succès. Le froid a commencé le 7 ; dès ce moment, chaque nuit nous avons perdu plusieurs centaines de chevaux qui mouraient au bivouac.* S'ensuivaient des détails sur la stratégie des Russes, la chute du thermomètre, la perte totale de la cavalerie et des voitures. L'Empereur accusait l'hiver. Il méprisait les cosaques en termes rudes. Le bulletin fatal s'achevait comme le précédent par des considérations sur sa parfaite santé. Le ton ne masquait pas une déroute, et cela produirait un gros effet en France. Les maréchaux en convenaient.

— Quand partons-nous, sire ? demanda Berthier.

— Je pars cette nuit mais sans vous. Par son rang, le roi de Naples me remplacera et vous vous tiendrez à sa disposition. L'armée a besoin de son major général.

— L'armée...

Berthier et Murat avaient pâli. Le premier regrettait son million et demi de rentes, ses terres de Grosbois, son hôtel parisien dont il ne profitait jamais ; le second ne songeait qu'à reprendre en main son royaume laissé en régence à Caroline, qui devait abuser, prier chaque matin pour qu'il ne revienne jamais de cette malencontreuse expédition. Napoléon sortit après avoir décidé. Murat grognait :

— Et je dois commander une armée qui n'existe plus ?

— Obéis, disait Davout. Tu es roi comme je suis prince.

— Ah non ! Naples est une réalité, pas ta principauté de fantaisie, ton titre vide !

— C'est toi qui es vide !

— Bernadotte avait raison !

— Il a trahi.

— Il règne sur la Suède !

— Parce qu'il a été élu par la Diète de Stockholm !

— Je dois penser à mon peuple !

— Tu penses surtout à ton trône !

— Oui !

— Nous sommes ici pour obéir !

— A qui ?

— A l'Empereur qui t'a couronné !

— Cette couronne, elle est sur ma tête !

— Ingrat !

— Nous afons suborté le pire, dit Lefebvre pour éteindre la querelle. A Filna, nous serons saufés.

— Sauvés ? Combien de temps ? soupirait un Berthier très abattu.

Constant et des valets bouclaient les sacs ; Sébastien aidait le mamelouk Roustan à répartir soixante mille francs en or dans un compartiment du nécessaire de Sa Majesté, dans un double fond, dans une chocolatière en vermeil. Roustan ferma le tout à clé. Le grand écuyer paierait sur cette somme les dépenses du voyage aux relais où il avait déjà envoyé des émissaires. Caulaincourt, justement, activait les préparatifs du départ, prévu à la nuit. Un peloton de chasseurs à cheval de la Garde, manteaux vert foncé, kolbacks d'ourson noir, partiraient en premier pour ouvrir la route ; on y signalait des cosaques. Puis un traîneau emporterait

275

un comte polonais, ordonnance de l'Empereur qui ferait office d'interprète, avec un piqueur. Pendant la journée, en ville, Caulaincourt avait acheté des petits chevaux lituaniens pour compléter l'attelage des trois voitures. Napoléon emprunterait le coupé en compagnie de Caulaincourt ; Sébastien et Roustan y rangeaient des provisions. L'Empereur monta dans le coupé, enveloppé de laine, il s'installa, ouvrit un sac d'ours pour s'y glisser, des gouttelettes glacées aux sourcils et sous le nez. « Allons, monsieur le duc ! » dit-il à Caulaincourt. Roustan se jucha sur la planche du laquais. Sébastien allait descendre quand le grand écuyer l'invita à demeurer dans la voiture :

— Puisque vous êtes là, monsieur le secrétaire, restez-y.

— Je voyage avec Sa Majesté ?

— Si Elle a besoin de dicter une lettre, nous vous aurons sous la main.

— Je n'ai pas prévenu le baron Fain, et...

— Et ce n'est pas grave. Dans quelques heures il nous suivra à bord de la troisième voiture, avec Monsieur Constant et le docteur Yvan.

Ils parlaient, la température était basse, leur respiration se condensait en montant sous l'impériale qu'elle couvrait d'un givre dur. Avant même que le coupé ne démarre, lors de cette conversation à mi-voix, Napoléon s'était endormi d'un sommeil lourd. La lune sur la neige éclairait la route mais Sébastien n'en voyait que la lueur laiteuse, à travers la buée des carreaux. L'Empereur dormait, Caulaincourt claquait des dents, Sébastien réfléchissait à la bizar-

276

rerie de sa fortune ; il ne tarda pas à sombrer lui aussi.

L'officier d'ordonnance qui précédait le coupé en traîneau secoua tout le monde à la ville suivante. La veille au soir, les cosaques avaient attaqué, une fusillade les avait mis en fuite, ils bivouaquaient à l'ouest de la route qui menait à Vilna.

— Quelle heure est-il ? demanda l'Empereur.

— Deux heures du matin, sire. Voulez-vous attendre le jour ? Voulez-vous que le commandant de la garnison envoie une patrouille en reconnaissance ?

— Non, ce serait nous désigner.

— Les Russes, cette fois, nous devancent sur la gauche.

— Quelles troupes, dans ce poste ?

— Des Polonais, des Allemands, trois escadrons de lanciers...

— J'aurai une escorte ?

— Des lanciers, sire.

— Ils sont prêts ?

— Oui.

— Disposez l'escorte autour de la voiture, nous repartons sur-le-champ.

— Dans la nuit noire ?

— Il faut toujours compter sur sa bonne chance, sans elle on n'arrive jamais à rien.

L'Empereur passa par la portière ses pistolets et dit à son interprète :

— Comte, si vous croyez le danger certain, tuez-moi, ne me laissez jamais prendre.

Le traîneau, le coupé et l'escorte d'une centaine de lanciers polonais partirent aussitôt en direction de Vilna. Loin, à gauche de la route, on apercevait les feux des cosaques, mais par ce froid, au milieu de la nuit, ils n'auraient pas l'idée de s'aventurer. Comment sauraient-ils que Napoléon s'échappait vers le Niémen ? Les seuls bruits venaient des chevaux qui tombaient, terrassés par le gel. Ils étaient cent au départ, à l'aube il n'en restait que trente-six. Le thermomètre marquait vingt-huit degrés sous zéro.

Par sécurité, l'Empereur désirait voyager incognito. Il refusa d'entrer à Vilna où des habitants, le reconnaissant, ne pourraient s'empêcher de bavarder, et la rumeur de ces bavardages viendrait aux Russes. Il consentit toutefois à s'arrêter une heure dans une modeste maison des faubourgs. Roustan en profita pour lui raser le menton, et Bassano, le gouverneur, prévenu par Caulaincourt, vint recevoir ses instructions. Sébastien prit une claque vigoureuse parce que l'encre avait gelé et qu'il ne pouvait recopier au propre les ordres qu'il avait notés au crayon.

Ils repartirent dans la nuit, avec des cavaliers napolitains en garnison à Vilna, d'où Caulaincourt avait préparé les relais de poste et les étapes, acheté des chevaux frais, des bottes fourrées pour les voyageurs qui accompagnaient Sa Majesté. Trop impatient de gagner la France, Napoléon n'avait aucune envie de dormir, et Sébastien écouta la longue conversation qu'il eut dans la voiture avec son grand écuyer :

— A Vilna, disait l'Empereur, l'armée ne manquera de rien, Bassano me l'assure. Les Autrichiens tiendront les cosaques à distance, et les Polonais ne laisseront jamais les Russes passer le Niémen. A Varsovie comme à Vienne, on se méfie du Tsar.

— On se méfie surtout de vous, sire.

— Allons !

— Vous avez imposé un régime militaire à l'Europe, les populations renâclent...

Caulaincourt reçut une tape sur la joue.

— Que vous êtes niais ! Nos lois sont justes, nous administrons la Belgique ou l'Allemagne comme la France. Je ne fais que ce que je crois utile, monsieur le duc. Moi aussi j'aime la paix, mais les Anglais m'ont poussé à des guerres incessantes.

— Le blocus de leurs marchandises appauvrit les peuples, sire...

— Stupide ! Il faut voir loin, Caulaincourt, cesser de regarder son avantage immédiat pour songer à l'intérêt général. Ces Anglais ! Si les Autrichiens, les Allemands, les Russes veulent vendre leurs produits, ils demandent la permission de Londres, voilà la vérité. D'un côté l'Europe, de l'autre les manufactures anglaises, leur flotte partout, ils contrôlent l'Adriatique, Malte, Gibraltar, Le Cap, ils règnent sur le commerce, exercent un monopole nuisible. Le blocus ? Mais il faut le renforcer ! Il faut mettre l'Angleterre à genoux, et alors, imaginez un peu, alors l'Europe fédérée connaîtra la prospérité, l'industrie pourra se développer, les nations s'épauleront, elles auront la même monnaie, la livre s'effondrera.

— Les revers de cette campagne vont-ils nous permettre d'imposer nos vues aux autres pays ?

— Si seulement j'étais resté moins longtemps à Moscou, j'aurais gagné. L'hiver nous a vaincus, et non ces lamentables généraux russes.

— En Espagne...

— Vous croyez qu'il aurait fallu en terminer d'abord avec l'Espagne ? Ce n'est pas certain. L'armée anglaise y est mobilisée. Sinon, où ne m'attaquerait-elle pas ? En Belgique ? En Bretagne ? Les Espagnols finiront eux aussi par comprendre, mais ils ne voient pas que nous avons changé d'époque ! Les colonies d'Amérique, trop loin de Madrid, trop proches des Etats-Unis, vont devenir indépendantes les unes après les autres, comme le Paraguay, comme le Mexique, et elles fondaient la puissance de l'Espagne... Vous verrez.

A cinq heures du matin, toujours précédé par le traîneau, le coupé de l'Empereur se rangea à Kovno devant une espèce d'auberge tenue par un Italien. La neige était tombée en abondance, par ici, mais un chemin avait été dégagé à la pelle entre la route et l'entrée. Des bûches flambaient dans une haute cheminée. Trois marmitons y tournaient trois rangées de poulets à la broche. Les cavaliers napolitains de l'escorte, qui avaient eu la veine de ne pas mourir glacés, présentaient aux flammes leurs mains blanchies. Ils semblaient perdus pour la suite du voyage, et Caulaincourt expliqua en vain à leur capitaine le danger de réchauffer trop vivement des doigts gelés. L'aubergiste présenta sa meilleure table à Sa Majesté ; Sébastien, le mamelouk, l'interprète et le piqueur s'assirent plus à l'écart, mais ils auraient droit au même vrai repas chaud, à du pain croustillant, tout cela servi sur des nappes dont ils avaient oublié l'existence depuis tant et tant de semaines. Ils entendaient tomber dans le feu, par gouttes, la graisse des volailles. Ils entendaient Caulaincourt interroger l'aubergiste sur l'état des chemins ; avec l'épaisseur de neige et le gel, n'y avait-il pas un moyen de se procurer des traîneaux ?

— Je sais qué Monsieur lé sénateur il en a oune, dit l'aubergiste.

— Quel sénateur ?

— Oune sénateur polonaise, lé seigneur dé Kovno.

— Les Polonais sont nos amis.

— Ma jé sais qué vendra pas.

— Il réfléchira devant dix mille francs.

— Cé oune souvénir per lui, cé traîneau.

Le sénateur Wybicki, à l'occasion du mariage de sa fille, avait fait construire une berline légère montée sur des patins. Il y tenait beaucoup, l'aubergiste disait vrai. L'interprète s'en alla visiter son compatriote, qui refusa d'abord, puis, apprenant que son traîneau amélioré servirait à l'Empereur, il accepta avec enthousiasme, refusa la moindre récompense mais demanda comme une faveur à lui être présenté, ce qui fut fait la nuit même. L'entretien versa dans l'exercice d'admiration ; Sa Majesté parlait de son amour pour la Pologne, le sénateur lui en rendait hommage. Le piqueur en profita pour atteler. Les voyageurs emportèrent les pelisses, des armes, peu de bagages dans peu de place, de toute façon les provisions avaient gelé, le froid avait fêlé les flacons de chambertin. L'interprète s'assit en face de l'Empereur et de Caulaincourt, à côté de Sébastien. Roustan et le piqueur devaient suivre dans un plus

281

petit traîneau. On partit vers le pont, on traversa le Niémen, frontière du grand-duché de Varsovie, dans une seule voiture inconfortable mais rapide, sans escorte. Personne ne disait mot. Devant le fleuve, ils pensaient à la même chose. Au tout début de cette campagne, à la veille de pénétrer sur le sol russe, Napoléon veut reconnaître lui-même le gué. C'est le 23 juin. Il emprunte un bonnet de police en soie noire d'un chevau-léger polonais, trotte ainsi camouflé quand un lièvre se précipite entre les sabots de Friedland, son cheval ; Sa Majesté bascule dans les blés, se relève avant qu'on l'aide, très pâle. Caulaincourt est présent. Berthier aussi. Cela se sait. Beaucoup le répètent et voient dans cet accident un mauvais présage. Six mois plus tard, en décembre, repassant le Niémen dans l'autre sens, curieusement, l'Empereur souriait.

D'Herbigny et Paulin, les barbes blanches, haillonneux comme des mendiants, remontaient les ruelles obscures et tordues de Vilna. Tout à l'heure, dans le faubourg de la Vieille Ville aux cent clochers, ils avaient dépassé des cabarets sans s'arrêter ; ce seraient les premiers établissements assaillis par l'armée de gueux qui s'étirait sur des kilomètres, et Paulin, périssant de soif et de faim, avait protesté.

— Là-haut, avait dit le capitaine, il y a des magasins, des cafés, des habitants qui vont nous recevoir.

— Et comment ils vont nous recevoir ? A coups de gourdins ?

— Tu raisonnes comme une cloche !

— On va nous héberger, avec notre mine, notre saleté ?

— Peut-être pas avec nos mines, mais avec les colliers de perles aux chiffons de mes pattes, ah oui, nous achèterons de quoi ressembler à des hommes.

— Puisse le ciel vous entendre, Monsieur.

— Laisse le ciel à sa place, bigot ! Quel hôtelier chasserait un officier de la chambre qu'il paie ?

— Un hôtelier un peu brigand.

— J'ai encore mon sabre.

— La force et la victoire ne sont plus de notre côté, Monsieur.

— Tais-toi !

L'haleine de leurs paroles avait gelé en glaçons sur les moustaches et les mentons poilus ; la réalité ne prêtait guère à l'optimisme. Le capitaine et son domestique se retrouvaient seuls dans le naufrage. Sitôt connu, le départ de l'Empereur avait augmenté le désordre, même au cœur de la Garde, chez les dragons, chez les grenadiers. Chacun n'obéissait qu'à soi-même. Les Allemands, les Croates, les Espagnols, les Italiens se débandaient. D'authentiques charognards se changeaient en cosaques pour effrayer leurs anciens compagnons et les dévaliser. Dans la plaine, toujours et toujours des corps gelés, mais en uniformes impeccables, ceux des douze mille conscrits de Vilna venus à la rescousse de l'armée de Moscou ; ils n'avaient pas supporté le gel du bivouac, sans transition après la douceur des casernes.

D'Herbigny et Paulin voyaient les volets des maisons se fermer sur leur passage. Le capitaine trouvait cela normal :

— Les péquins craignent toujours les soldats.

— Monsieur, sur la placette, des cavaliers napolitains !

— Eh bien, bourrique, allons nous établir chez eux.

— On dirait qu'ils s'en vont...

— Ils s'en vont, ah oui, ils s'en vont tous.

Derrière eux se tenait un bonhomme tout en longueur que grandissait encore son bonnet à poil des grenadiers. Il portait une redingote d'agneau, des bottes épaisses et neuves ; sa voix de stentor, un peu fausse mais assez puissante, traversait la fourrure qui lui couvrait le visage jusqu'aux yeux.

— Expliquez-vous, dit le capitaine.

— Ils filent comme des rats, tous, le gouverneur, l'intendance, le Trésor, même le roi de Naples. Nous avons intérêt à les imiter, mais je connais votre voix, j'ai la mémoire des intonations. Vous êtes le lieutenant d'Herbigny.

— Capitaine.

— Vous aviez un si joli casque enturbanné de panthère.

— De veau marin. Mais qui êtes-vous ?

— Vous n'entendez pas ? J'ai une bouche de théâtre, messieurs !

— Je devine, dit le capitaine, sidéré de reconnaître l'emphase du grand Vialatoux.

— Eh oui, reprenait le comédien, il m'a fait rêver, votre casque, j'aurais pu jouer *Britannicus* en le modifiant d'un rien.

— Ce n'était pas un jouet !

— Non, mais un bel élément de costume.

284

— A propos, pour un soldat en pleine déroute, vous n'êtes pas vraisemblable. Trop bien nippé.

— Une longue histoire, capitaine.

— Vous ne pourriez pas nous la raconter dans une taverne chauffée ? proposait Paulin, secoué de froid.

— J'ai mieux.

Ils s'engouffrèrent dans une venelle qui sinuait entre des maisons fermées et le mur d'une mosquée, débouchèrent sur un rond-point. L'épicier accrochait des volets à sa vitrine. Vialatoux cogna au portail d'un palais en grosses pierres tristes, un valet lui ouvrit et manqua s'évanouir devant le capitaine et Paulin qu'il prit pour des morts-vivants fraîchement sortis de leurs tombes. L'homme entendait le français, Vialatoux le rassura :

— Ce sont des proches du général Brantôme, malgré leur piteuse apparence.

Le valet se signa. D'un ton autoritaire bien composé, Vialatoux lui dit encore :

— Quand Madame la comtesse reviendra de sa messe, prévenez-la que je m'occupe en personne des amis du général.

Le valet hocha la tête, inquiet pour ses tapis foulés par les pattes dégoûtantes des deux loqueteux. Ceux-ci, menés par le comédien, montèrent à l'étage où, sur une chaise dorée, un grenadier gardait le palier en rotant ; il avait trop mangé et trop bu. « Bon signe », jugea Paulin qui salivait d'avance. Dans la vaste chambre, près d'un poêle en faïence, des plats, des assiettes jonchaient une table. La fenêtre était grande ouverte ; devant elle, une forme humaine couverte d'un drap restait

285

assise, un bras dépassait sur l'accoudoir du fauteuil, une main en cire, une manche bleue brodée d'or.

— Voici notre général Brantôme, présenta Vialatoux.

— Jamais entendu parler, dit le capitaine.

— Nous non plus.

— D'où sort-il ?

— Fallait bien lui coller un nom, grogna un caporal allongé sur un sofa pour digérer ce qu'il avait engouffré.

— Ça vient d'où, Brantôme ?

— D'un village près de Périgueux, mon père y est meunier.

— Il est mort ? demanda Paulin.

— Extrêmement mort, confirma Vialatoux. On le laisse près de la fenêtre pour qu'il ne dégèle pas trop vite.

— A quoi rime cette comédie ?

— Attablez-vous, capitaine, finissez les restes et je vous raconte.

Paulin n'avait pas attendu l'invitation, il rongeait une carcasse de volaille à pleines dents ; d'Herbigny termina les carafons. Debout au centre de la pièce, un poing à la hanche, l'autre main ouverte pour orchestrer son récit, le grand Vialatoux prenait la pose du conteur :

— La compagnie de la Garde où je m'étais glissé, à la faveur d'un uniforme, comment dirais-je, emprunté, voilà, emprunté à un sergent qui n'en avait plus besoin, marchait en tête des troupes. Dans la panique, on m'avait accepté sans la moindre question. Bref, à une heure de Vilna, comme nous longeons des voitures abandonnées, nous avisons des laquais en train de piller l'une d'elles. Nous approchons, nous effrayons les gredins, ils s'échappent sur un traîneau avec leur larcin. A l'intérieur de la berline, que voyons-nous ? Un général. Il est tout blanc, rigide. Nous le regardons sous le nez. Il est mort comme ça, assis sur la banquette. On essaie de le déshabiller pour lui chiper son habit, ça peut toujours être utile, un uniforme de général, les Polonais riches les reçoivent bien, dit-on. Il est trop raide. Impossible de récupérer l'uniforme. Les chevaux attelés avaient l'air costauds, par mystère personne ne les avait volés ni mangés. Alors nous partons avec ce mort, nous débarquons parmi les premiers à Vilna, avant le flot des piétons et des démunis, juste derrière l'intendance. Nous cherchons un palais, nous le trouvons dans la vieille ville, nous demandons asile pour un pauvre général. Une comtesse polonaise nous reçoit, elle s'émeut quand je lui explique : « Le général Brantôme est très malade mais il mange comme dix. » L'astuce réussit. Nous sortons le général de la voiture, nous le portons dans nos bras entrecroisés comme s'il était sur une chaise, sa mine effraie la comtesse, ses broderies la tranquillisent, nous le posons dans cette chambre. Des valets nous amènent des coffres d'habits, des bottes, de l'eau pour nous débarbouiller, des rasoirs, du savon, et surtout ce fameux repas. Nous nous gavons, je ressors du palais pour acheter des traîneaux et filer au plus vite vers le Niémen, et voilà que je tombe sur vous.

Un grenadier en manteau de renard ouvrait un coffre et lançait sur le lit des vêtements propres. Vialatoux proposa au capitaine et à Paulin de les raser, mais par pitié, qu'ils se défassent de leurs loques.

— Vous jouez tous les rôles ? Même celui de barbier ?

— Tous les rôles, capitaine, dit Vialatoux en se rengorgeant. On a dit que les comédiens n'avaient aucun caractère, parce qu'en les jouant tous ils perdaient celui que la nature leur avait donné, qu'ils devenaient faux, comme le médecin, le chirurgien et le boucher deviennent durs. Je crois qu'on a pris la cause pour l'effet, et qu'ils ne sont propres à les jouer tous que parce qu'ils n'en ont point.

— Ça signifie ? demandait le capitaine en ôtant sa chemise où s'ébattaient des régiments de poux.

— Que je suis qui je veux, dès que je mets une défroque. Je souligne d'autant mieux la justesse de ces observations qu'elles appartiennent à Monsieur Diderot.

— J'ignore ce loustic.

Un vacarme montait de la rue. Le rond-point se remplissait d'une foule sonore qui s'attaquait aux portes et aux volets. Ces rescapés venaient d'investir la ville, ils avaient dévalisé les magasins, les caves, saccagé les cafés, les entrepôts, bu le vin des auberges. Le tohu-bohu n'empêchait pas d'entendre le canon à l'est de Vilna. Les armées de Koutouzov attaquaient.

— On n'a plus le temps, rugit Vialatoux, on emballe, tous à la voiture du général !

Vialatoux jeta des vêtements au capitaine qui les partagea avec son domestique. Les autres enveloppaient le général dans son drap et le soulevaient. « Il peut encore servir », disait Vialatoux, excellent dans son rôle de metteur en scène. Il ajouta : « Le brave homme... »

— Merci, général, dit Vialatoux au cadavre, mais votre périple s'arrête ici.

— Merci pour les bottes et les fourrures, continua d'Herbigny, nous vous les devons.

— A peine on a une voiture qu'on la quitte, gémissait Paulin.

— Tu as une meilleure solution, paltoquet ?

Les fuyards, ce 10 décembre, laissaient leurs véhicules par centaines au bas de la côte de Ponary, escarpée, glissante, dont le brouillard gommait le sommet. Ils escaladaient par les côtés, à quatre pattes, en s'accrochant aux arbrisseaux et aux saillies des roches. Les invités du général mort allaient en faire autant. Avant de descendre de la berline, ils enfilaient d'autres manteaux sur leurs manteaux doublés, puis contemplèrent une dernière fois le prétendu général Brantôme, son visage figé, ses yeux fixes, décolorés, les broderies dérisoires de son col et de ses manches.

— C'est égal, regrettait le capitaine, j'aurais bien aimé savoir son nom.

— Il n'était peut-être pas général, hasardait Paulin.

— Vous avez raison, reprenait Vialatoux, le costume crée la fonction, je l'ai toujours dit. Tenez, moi-même, avec ce bonnet à poil et des épaulettes, j'ai du courage.

— C'est peut-être un civil déguisé pour mieux fuir.

— Quand même, l'uniforme est vrai.

— Vous avez l'intention de disserter combien d'heures ?

— Nous venons, Monsieur.

— Passez d'abord, capitaine, vous avez désormais le grade le plus élevé...

Dehors, ils n'ouvrirent plus la bouche. Le froid était redoutable, la côte impossible à gravir, on n'avait aucune prise sur ce miroir, même les traîneaux ne servaient à rien. Le capitaine et son équipe avançaient dans l'encombrement des voitures vides, encastrées les unes dans les autres. Des hommes sortaient les barils des trois chariots du Trésor immobilisés. Chaque baril était levé par plusieurs soldats qui le fracassaient sur la glace, une fois, dix fois, jusqu'à ce qu'il s'éventre et libère son chargement de louis d'or. Alors ils se ruaient pour ramasser les pièces, ils les fourraient sous leurs vêtements, dans leurs besaces, leurs chapeaux. Paulin et les grenadiers, bien vêtus grâce à la comtesse de Vilna, regardaient le capitaine. Ils se comprenaient vite sans un mot, se jetèrent au cœur de la mêlée, montèrent sur l'un des chariots, culbutèrent un baril sur la glace, le saisirent à eux sept, le soulevèrent, le laissèrent tomber, recommencèrent ; enfin les lattes de bois se brisèrent et les louis se répandirent sur la neige. Ils étaient nombreux à se livrer à cet exercice mais il y avait de l'or pour tous. Paulin donna du coude dans le dos du capitaine ; des yeux il lui indiqua que des cosaques accouraient vers les chapardeurs.

Absorbés par le pillage, que des officiers essayaient de limiter pour sauver une part du trésor, les soldats ouvraient les barils, puisaient des louis à

pleins bonnets ; la plupart ne prêtaient aucune
attention aux cavaliers cosaques, ils poursuivaient
leur besogne sans lever la tête ; quelques-uns se sau-
vaient dans les bois. Le capitaine, par réflexe, voulut tirer son sabre, mais rien à faire, le gel avait collé
sa lame au fourreau de cuir. Périr sans se défendre,
cloué contre un baril d'or, quelle absurdité ! Ils
auraient dû prendre l'autre route, plus longue mais
moins accidentée, pensait le capitaine, cela valait
bien une marche de plus, hélas ils avaient suivi le
gros du cortège, désireux de parvenir à Kovno et au
Niémen par le chemin le plus court. Maintenant ils
devaient finir la route à pied, s'ils arrivaient à fuir.
Les cosaques ne bougeaient pas, devant l'obstacle
des voitures imbriquées. Ils n'avaient pas l'intention
de charger dans ce chaos. Ils plantaient leurs lances
dans la neige et dégringolaient de leurs selles. Les
voilà. Ils s'insinuent entre les calèches et les fourgons, passent par-dessus ou en dessous, contour-
nent, s'infiltrent, butent sur les chariots du Trésor.
D'Herbigny se retrouve nez à nez avec un gros
cosaque. Il a un bonnet de fourrure blanche qu'il
porte en arrière à la manière des Tchétchènes, un
sabre large et courbé qu'il ne tire pas de sa bandoulière. Le capitaine cherche une latte de tonneau pour
parer les coups, car l'autre brandit une hachette. Un
baril les sépare. La hachette retombe et fend le couvercle. Les soldats n'intéressent pas les cosaques,
mais l'or, seulement l'or, ils plongent les bras dans
les barils ouverts, prennent des pièces à deux mains,
en renversent, ne daignent pas ramasser les louis
dans la neige, roulent de leur côté d'autres tonneaux, se servent. Des flocons commencent à tom-

ber comme pour confondre les vainqueurs et les vaincus. Le capitaine n'avait jamais vu un cosaque de si près mais c'était le moment de filer. Lorsqu'ils seraient rassasiés, ces brigands n'allaient-ils pas les tuer ou les capturer ? Le gros cosaque en bonnet blanc leva les bras au ciel, il ouvrit les mains, laissa dégouliner une douche de pièces. Il avait un rire fracassant.

Ce même jour, l'Empereur était à Varsovie. Il avait choisi d'occuper un rez-de-chaussée bas de plafond, au bout d'une cour de l'Hôtel d'Angleterre, rue des Saules. Sous le nom de Rayneval, il se faisait passer pour le secrétaire de son grand écuyer. Les volets étaient entrebâillés. Une servante polonaise tentait d'allumer un feu de bois vert qui ne prenait pas. La pièce principale était si mal chauffée que Napoléon n'avait pas ôté sa houppelande ; il marchait pour se dégourdir les jambes.

— Caulaincourt !

— Sire, dit Sébastien en entrant.

— Je ne vous ai pas appelé ! Où reste Caulaincourt ?

— Monsieur le duc de Vicence est parti à notre ambassade pour en ramener Monsieur de Pradt.

— Ce cafard de Pradt ! Je vais lui décrocher les oreilles, à cet incapable ! Ambassadeur ? Tu parles !

Sébastien s'interrogeait sur ce monarque qu'il fréquentait dans son intimité. Il ne parvenait pas à déterminer ce que cachait son terrible caractère. Etait-il insensible ou ferme ? S'il se montrait trop bon, n'abuserait-on pas de lui ? Au dernier relais avant Varsovie, Sébastien avait assisté à une scène privée où la sincérité de Sa Majesté ne pouvait être mise en doute. Comme à l'Hôtel d'Angleterre, une jeune servante allumait du feu pour la soupe et le café, chez le maître de poste, tandis qu'on changeait les chevaux du traîneau. L'Empereur, enfoncé dans un divan, s'était apitoyé sur la gamine court vêtue, il avait ordonné à Caulaincourt de lui offrir une brassée de pièces pour qu'elle s'achète des vêtements chauds, et dans le traîneau, pendant le trajet, il s'était un peu dévoilé. Sébastien venait justement de transcrire ses propos de mémoire, dans la pièce voisine : « Eh oui, Caulaincourt, quoi qu'on pense j'ai des entrailles et un cœur, mais un cœur de souverain. Si les larmes d'une duchesse me laissent de marbre, les maux des peuples m'affligent. Quand la paix s'installera, quand l'Angleterre pliera, je m'occuperai de la France. Nous y voyagerons quatre mois par an, je visiterai les chaumières et les fabriques, je verrai de mes yeux l'état des routes, des canaux, des industries, des fermes, je m'inviterai chez mes sujets pour les écouter. Tout reste à créer, mais l'aisance sera partout si je règne encore dix ans, alors on me bénira autant qu'on me hait aujourd'hui... »

L'abbé de Pradt arriva dans l'appartement, sa petite bouche en cul-de-poule, un front large et haut, peu de menton :

— Ah ! sire ! Vous m'avez donné bien de l'inquiétude mais je suis aise de vous voir en parfaite santé !

— Gardez vos compliments, Pradt. Ceux qui m'avaient vanté vos mérites sont des ânes.

Caulaincourt poussa Sébastien dans la pièce voisine, laissant l'Empereur à sa colère et l'ambassadeur à son embarras. Puis le grand écuyer dicta du courrier pour Bassano qu'il croyait encore à Vilna, mais Sébastien ne perdit rien de la bordée d'insultes venue du salon. Plus l'abbé de Pradt se justifiait, plus l'Empereur glapissait.

— Caulaincourt !

Le grand écuyer quitta Sébastien et son courrier, il revint aussitôt en jetant un bristol sur la table du secrétaire, qui put lire : « Délivrez-moi de ce faquin ! » Derrière la porte, la dispute continuait :

— Sans argent, disait l'abbé, il m'est impossible de lever la moindre troupe dans le grand-duché.

— Nous nous battons pour les Polonais, et eux, que font-ils ?

— Ils n'ont plus un écu, sire.

— Ils préfèrent devenir russes ?

— Ou prussiens, sire..

Pour délivrer l'Empereur, Caulaincourt lui annonça que son repas allait refroidir. Peu après, la porte de l'appartement se referma. L'abbé était parti. Récriminant à chaque instant contre la nullité de son ambassadeur à Varsovie, l'Empereur dîna. Il s'assura que le traîneau de Roustan les avait rejoints, questionna Caulaincourt sur la route qu'ils devaient prendre. Celui-ci avait rapporté une carte de l'ambassade et, du doigt, désignait les étapes :

— Nous allons vers Kutno.

— Dites-moi, le château de la comtesse Walewska n'est-il pas dans cette région ?

— En effet, sire.

— Cela nous obligerait à un détour ?

— N'y pensez pas, sire, nous devons arriver le plus vite possible aux Tuileries, et puis, qui nous dit que la comtesse n'est pas à Paris ?

— Oublions. J'ai hâte de revoir l'Impératrice et le roi de Rome. Vous avez raison.

L'Empereur s'était facilement résigné ; Caulaincourt avait de bons arguments. N'empêche, il aurait aimé saluer sa maîtresse et embrasser le fils qu'il avait eu d'elle. Caulaincourt reprit ses explications :

— Ensuite, avant Dresde, nous traversons la Silésie.

— En Prusse ? Nous y sommes obligés ?

— Oui, sur une courte distance.

— Si les Prussiens nous arrêtent ?

— Ce serait un vilain hasard, sire.

— Que nous feraient-ils ? Ils exigeraient une rançon ?

— Ou pire.

— Ils nous tueraient ?

— Pire encore.

— Ils nous livreraient aux Anglais ?

— Pourquoi pas, sire ?

L'Empereur, à cette idée, loin de frémir, fut pris d'un violent fou rire qui lui remua les épaules :

— Ah ah ah, Caulaincourt ! J'imagine votre tête, à Londres, dans une cage de fer ! On vous enduirait de miel et on vous livrerait aux mouches, ah ah ah !

Ils repartirent dans ce traîneau rouge dont les vitres mal jointes laissaient passer des courants d'air glacial. Sébastien se croyait tout de même revenu dans des contrées civilisées. Il avait le ventre plein, il avait pu faire sa toilette et revêtir des habits neufs ;

surtout, il évitait de s'endormir pour noter dans sa mémoire les paroles de l'Empereur :

— Avant trois mois, j'aurai cinq cent mille hommes sous les armes.

— Les mauvais esprits, sire, diront qu'il y aura cinq cent mille veuves...

— Laissez dire, monsieur le duc. Si les Européens comprenaient que j'agis pour leur bien, je n'aurais pas besoin d'armée. Croyez-vous que la guerre m'amuse ? Que je n'ai pas mérité le repos ? Quant aux souverains, ils sont bornés. Enfin, j'ai assez montré que je veux fermer la porte aux révolutions ! Ils me doivent d'avoir arrêté le torrent de l'esprit révolutionnaire qui menaçait leurs trônes. J'ai détesté la Révolution.

— Parce qu'elle a tué un roi ?

— Le fameux 13 vendémiaire, Caulaincourt, j'ai hésité. Oh, je m'en souviens, je sortais du théâtre Feydeau, j'avais assisté à un mélodrame, *Le Bon Fils* ; le tocsin sonnait dans Paris. J'étais prêt à chasser la Convention des Tuileries, mais qui aurais-je dû commander ? Une armée de muscadins, d'étudiants et de limonadiers qu'encadraient des chouans. Dans les sections royalistes, ils portaient leurs fusils comme des parapluies ! Et puis il s'est mis à pleuvoir, l'averse a égaillé les émeutiers, ils sont partis s'abriter dans un couvent pour discuter... J'ai donc choisi le Directoire à contrecœur, ce soir-là, le Directoire, ce nid de fripouilles que seul l'intérêt poussait. J'ai secondé Barras pour user de son pouvoir et asseoir le mien.

— Vous auriez servi la monarchie ?

— Vous voulez que je vous dise qui, en réalité, a

L'ÉCHAPPÉE

tué le roi ? Ce sont les émigrés, les courtisans, la noblesse. On ne s'exile pas. S'ils avaient créé une vraie résistance sur le sol de la nation, j'aurais été de leur bord.

— Vous les avez ensuite accueillis à votre Cour...

— Mon devoir était de rallier. Il faut confondre toutes les opinions et se servir des hommes les plus opposés. C'est donner la preuve que le gouvernement est fort.

— Combien, dans l'adversité, vous resteraient fidèles ?

— J'ai peu d'estime pour les hommes, vous le savez, mais ai-je tort, monsieur le duc ? Je n'ai aucune illusion sur leur comportement. Aucune. Tant que j'entretiens leurs ambitions et leurs caisses, ils courberont la tête.

L'Empereur et ses compagnons de voyage se méfiaient de possibles embuscades, mais les cinq jours qui suivirent, ils ne connurent que des ennuis mécaniques et des contrariétés dues à la lenteur des maîtres de poste. A Dresde, ils avaient laissé le traîneau rouge qui se déclouait pour accepter une voiture montée sur patins que leur proposa le roi de Saxe, réveillé à quatre heures du matin, accouru en chaise à porteurs sans prévenir son entourage. Faute de neige, ce nouveau traîneau fut à son tour remplacé par une calèche du courrier, puis par un landau, celui, précisément, qui attendait des chevaux frais dans un relais, entre Erfurt et Francfort, où l'on ne se pressait guère. Napoléon restait assis dans le landau :

— Caulaincourt, c'est exaspérant ! Ils les attellent, ces chevaux ?

— Je les ai commandés, sire, dit le grand écuyer.

— Et que vous répond cet abruti de maître de poste ?

— Il me dit *tout à l'heure, tout à l'heure.*

— Il n'en a pas dans son écurie ?

— Il prétend que non. Nous attendons des chevaux de réquisition.

— Nous devons partir avant la nuit !

— Ce serait préférable, sire. La route est mauvaise, dans les forêts.

— Aidez-moi à descendre, imbécile de duc, je me gèle.

L'Empereur alla jusqu'à la maison du maître de poste, furieux du retard. Une fois dedans, il s'apaisa. Dans le salon, une femme jouait une sonate au clavecin. Elle ne parlait pas un mot de français, Napoléon pas un mot d'allemand. Il la trouvait ravissante et elle jouait avec une légèreté inattendue dans un pareil endroit.

— Caulaincourt !

— Sire ? dit le grand écuyer qui arrivait en courant.

— Vous qui parlez leur langue, demandez du café et activez ces mollassons !

Caulaincourt rencontra Sébastien et l'interprète au milieu de la cour que fermaient les bâtiments d'habitation, les remises et les écuries.

— Monsieur le duc, lui dit Sébastien, fébrile, ils ont bouclé le grand portail comme pour nous retenir.

— Ils auraient reconnu Sa Majesté ?

298

— Pourquoi nous retarder ?

— S'ils avaient prévenu des partisans allemands, qui montent un guet-apens sur notre route, dans les défilés avant Francfort ?

— A moins qu'ils n'aient l'habitude de détrousser les voyageurs...

— J'ai parlé à l'un de leurs postillons, dit l'interprète. Personne n'a relayé ici depuis plus de trente-six heures.

— En bonne logique, ils devraient donc disposer de chevaux.

Caulaincourt distribua ses instructions. Le comte polonais irait au village pour en ramener une escouade de gendarmes français qui tenaient des postes dans le pays. Qu'il confie l'un des pistolets de Sa Majesté à Monsieur Roque et se hâte sur l'un des chevaux dételés : le village n'était pas loin, il devait y parvenir sans encombre, même avec une monture fatiguée. Où était le piqueur ? Epuisé, il ronflait sur le siège du landau. Sébastien le réveilla pour qu'avec Roustan ils tiennent le portail grand ouvert.

— Les écuries sont de ce côté, monsieur le duc, dit Sébastien en tenant le pistolet pointé vers le sol.

Dedans, ils perçurent des chuchotis, des piétinements de sabots. Caulaincourt frappa du poing et demanda en allemand :

— *Mach auf !* Ouvre-moi !

Trompé par cet accent et cette fermeté, croyant avoir entendu l'un de ses compères du relais, un postillon se montre. Sébastien et le grand écuyer le poussent et pénètrent dans l'écurie. Dix chevaux

parfaitement reposés s'y trouvent devant leurs mangeoires.

— Fichus menteurs ! dit Caulaincourt, très
agacé, qui ordonne au postillon d'harnacher quatre
chevaux. Au bruit de l'altercation, les autres postillons sortent des habitations. Ils menacent. Un énergumène passe parmi eux, rougeaud, de gros sourcils
se rejoignent pour lui barrer le front. Sébastien ne
comprend pas un mot de ses imprécations, jetées
comme des blasphèmes, qu'il crachote au visage de
Caulaincourt. C'est le maître de poste. Il lève son
fouet et cingle l'air. Sébastien, qui s'est rapproché,
reçoit la lanière en pleine figure. Il a une estafilade
rouge sur la joue. Caulaincourt attrape l'homme au
col de sa redingote et le plaque contre la paroi. Les
chevaux trépignent, nerveux. Sébastien, la joue en
sang, menace avec son pistolet, d'une main hési-
tante, les postillons qui grondent. Caulaincourt
relâche le maître de poste, tire son épée et lui en
pique la pointe sur la gorge. Celui-ci aboie des
ordres, les chevaux sont immédiatement attelés au
landau.

L'Empereur sort à ce moment au bras de la
joueuse de clavecin affolée :

— Caulaincourt, dites à Madame, dans sa
langue, qu'elle mériterait de venir jouer aux Tuileries.

— Est-ce que je peux ajouter : sans son mari ?

— C'est l'épouse de ce lourdaud malveillant ?

— J'en ai peur, sire.

— Quel dommage ! En route.

Le piqueur lance l'attelage, Roustan saute en

marche sur son siège, ils reprennent la route quand le comte polonais revient avec des gendarmes.

— Comte, suivez-nous avec vos gendarmes ! cria le grand écuyer par la portière.

Il ajouta pour l'Empereur :

— Je flaire un mauvais coup.

— Ne voyez pas tout en noir, Caulaincourt.

— N'y a-t-il pas d'intrigues là-dessous ? Pourquoi nous mentir ?

— Peut-être, avança Sébastien, qu'ils ne voulaient pas abîmer leurs chevaux sur cette vilaine route.

— Si ce garçon avait raison ?

Et l'Empereur voulut tirer l'oreille de Sébastien, mais en la cherchant sous les fourrures, ses doigts touchèrent un liquide poisseux, il ôta sa main :

— Qu'est-ce que c'est ?

— Une blessure au service de Votre Majesté.

— Monsieur Roque a reçu un coup au relais.

— Bien bien...

L'Empereur s'essuya les doigts aux coussins du landau, avec une moue dégoûtée, puis il se renfrogna dans un coin. Sébastien observait son profil éclairé par le crépuscule, ses traits fins dans un visage gras. Napoléon marmonnait : « Des intrigues, des intrigues... », et revint par ces mots à son obsession dynastique, à la conspiration de Malet, à ce qu'elle lui avait révélé de l'attitude de ses dignitaires :

— Malet ! Combien, à Paris, vont se faire mousser pour que j'oublie leurs lâchetés, mais combien pensaient à une nouvelle révolution plutôt qu'à une régence ? Vous les voyez, ces maréchaux, autour de l'Impératrice ? Pour l'assister ? Oh non, sûrement pas, mais pour l'étouffer. J'imagine leurs pressions, leur avidité. Si je mourais tout retournerait au néant. Ils ne font pas le poids, ils se jalousent.

— Vous avez souvent exacerbé leurs jalousies, sire.

— C'est vous qui me dites ça, monsieur le duc ? Mon pauvre ami ! Si vous saviez les noms de ceux qui m'ont réclamé votre perte ! Vous savez pourquoi ? Parce que votre noblesse à vous, marquis d'Ancien Régime, date de plusieurs siècles et qu'ils en crevaient d'envie. Duc de Vicence, vous vous en fichez pas mal, hein ? mais marquis de Caulaincourt, non. Ce ramassis d'envieux ! Ils n'auront jamais le maintien ni l'élégance des vrais nobles, dans dix ans ils seront aussi rustres ! Je règne pour leurs enfants.

Derrière, loin derrière, reliques de ce qui fut une armée imposante, à peine quelques milliers de gueux approchaient du Niémen. Dans la cahute dont ils avaient ôté une partie du toit, comme d'habitude, pour le feu, une dizaine de ces sauvages s'engourdissait autour des cendres.

— Monsieur, balbutiait Paulin entre ses lèvres crevassées, Monsieur, il fait jour...

— La paix ! Je sais bien qu'il fait encore nuit noire et que les braises nous protègent.

— Mais non...

Le grand Vialatoux passa une main devant les yeux ouverts du capitaine. Il se tourna vers Paulin sans un mot. D'Herbigny avait la cornée brûlée par le froid et l'éclat de la neige. Ils le relevèrent.

— Venez.

— Ah ça, mais je n'y vois rien !

— Le gel, Monsieur, vos paupières vont se décoller.

— Elles sont ouvertes !

— La glace de vos yeux va fondre. Mettez ce bandeau, dit Vialatoux en déchirant l'une des vestes qu'ils avaient prises, avec les bottes et les gants, chez la comtesse de Vilna.

— Et je marche comment, moi, avec ce bandeau sur les yeux, un autre sur la bouche et un troisième aux oreilles ?

— Posez votre main sur mon épaule, Monsieur, je vais vous guider.

— Elle est où, ton épaule ?

Paulin attrapa son bâton de sapin, Vialatoux les sacs. Comme chaque matin, ils croisaient les morts de la nuit, en rond autour de leurs bivouacs mouillés, la peau noire de suie. L'un d'eux avait gelé debout en portant des branches ; il n'avait plus de doigts et on avait l'étrange impression qu'il souriait, mais, répétait souvent le capitaine, mourir de froid n'est pas si affreux, on s'endort, voilà tout. Dans la plaine, des ombres avançaient dans la même direction, titubaient comme des ivrognes, perdaient l'équilibre, s'effondraient, ne se relevaient jamais D'autres saignaient du nez en abondance, ce sang glaçait à leurs barbes. Des particules de gel voletaient. Un corbeau tomba comme une pierre et s'écrasa au sol. Un tronc d'arbre se fendait, cassé par le froid. Les pieds nus d'un groupe de soldats

303

claquaient comme des sabots, la peau de leurs jambes se détachait, on voyait leurs os, ils ne sentaient rien. Sinon pas un bruit, l'air était muet, la nature inerte.

La main du capitaine perdit tout à coup l'épaule de son domestique ; il trébucha sur un corps étendu, s'étala de tout son long dans la neige, se releva à demi, balança son bras de droite et de gauche, rencontra le corps sur lequel il venait de buter, celui de Paulin, qui bredouillait faiblement :

— Laissez-moi...

— Et qui va me guider, hein ?

— Monsieur Vialatoux...

— Non ! Je te paie pour me servir !

— Pas depuis longtemps...

— Et les pièces du Trésor que tu t'es fourrées dans la culotte, malhonnête !

— Laissez-moi ici, je m'endors...

— Tu ne veux pas revoir Rouen, bourrique ?

— Loin...

— Je déteste ces manières !

La buée de leurs haleines se condensait sur les peaux d'ours qui protégeaient leurs bouches, ils ne pouvaient plus parler, mais le capitaine serra le bras de Paulin qu'il remit de force sur ses jambes. Vialatoux leur souffla pour les encourager :

— Un village, ou une ville, enfin, des maisons.

Ils se joignirent aux bandes qui convergeaient sur Kovno. Vialatoux prit la tête, Paulin appuya une main sur son épaule, le capitaine en fit de même avec Paulin, comme ces aveugles qui marchent l'un derrière l'autre en se tenant. Ils arrivèrent ainsi sans le savoir au seuil de l'auberge où Sa Majesté avait fait halte avant de passer le Niémen. Des traîneaux étaient encordés à des anneaux scellés. Vialatoux dirigea ses compagnons chancelants vers la porte, qu'il ouvrit. Il se heurta à l'aubergiste italien qui leur refusa l'entrée. La chaleur de la salle leur redonna de l'énergie, et, soulevant la fourrure de sa bouche, le comédien lâcha d'une voix hautaine :

— C'est un officier invalide et son domestique, que je guide dans ce désert.

— Qué mé lé prouve ?

— Nous possédons de l'or.

— Cé oune autré chosse.

Vialatoux jeta par terre une poignée de pièces. Les marmitons se précipitèrent dessus, l'aubergiste les compta en s'excusant :

— Jé né peux pas réounir tout lé monde.

— Et lui ?

Le grand Vialatoux désignait un malade, perdu dans des couvertures au fond de la salle, un homme au visage émacié, blême, auquel une servante faisait boire un bol de bouillon. D'autres hommes, mieux portants mais aux traits tirés, étaient assis à son chevet.

— C'est le général Saint-Sulpice, il a été blessé et nous le convoyons, répondit l'un des hommes.

— Saint-Sulpice ? rugit le capitaine, menez-moi à lui !

Il lança son bras dans le vide, cherchant un appui, et Vialatoux le conduisit. Sous ses manteaux et ses couvertures, le général avait conservé son habit brodé qui lui servait de passeport ; les cosaques n'osaient tuer ni dévaliser les officiers supérieurs, leur capture rapportait plus que leur dépouille.

— Mon général, dit d'Herbigny au garde-à-vous.

— Quoi ? dit le blessé.

— Capitaine d'Herbigny, 4ᵉ escadron, à vos ordres.

— Herbigny...

— Vous m'avez confié la brigade.

— Où est-elle ?

— Ici, mon général !

— Je ne comprends pas...

— La brigade, c'est moi ! dit le capitaine en se frappant la poitrine.

Pendant ce temps, Vialatoux s'informait. Pouvait-on passer facilement le Niémen ? Oui, il était à nouveau gelé. Pouvait-on auparavant rester quelques jours à Kovno ? Ce ne serait pas prudent ; si près du duché de Varsovie, ce sera la dernière ville que les Russes attaqueront, et d'ailleurs, paraît-il, ils ne sont qu'à deux ou trois lieues. Un traîneau ? Il n'y en a plus. Dehors ? Ceux du général et de sa suite. N'y avait-il pas trois places supplémentaires ? Hélas non.

— Capitaine, disait à l'autre bout de la salle l'un des hommes d'escorte de Saint-Sulpice, capitaine, vous avez laissé tomber quelque chose...

— Moi ?

— Attendez, je vous dis ce que c'est...

L'homme se baissa, il poussa un cri comme s'il avait mis les doigts sur un objet diabolique. Les autres se taisaient.

— Qu'est-ce que vous avez trouvé ? gueulait le capitaine. Moi, je ne vois plus rien, rien qu'une nuit permanente.

— C'est que...

— Dites ! Je vous l'ordonne !

— Votre nez, Monsieur, dit Paulin d'une voix brisée.

— Mon nez leur fait peur, à ces voyous ?

— Oh non...

— Alors qu'est-ce qu'il a ?

— Il a gelé.

— Et puis ?

— Il est tombé par terre, Monsieur.

L'impatience de l'Empereur croissait à mesure que diminuait la distance entre Paris et lui, surtout depuis qu'il avait traversé le Rhin en barque et croisé Montesquiou ; cet émissaire de Berthier voulait retourner auprès du major général, il avait confirmé que l'Impératrice et son fils se portaient à merveille, que le fatal 29e bulletin allait être incessamment publié dans Le Moniteur. Dès lors, Sébastien eut moins de propos à consigner. Napoléon devenait plus badin, peu enclin à la confidence. Inlassable, il reportait une fois de plus tous les torts de sa campagne sur les Anglais. Cette manière de se retirer sans combattre, en brûlant les vivres et les villes, n'était-ce pas la politique de Wellington au Portugal ? Le Tsar n'avait-il pas un conseiller venu de Londres, Sir Robert Wilson ? Et si les Russes avaient dix fois manqué l'occasion de nous exterminer, était-ce par incompétence ou bien voulaient-ils garder une France assez forte pour contrebalancer le pouvoir des Anglais ? A part ce type de réflexions, qu'il ne développait guère, l'Empereur se plongeait dans la lecture de la presse ou de romans frivoles. A Verdun, il demanda à Sébastien de lui acheter des dragées et des anis chez un confiseur réputé. A Château-Thierry il prit un bain et endossa le frac vert des grenadiers à pied de sa Garde, conservant son bonnet et sa pelisse, moins pour se garantir d'un froid désormais supportable que pour ne pas être identifié trop tôt. Par son retour brusque il voulait créer la surprise. Après avoir cassé quelques essieux, changé plusieurs fois de voiture, les voyageurs entrent dans Paris le 17 décembre avant minuit, dans une chaise de poste à grandes roues qui a triste allure.

Ils arrivent par la route de Meaux. Même si leur voiture est fermée, ils se bouchent le nez en doublant la gigantesque voirie où l'on jette à ciel ouvert les immondices de la capitale. Près de l'endroit maudit où se dressait le gibet de Montfaucon, ils longent des friches, des champs, des jardins de maraîchers, des fermes dont ils devinent la masse à la lueur des lanternes. Ils obliquent à gauche, descendent la rue du faubourg Saint-Laurent puis Saint-Martin, parviennent à la quadruple rangée de tilleuls des grands boulevards qui remplacent l'ancienne enceinte, foncent dans des artères étroites, chaotiques, peu éclairées, désertes à cette heure, débarrassées des étals que les boutiquiers sortent le jour. Voici le palais impérial des Tuileries. Le postillon s'engage sous le porche du pavillon de l'Horloge. La chaise de poste s'arrête devant les sentinelles qui gardent le péristyle d'entrée. Le piqueur ouvre la portière, Caulaincourt descend le premier, déboutonne son manteau, montre les dorures de son uniforme. On laisse passer ces visiteurs en pelisses et bonnets de fourrure. Les douze coups de minuit sonnent.

Caulaincourt, l'Empereur et Sébastien montent le perron à double rampe qui donne sur le vestibule du palais. Ils ouvrent une porte, marchent à grands pas sous les arcades d'une galerie couverte, au rez-de-chaussée ; les fenêtres s'ouvrent sur les jardins. Ils frappent à une seconde porte à l'extrémité de cette galerie. Ce sont les appartements de l'Impératrice, autrefois ceux de la Reine, puis ceux où le Comité de Salut public avait entassé des meubles de Versailles et de Trianon pour y asseoir une armada de secrétaires. Personne ne répond. Caulaincourt tambourine. Ils entendent des pas. Un garde suisse aux cheveux gris en bataille, l'œil embué, entrouvre le battant. Il est en chemise, sa femme aussi, derrière lui, intriguée ; elle porte une lanterne. Dans le halo, elle s'effraie de la tenue et de la barbe sale du grand écuyer. Celui-ci montre à nouveau les broderies de son uniforme que cache la pelisse. Le suisse conserve un air soupçonneux.

— Je suis le duc de Vicence, grand écuyer de Sa Majesté.

Dans les pièces attenantes, des bas de robe glissent sur le parquet, deux femmes de chambre de l'Impératrice s'ajoutent au groupe insolite. L'Empereur ôte son bonnet de fourrure, se défait de son manteau polonais. On le reconnaît enfin, avec stupeur puis avec joie. Le suisse a des larmes aux yeux. L'Empereur écarte les serviteurs en disant :

— Bonsoir, Caulaincourt. Vous devez avoir besoin de repos.

La porte se referme. Le grand écuyer et le secré-

taire, attifés à la cosaque, se retrouvent dans
l'ombre de la galerie, avec leurs grosses bottes sur
le plancher ciré.

— Vous savez où aller ?

— Non, monsieur le duc.

— Suivez-moi.

Ils refont le chemin en sens inverse, croisent un
valet en livrée verte de la Cour qui les interroge :

— C'est bien vrai, ce qu'on raconte ?

— Qu'est-ce qu'on raconte ?

— Que Sa Majesté est rentrée.

— Les rumeurs courent, je vois.

— Alors c'est vrai ?

— Venez, dit Caulaincourt au valet, j'ai besoin
de vous.

Le grand écuyer pousse Sébastien dans la malle
de poste, le valet grimpe à côté du postillon. Ils vont
chez l'archichancelier Cambacérès, rue Saint-Domi-
nique, de l'autre côté de la Seine, pour le prévenir
du retour. La voiture file sur le nouveau pont de
pierre, en face des Tuileries, passe le porche de l'ancien hôtel de Roquelaure, acheté puis restauré par
Cambacérès qui aime y donner des repas somp-
tueux et tristes. Au-dessus du portail qu'encadrent
des colonnes doriques, celui-ci a fait inscrire son
titre en énormes lettres : *Hôtel de Son Altesse Séré-
nissime le duc de Parme*. Le portail s'ouvre sur une
cour pavée, le bâtiment a deux perrons sur les ailes,
les fenêtres des salons sont éclairées par des lampes
jaunes. Caulaincourt et Sébastien sautent de la
chaise de poste, un valet de Cambacérès tente de les
arrêter mais le domestique des Tuileries explique à
son collègue de quoi il s'agit. Ils passent. Dans le

grand salon, des messieurs emperruqués d'un autre temps, en velours et satin, se lèvent de leurs tables de whist en arrondissant les yeux :

— Qui a laissé venir jusqu'ici ces vagabonds ? demande l'un d'eux en se collant un lorgnon sur le nez.

— Service de l'Empereur, affirme Caulaincourt d'une voix forte.

— Qui êtes-vous, à la fin ? interroge un marquis en gilet rayé.

— Annoncez-moi à Monsieur l'Archichancelier, dit Caulaincourt au valet des Tuileries, qui part dans le hall de marbre jusqu'au bureau de Cambacérès, mené par son collègue.

— Insensé ! proteste l'un des invités. Vous vous trompez d'époque, messieurs. Cet hôtel abritait bien des teigneux, mais sous la Révolution !

— Je suis le duc de Vicence.

— Vous ?

— Dans cette tenue ?

— Avec cette barbe pouilleuse ?

— Et ce bonnet de sauvage ?

— Monsieur l'Archichancelier attend Monsieur le Duc, annonce le valet en rentrant au salon.

— Est-ce bien vrai ? demande l'un des messieurs à Sébastien, que le grand écuyer abandonne pour rendre compte à Cambacérès et préparer la journée du lendemain.

— Où est l'Empereur ? demande un autre.

— Il lui est arrivé malheur ?

— Nous nous inquiétons depuis hier matin...

— Nous avons lu avec effroi le dernier bulletin du *Moniteur* !

311

— N'y aurait-il plus d'armée ?
— Pourquoi Monsieur le duc est-il à Paris sans Sa Majesté ?
— Mais parlez, jeune homme, parlez !
— Levez nos inquiétudes !
— L'Empereur est à Paris, dit Sébastien en tombant dans un fauteuil doré.

CHAPITRE VII

Des héros

Une nouvelle armée se dirigeait en 1813 vers Leipzig ; elle s'apprêtait à affronter la coalition des Russes et des Prussiens. L'Europe fermentait contre l'Empire. La Suède s'était ralliée à l'Angleterre, l'Autriche hésitait, des pamphlets circulaient en Allemagne et agitaient les esprits. Napoléon avait levé des troupes, il avait employé la conscription anticipée des très jeunes gens, le rappel des contingents précédents et des exemptés, l'enrôlement des marins dans l'infanterie, le rappel de divisions entières d'Espagne où les Anglais envoyaient pourtant des renforts à Wellington. Les hommes de moins de trente ans étaient mobilisés mais Sébastien Roque s'en tirait bien. Vice-directeur de la librairie, à l'hôtel Carnavalet, il mettait sa perspicacité et ses talents de plume au service de la censure impériale. Il décidait, arrangeait, remaniait, coupait des textes, distribuait des permissions aux troupes théâtrales et aux auteurs. Il avait une loge à l'Opéra, un cabriolet à sa disposition avec un cocher. Les diamants de Moscou arrondissaient la rente généreuse de l'Empereur. Bref, il était le plus heureux et le plus serein dans une période turbulente.

Au jardin des Tuileries, ce printemps, Sébastien monta les degrés de la terrasse des Feuillants et franchit le portique du restaurant Véry. Il s'ajusta devant les grandes glaces, vérifia le brillant de ses bottes à l'écuyère, sa redingote de casimir bronze cannelle au goût du jour. A peine était-il au pied de l'escalier bordé d'orangers en caisses qu'un maître d'hôtel le salua :

— Ces demoiselles sont déjà là, monsieur le vice-directeur.

— Dans mon salon habituel ?

— Bien sûr.

Sébastien lui remit ses gants, sa canne à pommeau, son chapeau. Il fila rejoindre les comédiennes qu'il avait conviées à souper. Le salon privé était décoré dans le style d'Herculanum, demi-colonnes, imitation de balustrades romaines ; les candélabres dorés, la table de granit, les vases de fleurs se réfléchissaient dans le vis-à-vis des miroirs.

— Chères amies, dit-il, pardonnez-moi. J'ai été retenu par le baron de Pommereul.

Il s'assit entre les jeunes filles pimpantes. Elles avaient gardé leurs chapeaux de paille à rubans, plissaient les yeux, battaient des cils, remontaient leurs bouclettes tandis que des serviteurs apportaient des huîtres et des poissons marinés ; un sommelier (le mot venait de naître) versait le vin.

— Savez-vous qu'ils ont dix-sept espèces de vin blanc chez Véry ?

— Nous n'étions jamais venues.

— Eh bien maintenant vous pourrez vous en flatter !

— D'où tenez-vous cette cicatrice sur la joue, monsieur le vice-directeur ? demanda la plus indiscrète.

— Une blessure au service de l'Empereur.

— Vous avez combattu ?

— En Russie.

— Vous avez été à Moscou ?

— Mais oui, et je vous prie de croire que les menus ne ressemblaient pas à ceux de Véry ! Pas de galantines de volaille ni de truffes au vin de Champagne.

Les comédiennes étudiaient les travers de Sébastien en le faisant parler. Pour obtenir des rôles au Théâtre-Français (il en avait désormais le pouvoir), elles caressaient sa vantardise. Il n'en était pas dupe mais le jeu l'amusait. Lui aussi, il tenait un rôle. De toute façon, il leur accorderait ce dont elles rêvaient, même si elles récitaient de travers leurs tirades, sans rien exiger en retour. Elles étaient jolies. Il lui suffisait d'être vu à leurs bras en retraversant les jardins près du palais. On jaserait. Il voulait se forger une réputation, qu'on répète bientôt son nom dans les salons et à la Cour.

— Là-bas, racontait-il entre deux huîtres gobées, le froid a moins tué que la faim. Auprès de Sa Majesté, nous arrivions à survivre, mais la plupart des hommes n'avaient rien à manger que leurs chevaux.

— Quelle horreur ! disait l'une des filles qui s'en moquait pas mal.

315

— Je crois même savoir qu'il y a eu des cas de cannibalisme.

— Non ?

— Je n'en ai pas été directement témoin, mais ce n'est pas impossible.

— Ils mangeaient les chevaux, vous venez de le dire...

— Les chevaux se sont mis à manquer. Ils mouraient de soif.

— Ils ne buvaient pas de la neige fondue ?

— Le soir, nous ne les sortions pas toujours du harnais, il fallait de l'eau, mais où, dans la nuit ? Comment deviner l'emplacement des cours d'eau gelés ? Même si nous en trouvions un, nous devions casser la glace avec un pieu de fer, recueillir l'eau dans un vase, le ramener sans nous égarer.

Le souper se déroula ainsi. Sébastien enjolivait ou noircissait selon son inspiration ou les curiosités de son auditoire. Ils prirent le temps de goûter aux tronçons d'esturgeon à la broche, aux concombres farcis à la moelle et aux filets de perdrix en anneaux ; ils évoquaient verre en main l'incendie de Moscou, la famine, le froid, les épidémies, les cosaques et le bruit du canon. Sébastien raccompagnait ces demoiselles en cabriolet lorsque son cocher renversa contre une borne un piéton aux habits fripés. Il regarda par curiosité le quidam, frissonna, commanda qu'on arrête un instant la voiture, bondit au-dehors et prit congé des actrices :

— Mon postillon va vous reconduire. Venez demain matin à Carnavalet, rue Sainte-Catherine, demandez le vice-directeur Roque. Votre affaire sera arrangée.

Sans craindre de se salir les bottes dans cette rue boueuse où débordait l'égout, il se pencha sur le bonhomme renversé.

— Monsieur Roque ?

— Paulin, c'est bien vous ?

— Hélas oui, c'est bien moi.

— Pourquoi *hélas* ? Le capitaine d'Herbigny est mort ? Vous êtes sans emploi ? Si c'est cela je vous prends à mon service, en souvenir de tant de souvenirs.

— Non non, le capitaine est vivant, mais il aurait mieux valu qu'il soit resté dans les neiges russes.

— Expliquez-moi...

— Nous habitons par ici.

— Vous me faites peur avec vos énigmes !

Près du marché des Innocents, ils tournèrent dans une ruelle, gravirent les quatre étages d'un immeuble que des étais de bois larges comme des troncs empêchaient de crouler. L'escalier était rude, sentait l'urine et le savon. Paulin soufflait, traînait la patte ; il poussa enfin une porte sans serrure, fit pénétrer Sébastien dans une pièce carrelée, basse, noire, qui s'ouvrait sur le puits d'une courette. Dans un fauteuil, Sébastien aperçut une vague silhouette. Quand le domestique alluma les chandelles, il vit d'Herbigny prostré, sa croix épinglée au revers d'une robe de chambre ; le capitaine avait un nez de cuir, des yeux fixes, laiteux, des rides et les cheveux blancs.

— Monsieur, lui dit Paulin à très haute voix, j'ai une surprise pour vous !

— Il n'entend plus ? demanda Sébastien, la gorge nouée.

317

— Oh si, mais il ne voit plus. Et je crois que sa cervelle est demeurée là-bas.

— Je ne suis pas sourd, pauvre idiot ! dit soudain le capitaine en se levant.

Il tenait devant lui sa cravache comme une canne d'aveugle, fit trois pas, se cogna à la table, jura.

— C'est Sébastien Roque, capitaine.

— Je sais ! Vous avez parlé. Vous devez savoir que ce crétin de Paulin ment comme un arracheur de dents ! Non, je ne suis pas resté là-bas, non, mais j'enrage de ne plus servir à rien, voilà ! Le maréchal Bessières vient d'être emporté par un boulet, m'a-t-on dit, et Duroc. J'en rêvais ! Mais nous autres, la valetaille, quand nous sommes entrés en Prusse... La Prusse ! Je la connais par les yeux de cette gourde de Paulin, ces belles maisons gris clair ou roses, avec des rideaux blancs aux fenêtres, des poutres brunes en colombages, la Prusse ! Avant de s'allier aux Russes, ces crapules nous regardaient passer comme les singes abrutis qu'on montre sur nos boulevards, et ils nous refusaient le logement, pas même un bol de soupe, ils nous jetaient des boules de neige, des pierres, ils nous détroussaient !

— Nous avions réussi à atteindre ce pays grâce à Monsieur Vialatoux.

— Le comédien de la troupe de Madame Aurore ? demanda Sébastien qui sentait cogner son cœur.

— Lui-même, il nous avait procuré des vêtements chauds à Vilna, par une combine...

— Trop long à raconter ! trancha le capitaine.

— Et les autres comédiens ? insista Sébastien.

— On n'a vu que celui-là, dit le capitaine, et figu-

318

rez-vous que ce niais est mort à Koenigsberg. Vous savez comment ? Vous ne devinerez jamais, c'est à hurler de rire ! En se bourrant de gâteaux dans une pâtisserie !

— Nous ne supportions plus une nourriture trop riche, dit Paulin. Beaucoup des survivants sont morts d'indigestion.

— Des gâteaux ! criait le capitaine.

Comme on s'en doute, Sébastien songeait à Mademoiselle Ornella qu'il était persuadé de revoir un jour, au détour d'une rue, ou même sur une scène, par hasard. S'il avait gardé d'elle une image précise, déjà sa voix s'estompait. Dans le souvenir, la voix s'efface la première. Il jugea vain d'interroger plus avant les deux hommes, proposa son aide financière.

— Pas besoin, grogna le capitaine.

— Mais pourquoi donc vivez-vous dans ce trou à rat ?

— Parce que je suis devenu un rat, mon jeune ami !

Le capitaine éclata d'un rire faux. Sébastien pensa : « En Russie, nous nous sommes tous croisés sans jamais nous rencontrer. L'aventure nous dépassait, nous avons roulé dans le sens du courant comme les glaçons de la Berésina, il ne fallait tabler que sur la chance et sur l'égoïsme... » Sébastien confia son adresse à Paulin et promit de revenir. Le domestique le reconduisit à l'escalier.

— N'hésitez pas, Paulin, si je peux être utile...

— Il ne veut rien.

— Il n'a plus de famille ?

— Je suis sa famille, monsieur Roque.

319

— Et le château d'Herbigny ?

— Monsieur refuse de retourner en Normandie.

— Il y serait mieux que dans cet immeuble puant.

— Il prétend que les bruits sans les odeurs ni la couleur, ça lui ferait trop mal.

— Que va devenir son domaine ?

— Monsieur me l'a légué en héritage.

— Vous seriez à même de vous en occuper ?

— Oh non, monsieur Roque, je le revendrais sûrement s'il arrivait un drame.

— Ce jour-là, pensez à moi, Paulin. Herbigny, c'est aussi mon pays. Enfin, je disais cela pour vous réconforter, souhaitons qu'il n'arrive rien de fâcheux...

— Que voulez-vous qu'il subisse de plus ? Je l'ai tant de fois empêché de sauter par la fenêtre.

Sébastien ne trouvait pas de mots ; il s'en alla. La semaine suivante, comme il rajoutait des vers de Molière, plus vifs, dans une tragédie de Racine, il apprit par un billet de Paulin que le capitaine d'Herbigny s'était jeté par la fenêtre, le poing fermé sur une petite croix en or. Sébastien Roque, vice-directeur de la librairie, griffonna un pense-bête en marge de sa copie : *Prévenir Paulin que j'achète les terres et le château.*

Notes Historiques

Il neigeait. Plusieurs de mes amis, sans se concerter, m'ont soufflé ce titre. C'est le leitmotiv d'un célèbre poème de Victor Hugo, intitulé « L'Expiation », qui évoque dans ses *Châtiments* la retraite de Russie. En voici le début :

> Il neigeait. On était vaincu par sa conquête.
> Pour la première fois l'aigle baissait la tête.
> Sombres jours ! L'empereur revenait lentement,
> Laissant derrière lui brûler Moscou fumant.
> Il neigeait. L'âpre hiver fondait en avalanche.
> Après la plaine blanche, une autre plaine blanche.
> On ne connaissait plus les chefs ni le drapeau.
> Hier la grande armée, et maintenant troupeau.
> On ne distinguait plus les ailes ni le centre :
> Il neigeait. Les blessés s'abritaient dans le ventre
> Des chevaux morts ; au seuil des bivouacs désolés
> On voyait des clairons à leur poste gelés
> Restés debout, en selle et muets, blancs de givre,
> Collant leur bouche en pierre aux trompettes de cuivre.
> Boulets, mitraille, obus, mêlés aux flocons blancs,
> Pleuvaient ; les grenadiers surpris d'être tremblants,
> Marchaient pensifs, la glace à leur moustache grise.
> Il neigeait, il neigeait toujours ! la froide bise
> Sifflait ; sur le verglas, dans des lieux inconnus,
> On n'avait pas de pain et l'on allait pieds nus.
> Ce n'étaient plus des cœurs vivants, des gens de guerre ;

C'était un rêve errant dans la brume, un mystère,
Une procession d'ombres sous le ciel noir.
La solitude vaste, épouvantable à voir,
Partout apparaissait, muette vengeresse.
Le ciel faisait sans bruit avec la neige épaisse
Pour cette immense armée un immense linceul.
(...)

A quoi ressemblait Napoléon ? Nous n'en savons pas grand-chose puisque l'imagerie nous ment. Seuls les Espagnols ont donné de leurs souverains des portraits réalistes jusqu'à la cruauté, princes abâtardis, monstrueux, princesses dégénérées aux yeux battus et aux longs pifs, brossés par Vélasquez ou par Goya. Chez nous, le portrait devient lisse et flatteur, c'est le cas des toiles de Gérard ou de Détaille qui nous présentent un Empereur rajeuni, mince, alerte, quand Veretchaguine le montre épais, bouffi, à la même époque. Le seul exemple de vérité, nous le trouvons dans le portrait officiel de Louis XIV : Rigaud a peint le visage du monarque vieilli, mais son atelier a composé le reste du tableau, collant ce visage sur un corps de jeune homme ; cela confère à l'ensemble quelque chose de martien, allez le regarder de près au musée du Louvre. Napoléon ? La question demeure sans vraie réponse. Son aspect dépend de l'opinion qu'on en a.

Méditez plutôt dans le musée de cire de Marylebone, à Londres, pour y débusquer des moulages qui laissent pantois. Madame Tussaud, sous la Révolution, partait dès le matin près des cimetières où l'on enfouissait les guillotinés de la veille. Elle lavait les têtes coupées, pleines de sang et de son, appliquait sur ces visages un enduit de protoxyde de plomb et d'huile de lin, conservait dans un linge l'empreinte qui allait lui servir de moule pour ses figures de cire. Marat, Philippe-Egalité, Hébert, Desmoulins, Danton, elle a réalisé à la sauvette ou avec la complicité du bourreau des masques mortuaires qu'aucun tableau ne remplacera, — ils ne posaient plus, ils dormaient, le visage fixé par une mort brutale. Je suis resté fasciné devant la tête moulée de Robespierre, suspendue à l'entrée du cabinet des Horreurs. La Terreur s'achevait : on sent que Madame Tussaud a enfin pris son temps. Le portrait est

322

donc très précis, le plus fidèle, dit-on, de sa collection. Eh bien cette tête tranchée de Robespierre ne correspond pas aux portraits habituels. Il a ici un visage moins ramassé, le front moins bombé, des lèvres moins fines, un air presque narquois.

Quand Marcel Brion écrit une vie de Laurent le Magnifique, il ne se fie pas aux peintres. Gozzoli montre un ange bouclé, blond, vaguement androgyne, Ghirlandajo un boxeur, Vasari un filou. Brion tombe en arrêt devant le masque mortuaire : c'est le vrai Laurent, il a quarante-trois ans et une vie inscrite dans ses rides, le nez tordu, une face carrée, la moustache en brosse, une bouche large, sans lèvres, mais derrière cette grossièreté transparaît une invraisemblable sérénité.

Peut-on se faire une idée de Napoléon en considérant son masque mortuaire ? Même pas. Quand il meurt à Sainte-Hélène, le docteur Burton n'a pas pu trouver à Jamestown le plâtre nécessaire à la confection du moulage. Dans un îlot, au sud-est, il y a des cristaux de gypse qu'il envoie chercher en chaloupe. Il les calcine, les broie, obtient un plâtre gris et l'apporte à Longwood. La nuit précédente on a tenté l'opération avec de la cire de bougie, puis une empreinte avec du papier de soie délayé dans du lait de chaux. Rien de concluant. Burton revient. Napoléon est mort depuis quarante heures. Les os de la face deviennent saillants. Le visage s'est modifié mais on réussit un moulage in extremis ; comme la peau s'enlève par endroits, on ne peut pas recommencer.

Antoine Rambaud, mon arrière-arrière-grand-père, avait treize ans lorsque Napoléon campait à Moscou. Qu'en a-t-il pensé ? En a-t-il pensé quelque chose ? Que disait-on dans sa famille lyonnaise ? Saura-t-on jamais à quoi nous avons rêvé, comment nous avons vécu, si nous aimions les chœurs cisterciens, les iris et le canard à la pékinoise ? Saura-t-on nos fatigues, nos joies, nos colères ? Il n'en restera que quelques aveux, de la mousse. Que raconte le fémur de ce Mérovingien ? Que nous évoquent ces débris de plat à barbe ? Comment vivait-on dans les cavernes, le soir, après la chasse à l'auroch ? Le savant s'interroge, il livre son verdict bientôt contrarié par un autre savant. Allons ! Nous n'entrerons

323

jamais sous le crâne de nos ancêtres, nous parvenons à peine à connaître leur apparence. Paul Morand le savait : « Ceux qui nous suivront seront heureux de nous imaginer tels que nous n'avons jamais été. » Dans l'une de ses plaquettes jubilatoires, le Collège de pataphysique donne sa réponse : « L'imaginaire seul attire les foules vers les champs de betteraves de Waterloo. » Or, l'imaginaire ne relève pas de l'Université, mais de la légende et du roman. Les mousquetaires ? C'est à jamais Dumas. La jungle c'est Conrad. L'aiguille creuse d'Etretat appartient à Maurice Leblanc et la route de Trouville à Flaubert. Le brouillard de Londres, les cabs, c'est Conan Doyle ; d'ailleurs, Sherlock Holmes reçoit encore du courrier au 221b Baker Street, désormais un immeuble carré et disgracieux. L'histoire n'est pas une science exacte, elle divague, il faut la laisser aux rêveurs qui la recomposent d'instinct.

Revenons à Napoléon. Aucun historien n'est objectif. Sa légende, il la prépare depuis cette guerre de pillage qu'il mène en Italie pour renflouer les caisses du Directoire. Il contrôle son image, il la fabrique en s'entourant de publicistes, de dessinateurs, de peintres. Le pont d'Arcole, il n'y est jamais monté ; il était tombé bien avant dans un fossé. Sur le célèbre tableau, on le voit entraîner derrière son drapeau brandi l'infanterie de Masséna. Dans la réalité, le rôle était tenu par Augereau. Quand les Parisiens venaient contempler *Le Sacre* de David, ils s'en amusaient : « Tiens, l'Impératrice semble très jeune », disaient-ils en pouffant. Quant à la mère de l'Empereur, qui figure en bonne place, elle n'assistait pas à la cérémonie ; elle boudait parce que son fils ne lui avait pas attribué un titre. Napoléon a inventé la propagande moderne en détachant l'histoire officielle des faits.

Tableaux, dessins, croquis existent cependant et nous décrivent la vie des gens. Ils m'ont été précieux pour voyager dans le temps, comme autrefois, avant de savoir lire, je m'embarquais dans les lourds volumes de l'*Histoire de France illustrée* que Larousse publia vers 1910, où des peintres pompiers reconstituaient avec une précision photographique *Le Pillage d'une villa gallo-romaine* ou *L'Excommunication de Robert le Pieux*. Dans les albums que j'ai consultés, les illustrations, plus véridiques, sont souvent l'œuvre de témoins directs :

• *Campagne de Russie (1812)* vue par Albrecht Adam et Christian Wilhelm von Faber du Faur, *Tradition Magazine*, hors série n° 3, disponible 25, rue Bargue, 75015, Paris. Croquis pris sur le vif.

• *Napoléon, 1812, la campagne de Russie*, un volume de la collection composée par Tranié et Carmignani, chez Pygmalion (octobre 1997). Remarquable iconographie, près de cinq cents illustrations.

Viennent ensuite les récits des acteurs de l'épopée. Ils foisonnent et il faut y naviguer pour en rapporter l'image, la scène, le détail. Dans ce cas, j'oublie les jugements, je ne retiens que la couleur. Si Castellane note chaque jour la météo, si Bausset détaille les appartements du Kremlin et Ali les manies de l'Empereur, si Larrey nous enseigne les effets du grand froid, dans ses *Mémoires de chirurgie militaire*, pourquoi mentiraient-ils ?

Les ouvrages que j'ai consultés au Service historique des armées, à Vincennes, sont mentionnés avec la cote sous laquelle ils sont disponibles, précédée de la lettre *V* comme Vincennes.

I. — Les témoins de la campagne et de la retraite

• Ségur, *Histoire de Napoléon et de la Grande Armée pendant l'année 1812*, Turin, 1831, chez les frères Reycent et Cie, librairie du Roi. Le texte le plus connu et le plus écrit, qu'on peut compléter par le premier chapitre d'un autre Ségur, *Du Rhin à Fontainebleau*, intitulé « Souvenirs personnels de 1812 ». Gourgaud conteste Ségur, il y consacre un volume entier : *Examen critique de l'ouvrage de Monsieur le Comte Ph. de Ségur*, Paris, Bossange Frères (1825). Il nous a également donné un *Napoléon et la Grande Armée en Russie*, V. 72794 à 98.

• Caulaincourt, *Mémoires*, trois volumes chez Plon (1933). Précis et précieux par sa multitude de détails, surtout à l'occasion de la fuite de l'Empereur en traîneau ; il l'accompagnait et a retenu ses conversations. A ce propos, dès que je l'ai pu, j'ai placé dans la bouche de Napoléon des phrases que ses proches ont rapportées.

- Fain, *Manuscrit de 1812*, chez Delaulay, Paris, 2 volumes (1827). Le baron Fain, secrétaire de l'Empereur, est devenu malgré lui un personnage de ce roman, que j'ai traité librement.

- Méneval, *Mémoires*, V. 9851 à 53. L'autre secrétaire, plus imagé que son collègue mais qui, hélas, tombe malade à Moscou.

- Constant, *Mémoires intimes de Napoléon Ier*, Mercure de France (1967). Indispensables confidences du premier valet de chambre, mais, à l'occasion de la retraite, il utilise beaucoup le livre de Ségur. Notes éclairantes de Maurice Pernelle de l'Académie d'histoire.

- Marbot, *Mémoires*, tome II, Mercure de France (1983). Dommage qu'il ne soit pas entré dans Moscou.

- Lejeune, *Mémoires*, tome II, « En prison et en guerre », Firmin-Didot (1896).

- Roustan, *Souvenirs* du premier mamelouk de Napoléon, V. 5931.

- Louis Etienne Saint-Denis, *Souvenirs du mamelouk Ali*, Payot (1926), réédité récemment. Ce mamelouk, ancien clerc de notaire, nous offre un récit autrement plus vif et malin que celui de son collègue Roustan.

- Fezensac, *Journal de la campagne de Russie*, par un lieutenant général. V. 42037.

- Bonneval, *Mémoires anecdotiques*, Plon (1900).

- Bausset, *Mémoires anecdotiques sur l'intérieur du palais et sur quelques événements de l'Empire*, Paris, Baudoin frères, tome 2 (1827).

- Henrich Roos, *1812, Souvenirs d'un médecin de la Grande Armée*, Perrin (1913).

- Miot-Putigny, *Putigny grognard de l'Empire*, Gallimard (1950).

- Rapp, *Mémoires*, V. 73242 à 45.

- Macdonald, *Souvenirs*, V. 42739.

- Castellane, *Journal*, V. 9074

• Bourgogne, *Mémoires au sergent Bourgogne*, Hachette (1978). Beaucoup prétendent qu'il invente, mais avec talent.

• Peyrusse, *Lettres inédites*, Perrin (1894).

• Wilhelm von Bade, *Mémoires du margrave de Bade*, Paris, Fontemoing (1912).

• Bourgoing, *Souvenirs militaires*, Plon (1897).

• Ernouf, *Souvenirs*, V. 43103.

• Jean Jacoby, *Napoléon en Russie*, Mercure de France (1938). Témoignages.

• Roy, *Les Français en Russie*, Mame (1863). Idem que le précédent.

• Labaume, *Relation circonstanciée de la campagne de Russie*, V. 72785. Complet et un peu ennuyeux.

• Faber du Faur, *Campagne de Russie*, V. 1260.

• Stendhal, *Œuvres intimes*, tome I, La Pléiade (1981). Henri Beyle assiste à l'incendie de Moscou mais s'en va vers Smolensk et Dantzig avant la retraite. J'ai mis dans sa bouche quelques-uns de ses véritables propos.

• La librairie La Vouivre, 11 rue Saint-Martin, 75004, Paris, publie une collection de grande qualité sur l'Empire, dont :
— Jean Bréaut des Marlots, *Lettre d'un capitaine de cuirassiers sur la campagne de Russie* et Pierre-Paul Denniée, *Itinéraire de l'Empereur Napoléon pendant la campagne de 1812*.
— Alexandre Bellot de Kergorre, *Journal d'un commissaire des guerres* (1806-1821).
— Florent Guibert, *Souvenirs d'un sous-lieutenant d'infanterie légère (1805-1815)* et François René Cailloux, dit Pouget, *Souvenirs de guerre* (1790-1831).
— *Bulletins de la Grande Armée, campagne de Russie*.
— Les deux volumes de la relation de Sir Robert Wilson, envoyé par Londres auprès du Tsar. Il rapporte, entre autres choses, les atrocités commises par les moujiks sur leurs prisonniers, et pense que ses alliés ne sont pas tous des gentlemen.

• Une autre librairie édite pareillement des textes peu connus

327

de l'époque : Teisseidre, 102 rue du Cherche-Midi, 75006, Paris
J'ai retenu :
— Louis Gardier, *Journal de la campagne de Russie en 1812.*
— Bismark et Jacquemont, *Mémoires et carnets sur la campagne de Russie.*
— Général comte Zaluski, *Les chevau-légers polonais de la Garde (1812-1814).*
— Pelet, Bonnet, Evert, *Carnets et journal sur la campagne de Russie.*

• Parmi les recueils, n'oublions pas *Mémoires d'Empire,* sous la direction d'Alain Pigeard, Quatuor (1997), tirage limité à trois cents exemplaires.

2. — Sur les Russes et la Russie

• Schnitzler, *La Russie en 1812,* V. 35845.
• Birkov, *Le Mouvement partisan de la guerre patriotique, 1812,* V. 18508.

• E. Dupré de Saint Maure, *L'Hermite en Russie,* observations sur les mœurs et les usages russes au commencement du XIXᵉ siècle, Turin, 1829, onze tomes.

• Godechot, *Napoléon,* Albin Michel (1969). On y trouve deux documents importants, le récit d'un abbé français de Moscou et un texte de Rostopchine où il se défend d'avoir ordonné l'incendie de cette ville.

• Vassili Verestchagen, *Napoléon Iᵉʳ en Russie,* Paris, Nilsson (1897). Passionnants témoignages de Moscovites et de prisonniers russes.

• Grand, *Un officier prisonnier des Russes,* V. 35845.

• Désiré Fuzellier, *Journal de captivité en Russie,* éditions du Griot, Boulogne, avec une préface riche en informations de son descendant, un historien.

• A propos du climat de l'occupation de Moscou, on peut aussi

lire *Lettres interceptées par les Russes*, La Sabretache (1913)
V. 59077.

3. — Sur l'armée

• Alain Pigeard, *L'Armée napoléonienne*, Curandera (1993).
• Baldet, *Vie quotidienne dans les armées de Napoléon*,
Hachette, V. 17162.
• Ferdinand Bac, *Le retour de la Grande Armée, 1812*,
Hachette (1939).
• Lucas Dubreton, *Soldats de Napoléon*, V. 61835.
• Boutourlin, *Histoire militaire de la campagne de Russie*,
V. 72807-2.
• « Les Sous-Officiers de la Révolution et de l'Empire », un
article de Gilbert Bolinier publié dans le 2e numéro de la *Revue
historique des armées* en 1986.
• R. Brice, *Les Femmes et les armées de la Révolution et de
l'Empire*, V. 4354.
• « De Borodino à Moscou », article de Marc-André Fabre
publié dans la *Revue historique des armées* en 1960.
• Masson, *Cavaliers de Napoléon*, V. 24811.
• Chardigny, *Les Maréchaux de Napoléon*, Flammarion
(1946).
• Damamme, *Les Soldats de la Grande Armée*, Perrin (1998).

4. — La vie, les mœurs, la mode

• Bien sûr, les deux *Vie quotidienne au temps de Napoléon*
publiées par Hachette à des époques différentes : celle de Robiquet
en 1944 et celle de Tulard en 1988.
• *Histoire et dictionnaire du Consulat et de l'Empire*, par
Fierro, Palluel-Guillard et Tulard, « Bouquins », Robert Laffont
(1995).

• Toujours chez « Bouquins », en 1998, dans la série « Les Français par eux-mêmes », *Le Consulat et l'Empire* d'Alfred Fierro.

• Philippe Séguy, *Histoire des modes sous l'Empire*, Taillandier (1988).

• D'Alméras, *La Vie parisienne sous le Consulat et l'Empire*, Albin Michel (sans date).

• Bertaut, *La Vie à Paris sous le I*^{er} *Empire*, Calmann-Lévy (1949).

5. — Sur Napoléon

• *Correspondance de Napoléon I*^{er}, publiée par ordre de l'empereur Napoléon III, tome XXIV, Imprimerie impériale (1868). Il s'agit de lettres choisies, qu'on peut librement consulter dans la salle des Archives du fort de Vincennes.

• Stendhal, *Vie de Napoléon*, Payot (1969) ; nouvelle édition plus complète chez Stock (1998).

• Bainville, *Napoléon*, Fayard (1931).

• Ludwig, *Napoléon*, Payot (1929).

• Savant, *Tel fut Napoléon*, Fasquelle (1953), texte repris dans un album très illustré chez Henri Veyrier en 1974. Un point de vue purement négatif, ce qui le rend souvent exagéré ou erroné.

• G. Lenotre, *Napoléon, croquis de l'épopée* et *En suivant l'Empereur*, deux recueils d'articles vifs et documentés réédités chez Grasset dans « Les Cahiers rouges ». A lire, notamment : « Ce qu'on trouve au fond de la Bérésina ».

• Bouhler, *Napoléon*, Grasset (1942).

• Mauguin, *Napoléon et la superstition*, anecdotes et curiosités, Carrère, Rodez, 1942.

• Bertaut, *Napoléon ignoré*, Sfelt (1951).

• Brice, *Le Secret de Napoléon*, Payot (1936).

330

• Frugier, *Napoléon, essai médico-psychologique*, Albatros (1985).

• Taine, *Les Origines de la France contemporaine*, Hachette, 1907, tome 11.

• *Toute l'histoire de Napoléon*, vol. 8, « Napoléon et les médecins ». J'y ai trouvé la recette du poison qu'il portait sous son gilet.

6. — Sur Charles XII

A propos de l'expédition en Russie du roi des Suédois, j'ai consulté les volumes que lisait Napoléon, ceux de Voltaire, soit, dans l'édition des *Œuvres complètes*, publiée à Paris chez Baudouin frères, en 1825 :

• Tome XXX, *Histoire de Charles XII*.

• Tome XXXL, *Histoire de Russie*, première partie.

TABLE

Cet ouvrage a été réalisé par la
SOCIÉTÉ NOUVELLE FIRMIN-DIDOT
Mesnil-sur-l'Estrée
pour le compte des Éditions Grasset
en septembre 2000

Imprimé en France
Première édition, dépôt légal : août 2000
Nouveau tirage, dépôt légal : septembre 2000
N° d'édition : 11672 - N° d'impression : 52667
ISBN : 2-246-58421-3